El tiempo de las cerezas

Nicolas Barreau

El tiempo de las cerezas

Traducción de
Carmen Bas Álvarez

Papel certificado por el Forest Stewardship Council®

Título original: *Die Zeit der Kirschen*
Primera edición: abril de 2022

© 2021 Nicolas Barreau
© 2021 Thiele Verlag in der Thiele & Brandstätter
Todos los derechos reservados y controlados a través de Thiele Verlag, Colonia
Acuerdo a cargo de Thiele Verlag y SalmaiaLit, agencia literaria
© 2022, Penguin Random House Grupo Editorial, S.A.U.
Travessera de Gràcia, 47-49. 08021 Barcelona
© 2022, Carmen Bas Álvarez por la traducción

Printed in Spain – Impreso en España

ISBN: 978-84-9129-526-6
Depósito legal: B-3072-2022

Compuesto en Blue Action
Impreso en Rodesa, S. L.
Villatuerta (Navarra)

S L 9 5 2 6 6

Para mis buenos espíritus.
Gracias por vuestra paciencia,
vuestros estímulos, vuestra escucha,
vuestro ánimo, vuestro amor, vuestras risas.
Y también por el champán, naturalmente.

Y para mi editor favorito, una y otra vez.

PRÓLOGO

*L*a place de Furstenberg es una plaza pequeña y tranquila de París. Cuatro árboles nudosos, una vieja farola en el centro de una glorieta, una pequeña floristería, el Musée Delacroix. Los turistas apenas suelen perderse por aquí, a pesar de que la plaza se encuentra a pocos pasos del Deux Magots, el famoso café literario desde cuya terraza se disfruta de una magnífica vista de la iglesia más antigua de la ciudad y en el que todos los que visitan París quieren tomarse un *café crème...* imitando a los existencialistas y a Hemingway.

Los intelectuales parisinos evitan el Deux Magots porque los precios son abusivos, los camareros poco amables y también porque en algún momento Jean-Paul Sartre y Simone de Beauvoir emigraron a otro café que estaba justo en la siguiente esquina, el Café de Flore, donde supuestamente sigue vivo todavía hoy el verdadero espíritu de la literatura.

También Éditions Opale, donde yo trabajo, está cerca de la place de Furstenberg. En realidad, es un milagro que exista una plaza tan tranquila en pleno Saint-Germain. Es el lugar perfecto para quien se sienta infeliz y quiera estar solo..., siempre que no necesite un banco para sentarse.

Es final de abril, el sol ya luce y calienta también al atardecer, los últimos cerezos florecen en el jardín encantado de Vétheuil donde probablemente se encuentra ahora ella. Un jardín que yo no pisaré nunca.

Lo he fastidiado todo. La idea se clava en mi cuerpo de forma tan dolorosa como el hidrante de hierro fundido en el que estoy sentado. Dejo caer la cabeza entre las manos, miro el adoquinado y no tengo ganas de volver a la editorial, donde los demás se disponen ya a marcharse para celebrar la llegada de mayo. ¿Qué hago yo aquí? ¿Qué hago yo en este mundo?

Estoy sentado esperando un milagro. Se podría decir que he perdido toda esperanza, lo que, pensándolo bien, viene a ser lo mismo. Cuando un médico dice que ya solo podemos esperar un milagro quiere decir exactamente eso: que no queda ninguna esperanza.

Yo siempre he dicho que la esperanza forma parte de mi trabajo. Nosotros vendemos sueños, y el mundo de los libros vive sobre todo de esperanzas, ¿no? El agente literario confía en que un editor vea el mismo potencial que él en cada manuscrito que le presenta y en que le haga una oferta de cinco cifras. El editor confía en que sus libros se vendan bien, la prensa los considere «odas literarias» y encabecen las listas de best sellers. Y yo confío en que la novela que he descubierto entre un montón de manuscritos que van de la mediocridad al horror, de la que estoy convencido y por la que he apostado en la editorial, encienda al final la antorcha de la gloria. Sí, hasta tengo la esperanza de que el lector entregado abra realmente el libro y lo lea en vez de ver la nueva serie de Netflix.

Soy André Chabanais, editor jefe en Éditions Opale. A veces también soy un escritor, y de mucho éxito. En ese caso me llamo Robert Miller. Quizá hayan oído alguna vez ese nombre. Durante mucho tiempo nadie sabía de esa doble vida, ni siquiera mi director editorial, el hábil monsieur Monsignac, a quien tengo tanto que agradecer.

Todo empezó cuando escribí una novela sobre una mujer a la que ni siquiera conocía. Una tarde de primavera en que el destino me perseguía sigilosamente mientras paseaba por las calles de Saint-Germain miré sin intención alguna a través de los cristales de un pequeño y agradable restaurante que se llamaba Le Temps des Cerises. Manteles de cuadros rojos y blancos, velas, luz suave. Y entonces vi a Aurélie, la guapa cocinera que yo en ese momento ni siquiera sabía que se llamaba Aurélie. Vi su sonrisa y me quedé como hechizado. Me fascinó a pesar de que no iba dirigida a mí. Me quedé allí plantado como un *voyeur,* sin atreverme casi a respirar, tan perfecto me pareció el instante. Fue la sonrisa de una desconocida la que me inspiró y me dio alas, sencillamente me apropié de ella, me la guardé en el bolsillo y convertí a la guapa cocinera en la protagonista de mi novela.

El libro, que se publicaría con la ayuda del agente literario Adam Goldberg (buen amigo mío y todavía mejor agente) bajo un nombre falso y que incrementó en parte mis modestos ingresos como editor, se convirtió —sin que nadie se lo esperara— en un best seller. Y el éxito repentino de un escritor inglés llamado Robert Miller que en realidad no existía estuvo a punto de ser mi perdición.

Sobre todo, cuando la protagonista de mi novela, Aurélie, la joven del restaurante, se presentó un día en las oficinas de Éditions Opale y me dijo que la novela de aquel magnífico autor inglés le había salvado la vida, que quería conocer a toda costa al hombre que había escrito *La sonrisa de las mujeres* y que confiaba en que yo la ayudaría a encontrarle.

Me quedé como si me hubiera caído un rayo encima.

¡Lo que tuve que hacer para disuadirla de ese deseo imposible y para que centrara su interés en mí! Pero ¿quién se queda con el editor cuando puede tener al autor?

Aurélie siguió adelante con su plan de conocer a Robert Miller, con una mezcla de locura y determinación que yo no he visto nunca en ninguna otra mujer.

Estaba impresionado. Y desesperado. Pero, ante todo, estaba perdidamente enamorado de aquella obstinada criatura de ojos verdes y cabello color miel. Y en vez de decirle simplemente la verdad —algo totalmente impensable en aquel momento—, me enredé cada vez más en una serie de mentiras y engaños para conquistar el corazón de la bella cocinera.

Con gran hipocresía por mi parte, me ofrecí como celestino y facilité, en mi calidad de editor, el intercambio de cartas entre la cocinera y el supuestamente huraño escritor inglés, que vivía solo en un *cottage* con su perro Rocky, siendo yo mismo en realidad quien las respondía firmando como Robert Miller. Organicé un encuentro, que el supuesto escritor canceló en el último momento, y consolé con mucho gusto a Aurélie, quien, decepcionada, se echó en los brazos del lobo con piel de cordero..., esto es, en mis brazos.

Pero entonces cometí un error, ella se olió la traición, sumó uno más uno y simplemente me apartó de su vida. La mujer a la que yo amaba por encima de todo me odiaba. Ya no se creía una sola palabra mía, ni siquiera —¡qué ironía!— que en realidad era yo el autor del libro.

Todo parecía haber terminado, yo estaba destrozado, y finalmente conté la verdad, ya no tenía nada que perder. Primero a mi jefe, monsieur Monsignac, quien tras un primer ataque de furia tuvo la amabilidad no solo de no despedirme, sino también de animarme a seguir escribiendo.

—¡Qué magnífica historia! —exclamó, y sus ojos claros brillaron—. ¡Escríbala, André, escríbalo todo tal como me lo ha contado! ¡Tiene que decirle usted toda la verdad! Y no importa cómo acabe todo, ¡publicaremos un nuevo Robert Miller!

Y, así, me encerré durante semanas en casa y no hice otra cosa. Escribí. Fumé demasiado, tomé demasiado café, y escribí hasta la extenuación. Conté toda la historia, desde la primera sonrisa tras el cristal del pequeño restaurante hasta el consejo de mi director editorial de que debía confesarlo todo... Y, con el corazón palpitando como loco, le dejé a Aurélie el manuscrito en la puerta de su casa.

Ella me perdonó, y desde ese momento fuimos pareja.

Aquel día de enero nevaba en París. Recuerdo perfectamente que estábamos en esa pequeña calle de una gran ciudad que también es conocida como la ciudad del amor. Y cómo los copos de nieve se quedaban atrapados en el pelo de Aurélie cuando nos besamos. Cada vez que voy a la editorial y paso por ese punto de la rue de l'Université me acuerdo de aquel momento.

Durante un año fuimos felices. Éramos felices hasta hace unas pocas semanas. Al menos eso era lo que yo pensaba. Pasamos las Navidades con mi madre y comimos juntos el *bûche de Noël*. Nos refugiamos entre risas bajo un enorme paraguas en el Pont Louis-Philippe y brindamos por el año nuevo. Pero entonces, justo el día de San Valentín, el día de los enamorados, ocurrió algo que revolvió nuestras vidas como un tornado. Que nos alejó cada vez más el uno del otro. Y por desgracia yo, para mi vergüenza tengo que admitirlo, hice mal todo lo que se podía hacer mal.

Ayer Aurélie me puso las maletas en la puerta. No quiere volver a verme, me dijo, y yo me pregunto cuándo exactamente se torció todo. Y quién es realmente ese idiota que escribe toda una novela sobre una mujer para luego perderla. Al menos la segunda pregunta sí puedo responderla: el idiota soy yo.

Así que este es el final de André y Aurélie.

La mayoría de las novelas que empiezan mal acaban bien. Pero esta vez no estoy en una novela. ¡Por desgracia! Me dejo caer hasta el adoquinado de la glorieta y llego al duro suelo de la realidad.

Un pájaro gorjea, la tarde va cayendo sobre la pequeña plaza. Las farolas se van encendiendo, su luz tiembla brevemente y un resplandor amarillento lo desdibuja todo. Una brisa tibia mueve las hojas de los árboles. Una tarde perfecta para los amantes. Y llega una pareja y pasea por la plaza. Él dice algo y ella se ríe. Mi corazón se encoge. Es primavera en París, la gente está enamorada y es feliz, y yo estoy ahí sentado, miro al suelo y sigo sin entender nada.

Unos pies pasan de largo, retroceden y finalmente se detienen delante de mí. Unos zapatos de pulsera rojos con un discreto tacón que cobijan unos pies envueltos en medias de seda.

—Creo que ha olvidado usted algo, monsieur Chabanais —dice una voz casi sin aliento, y yo levanto la vista.

1

Tal vez no fuera la mejor de las ideas pedirle matrimonio a Aurélie precisamente el día de San Valentín. Por un lado, la mujer a la que amo es una romántica, pero odia los tópicos. Por otro, es cocinera. Y eso significa que, los días en que la gente normal sale para celebrar algo, ella tiene el doble de trabajo. Por la mañana va al mercado y por la tarde se encierra en la cocina con su jefe de cocina, Jacquie Berton, que casi siempre está de mal humor, para preparar los deliciosos platos que aparecen escritos a mano en la pizarra que cuelga en su restaurante. Por la noche está allí para atender a sus clientes, se acerca a las mesas y pregunta si les ha gustado el cordero con lavanda y canela o si desean una *crème brûlée* de postre. Le Temps des Cerises se encuentra en la rue Princesse, una estrecha calleja entre la iglesia de Saint-Sulpice y la abadía de Saint-Germain-des-Prés. Es un restaurante del tamaño de una sala de estar, con muebles de madera oscura y manteles de cuadros rojos y blancos, del que hace dos años me enamoré nada más verlo... igual que de su propietaria, la caprichosa Aurélie Bredin.

Desde diciembre llevo siempre conmigo el anillo de oro con tres pequeñas estrellas de diamantes que descubrí en el escaparate de una encantadora tienda de antigüedades de la rue Grenelle. Enseguida supe que ese anillo de compromiso antiguo, que estaba en una cajita de terciopelo azul claro, le gustaría a Aurélie. «Este anillo es algo muy especial», dijo el anticuario levantando las cejas en un gesto de reconocimiento, y yo abandoné la pequeña tienda eufórico. Pero, como suele ocurrir a veces, todavía no había encontrado el momento apropiado para entregárselo a la mujer que había conquistado mi corazón. O había sido un tonto.

Cuántos manuscritos han pasado por mi mesa en los que al final un hombre regala un anillo a una mujer y le hace la pregunta de todas las preguntas. En un tranquilo restaurante aparece de pronto en un bajoplato plateado y como por arte de magia una prometedora cajita que la amada abre con un brillo en los ojos. Algunos hombres introducen el anillo en una copa de champán, lo que en el peor de los casos puede acabar en una precipitada visita a urgencias. También es frecuente entregar el anillo en algún banco escondido de las Tullerías, en primavera, cuando la tarde cae suavemente sobre París y el aroma de los castaños ablanda el corazón. O en uno de los muchos puentes que cruzan el Sena, en alguna pequeña placita o en la terraza nocturna del Musée du Quai Branly, desde la que se tiene una espectacular vista de la Torre Eiffel.

Los anillos de compromiso también se dejan sobre la almohada o se esconden, y por lo general se encuentran, en un ramo de rosas. Las fechas preferidas para hacerlo son:

Navidades, Nochevieja, cumpleaños, aniversarios o incluso el *Jour de la Saint-Valentin.*

Pero lo que en los libros resulta tan fácil no lo es tanto en la vida real, que por desgracia tiene su propia dramaturgia y a veces da giros inesperados, sobre todo cuando no se sabe si la mujer amada quizá considera que todo este asunto de las bodas está ya muy anticuado. Al fin y al cabo, vivimos en el siglo XXI y no en una novela de Jane Austen, donde la mayor felicidad de una joven consiste en casarse.

Naturalmente, yo deseaba que Aurélie me mirara con esa sonrisa tan especial que tanto adoraba. Que sus preciosos ojos adquirieran ese suave brillo que a veces tenían cuando, al despertarme por la mañana, veía su mirada ensimismada posada en mí. Cuando le preguntaba: «¿En qué piensas?», ella siempre me contestaba: «En nada», y me revolvía el pelo entre risas. Como he dicho, yo lo deseaba, aunque no estaba seguro de nada.

Aurélie estaba llena de sorpresas. Si me presentaba con mi anillo de compromiso de oro, como todo un caballero de la vieja escuela, lo mismo ella podría soltar una sonora carcajada y, divertida, levantar las cejas. «¡Ay, por Dios, André! ¿No te parece que eso de las bodas está ya un poco *demodé?* ¡Podemos ser felices sin necesidad de papeles!».

Una reacción así me parecía absolutamente posible.

Cuando poco después de empezar a salir le propuse a Aurélie buscar una casa para vivir juntos, ella dudó.

—Porque tú quieres venirte a vivir conmigo, ¿no? —le pregunté indeciso.

—¡Claro que quiero, *chéri!* —respondió ella—. Pero todavía no. Ya sabes cuánto me gusta mi casita.

Su pequeña vivienda está en la rue de L'Ancienne Comédie, el viejo pasaje que lleva desde el boulevard Saint-Germain hasta el animado Barrio Latino, que se extiende hasta el Sena con sus callejas intrincadas, sus puestos de flores, quesos y ostras y sus pequeños cafés y restaurantes cuyas mesas y sillas se agolpan en las aceras. Desde su cuarto de estar se ve el famoso Le Procope, supuestamente uno de los cafés más antiguos de París y hoy un magnífico restaurante donde uno se sienta en bancos de cuero rojo bajo lámparas gigantescas y en cuyos baños cuelgan cuadros de marco dorado.

Como es natural, a Aurélie le gusta mucho esa proximidad a Le Procope, y su casa, que está en el tercer piso de un edificio de comienzos del siglo pasado, es realmente encantadora: su pequeña cocina cuenta con una mesa diminuta sobre el viejo suelo de baldosas blancas y negras; el cuarto de estar equipado con una mesa de comedor redonda y dos pequeños sofás tiene las paredes enteladas con una delicada seda de flores, y en el dormitorio el balcón de barandilla de hierro forjado antigua luce jardineras llenas de flores.

Cuando Aurélie está triste no lee libros, planta flores. Hurgar con las manos en la tierra húmeda y enfrentarse a las penas con plantas y flores la ayuda a tener los pies en el suelo, me dijo una vez. En su casa todo es luminoso y sencillo, mientras que la mía se asemeja más a una cueva confortable. Un suelo de parqué que cruje, estanterías llenas de libros por todas partes, un viejo escritorio con tapa de cuero en el que se amontonan periódicos y manuscritos, un sofá enorme y un sillón de lectura junto a una lámpara de color rojo oscuro. Yo vivo en la rue des Beaux-Arts, de la que no hay nada espectacular que decir aparte, tal vez, de que a la vuelta de la esquina se encuentra mi bistró favorito, La Palette.

Afortunadamente nuestras casas no están muy alejadas entre sí, con lo que nos habíamos acostumbrado a dormir una noche aquí, otra allí. Salvo escasas ocasiones, desde aquel beso del invierno anterior, cuando Aurélie por fin me perdonó, habíamos pasado todas las noches juntos. Cuando ella volvía del restaurante a casa por la noche, yo la estaba esperando. A veces iba yo a buscarla a Le Temps des Cerises. En ese caso nos tomábamos algo allí. Y por la mañana, antes de que yo me marchara a la editorial, ella me preparaba un café que yo me tomaba a toda prisa en su pequeña cocina porque se me había hecho tarde otra vez. ¿Qué voy a decir? Su boca era demasiado seductora y casi siempre me quedaba un rato más en la cama después de que sonara el despertador.

Aurélie no solo era muy guapa, sino también muy independiente. Tenía su propio restaurante, que heredó de su padre cuando este murió repentinamente de un infarto a los sesenta y ocho años de edad. Entonces nosotros no nos conocíamos todavía, pero sé que estaba muy unida a él, que debió de ser un hombre muy cariñoso y un magnífico cocinero y que además solía recurrir a menudo a frases célebres y refranes. Todavía hoy sigue citándome Aurélie a menudo lo que «papá siempre decía».

Su madre murió muy pronto, y la pequeña niña se crio literalmente en el restaurante en compañía de su padre y de Jacquie Berton, el gruñón jefe de cocina que ya entonces iba siempre en bicicleta a trabajar y no paraba de quejarse de que París era muy ruidoso y estaba demasiado lleno. Su corazón latía por la Côte Fleurie, de donde procedía, pero enseguida lo hizo también por la niña de trenzas color miel que se sentaba en el suelo de baldosas con sus libros del colegio y de vez en cuando probaba de sus cucharones con cara de interés. Con Jacquie Berton, Aurélie no solo aprendió a preparar todos los platos y comidas posibles. También desarrolló su propia filosofía de vida. Y, aunque Aurélie no es una gran lectora —creo que mi novela es uno de los pocos libros que ha leído hasta el final—, siempre le ha gustado recopilar frases y pensamientos que le parecen importantes. La primera vez que entré en su dormitorio me sorprendió agradablemente ver toda una pared cubierta de hojas de papel escritas a mano que se movían con cada soplo de aire. Encontré bastantes frases que hablaban del amor, sobre la belleza de las flores y la poesía de las tardes de lluvia, de cómo cambia la vida de forma irreparable cuando se pierde a alguien a quien se quiere, pero ni una sola palabra sobre las pedidas de mano o la felicidad conyugal.

No obstante, una frase de la «pared de los pensamientos» de Aurélie se me quedó grabada en la memoria: «El amor... no son las rosas ni el chocolate, es estar unidos para siempre».

Y «para siempre» no significaba otra cosa que avanzar juntos por la vida. Disfrutar de un matrimonio feliz. Y exactamente eso era lo que yo tenía previsto. No sabía cómo iba a reaccionar la mujer con la que yo llevaba ya más de un año, pero decidí que merecía la pena arriesgarse.

Reconozco que quizá fui algo intrépido. La primera vez quise proponerle matrimonio en una góndola veneciana. Estaba entusiasmado por haber tenido una idea tan original.

El cumpleaños de Aurélie es el 16 de diciembre, y la sorprendí con un fin de semana en Venecia. Poco antes yo había cobrado una suma interesante por la publicación de mi primera novela y por fin tenía suficiente dinero en la cuenta como para alquilar un pequeño apartamento en San Marcos. Aurélie estaba más emocionada que una niña pequeña. No había estado nunca en Venecia y recorrió asombrada y fascinada el laberinto infinito de pequeñas callejas y canales con sus casas de colores y sus palacios antiguos que parecían sacados de un cuento. Yo, en cambio, conocía Venecia muy bien porque durante la carrera trabajé unos meses en una de las pocas editoriales que existen allí, y mi italiano era todavía bastante pasable gracias a algunas clases de reciclaje con mi amigo italiano Silvestro. En cualquier caso, era lo suficientemente pasable como para impresionar a Aurélie. Me mostré de lo más galante, y el día de su cumpleaños paseamos al atardecer cogidos de la mano por la ciudad de los canales, que parecía sumida en un mágico sueño invernal, hasta que llegamos a uno de los embarcaderos de góndolas. El gondolero, encantado con los inesperados clientes, nos hizo un precio especial que aun así fue bastante exorbitado. Pero ¿qué es el dinero cuando quieres impresionar a la mujer de tu vida?

Así que ayudé a Aurélie a subir a la góndola, que se mecía en el agua, y ella soltó una risita nerviosa y se sintió algo mareada, pero enseguida la embarcación pintada de negro se deslizó segura por los callados canales, junto a los *palazzi* iluminados y bajo los numerosos puentes que convierten a Venecia en esa maravilla que hace que uno se pregunte cómo es posible que exista algo así en un mundo como el nuestro. Aurélie se apoyó en mí y absorbió la belleza de la ciudad de noche. Y yo, con el corazón acelerado, pasé el brazo por su hombro y con la excitación dije algo tan tonto como:

—Qué romántico es un paseo en góndola, ¿no? Dan ganas de pedirle matrimonio a alguien.

Mis palabras resonaron entre los viejos muros que se levantaban a derecha e izquierda. Aurélie me miró desconcertada. Era evidente que no sabía qué hacer con un tópico así. Por desgracia, mi poco hábil intento de pedirle que se casara conmigo no tuvo el efecto previsto. Supongo que no fui suficientemente claro. ¿Qué clase de proposición era esa? ¿Quién era ese «alguien»? En cualquier caso, Aurélie se mostró fría y distante durante el resto del paseo en góndola, y yo decidí aplazar mi gran plan hasta Navidad.

Las Navidades llegaron y pasaron. El anillo de las tres estrellas todavía no estaba en el dedo de la mujer a la que amaba. Seguro que su padre habría dicho: «El que la sigue, la consigue».

Esta vez tuvo la culpa mi madre. Aurélie, de la que hasta entonces solo había oído hablar, le pareció encantadora y enseguida vio en la nueva novia de su atareado hijo a la posible madre de sus nietos. *Maman* es viuda desde hace algunos años. Tiene muchos buenos amigos en Neuilly, donde vive en una casa grande con jardín, pero nació en Alsacia, y solo sueña con poder cebar algún día a sus nietos con chucrut, carrilladas guisadas y tarta flambeada como hacía antes con papá y conmigo.

Maman se aburre bastante. Entonces se cocina «algo rico». O me llama a la editorial. Madame Petit, la secretaria, me pasa siempre la llamada aunque yo le diga que tengo mucho trabajo y no quiero que nadie me moleste. Pero eso no les interesa ni a *maman* ni a la secretaria. Las dos siempre hacen piña cuando se trata de atormentarme. «Pero, monsieur Chabanais, es su madre», me dice siempre madame Petit con un cierto tono de reproche en la voz, «luego se alegrará de haber hablado con alguien». Yo entonces pongo los ojos en blanco, y mientras vuelvo a mi despacho la oigo murmurar que después de todo hay que ocuparse de los padres ancianos y frágiles. Pero *maman* es todo menos anciana y frágil..., excepto cuando hace dos años se rompió una pierna porque sencillamente no quiere renunciar a los tacones. *Maman* está muy orgullosa de sus esbeltas piernas y tiene menos reparos que yo a llamar las cosas por su nombre. Cuando quiere decir algo, lo dice y punto. Es posible que tenga ya una edad avanzada y piense que no le queda mucho tiempo en este mundo. En cualquier caso, el día de Navidad, mientras ponía sobre la mesa el pastel de hígado de ganso, el *confit de canard* y el tronco de chocolate que había preparado ella misma, desvió hábilmente la conversación hacia nuestros planes de futuro.

—Y... ¿también querrás tener hijos? —le preguntó a Aurélie cuando llegamos al postre, y a punto estuve de atragantarme con el *bûche de Noël*, mientras Aurélie miraba su plato ruborizada.

—Eh..., bueno —balbuceó confusa mientras partía su tarta en mil trozos con el tenedor—. Acabo de cumplir treinta y cuatro años...

—*Maman!* —la interrumpí yo—. ¡Vaya preguntas haces!

—¿Y por qué no? ¡Los niños son algo maravilloso! Y lo mejor es tenerlos cuando el amor es más grande —replicó *maman* con inocencia—. Aparte de que tú ya no eres tan joven, André. Bueno, da igual..., en cualquier caso me encantaría tener nietecitos. La casa es tan grande y a veces está tan vacía... Estaría bien volver a llenarla de vida, ¿verdad? —Levantó su copa brindando por nosotros y yo le apreté la mano a Aurélie para tranquilizarla.

—Discúlpala, por favor, es siempre tan directa. No temas..., no es necesario tener hijos, al menos no por motivos dinásticos..., yo te quiero también así —dije guiñándole un ojo cuando *maman* se fue a la cocina a preparar el café.

Aurélie se sonrojó.

—Está bien —repuso—. Me gusta tu madre.

Cuando tras la abundante comida nos sentamos agotados en el sofá a tomar un oporto, *maman,* que había charlado amistosamente con Aurélie sobre la mejor forma de preparar un *boeuf bourguignon* y luego me había preguntado que cuándo saldría mi nueva novela, hizo un nuevo intento.

—¿Os casaréis entonces este año que empieza, *mes enfants?* ¿Qué tal en la iglesia de Saint-Sulpice? Allí nos casamos tu padre y yo, André..., y nunca nos arrepentimos. —Sonrió feliz al recordarlo y nos miró con un brillo en los ojos.

—*On verra.* Ya veremos —respondí, y sentí mi esfera privada tan amenazada como en esos *reality shows* de la televisión en que hay que declararse delante de las cámaras.

Aurélie no dijo nada.

Tras la encerrona de *maman,* cuando esa noche nos retiramos a mi habitación de la infancia, ¿debería haber sacado yo el anillo diciendo: «Bueno, ya que mi madre lo menciona...»?

Pues eso.

En Nochevieja fuimos paseando hasta el Pont Louis-Philippe antes de medianoche para brindar allí por el nuevo año. Aurélie se había marchado antes de lo habitual del restaurante porque quería estar a solas conmigo. Había llevado una botella de champán y dos copas, y estábamos en el pequeño puente, bajo mi paraguas, esperando enamorados el año nuevo. No nos importaba la lluvia. Aurélie me contó que dos años antes había estado en ese mismo puente, un día gris de noviembre, completamente sola y harta de este mundo porque la acababa de dejar su novio Claude.

—Y eso un par de meses después de enterrar a papá. ¡Dios mío, me sentía tan mal! Pasó un policía y pensó que yo quería tirarme del puente, imagínate. Claro que no quería tirarme, pero él no me creyó y me estuvo siguiendo hasta que por fin me refugié en una pequeña librería de la Île Saint-Louis. Está muy cerca de aquí. Y allí fue donde encontré el libro de un tal Robert Miller..., ¡tu libro! —Sonrió pensativa—. Leí las primeras frases, que hablaban de un pequeño restaurante llamado Le Temps des Cerises, de una joven con un vestido verde que se parecía mucho a mí, y enseguida supe que ese libro iba a ser decisivo en mi vida. Y lo fue. —Se apoyó en la barandilla y se quedó mirando ensimismada cómo las gotas de lluvia formaban sobre la superficie del agua círculos concéntricos que con la luz de las viejas farolas adquirían un brillo dorado—. Quería conocer como fuera a ese escritor..., pero al final me enamoré de un editor. —Me miró con una pícara sonrisa—. ¿Fue una buena elección?

—Por supuesto —respondí—. Porque resultó que el editor era también el escritor..., así que lo hiciste todo bien. Aparte de que ese editor te quiere mucho más de lo que podría quererte nunca un escritor inglés.

Ya habíamos jugado muchas veces a ese pequeño juego. La historia de las curiosas circunstancias en que nos conocimos y de los errores y malentendidos que finalmente nos unieron era tan romántica, tan extraordinaria y especial que nos gustaba mucho recordarla. Bueno, es lo que hacen todos los enamorados. A todas las parejas les gusta rememorar cómo se conocieron, cómo empezó todo, y quieren revivir ese mágico momento una y otra vez. La primera mirada, la primera sonrisa, ese instante en que de pronto se siente que ha pasado algo. Pero en nuestra historia se mezclaba la verdad con lo inventado. Amor y engaño estaban entrelazados de forma indisoluble. Los personajes de novela se convertían en personas de carne y hueso, y las personas de carne y hueso se convertían en los protagonistas de una novela. Y al final, cuando lo plasmé todo en papel, la larga explicación que le debía a la chica que amaba se convirtió en un libro que se publicaría en febrero en Éditions Opale. Al igual que mi primera novela, bajo el seudónimo de Robert Miller, por supuesto.

—Sabes, Aurélie —empecé a decir pasándole un brazo por los hombros—, en realidad yo siempre te he querido...

Y cuando las campanas de Notre Dame anunciaron el año nuevo y los primeros cohetes estallaron en miles de estrellas en el cielo, mientras a lo lejos se oía el concierto de bocinas de los coches, palpé el bolsillo de mi chaqueta en busca del pequeño estuche con el anillo. «¿Quieres ser mi mujer?», ensayé para mis adentros mientras Aurélie se me lanzaba al cuello y me deseaba un feliz año nuevo.

Nos besamos, y, cuando nos separamos y yo me disponía a recitar mi frasecita —¿hay algo más romántico que comenzar el año nuevo de esta manera?—, oí una voz aguda que gritaba el nombre de Aurélie.

—¡Aurélie! ¡Eh..., Aurélie! ¡No puede ser! ¡Feliz año nuevo! —Una mujer rubia corría hacia nosotros. Tiraba de un hombre con gabardina que llevaba a hombros a una niña pequeña con un gorro rosa.

Era Bernadette, la mejor amiga de Aurélie, con su marido y su hija. Viven en la Île Saint-Louis y habían decidido salir a pesar del mal tiempo. En Nochevieja la mayoría de las personas sienten ganas de estar al aire libre, mirar hacia el cielo y confiar en que en el nuevo año el universo infinito haga realidad al menos alguno de sus deseos.

Retiré la mano del bolsillo.

—¿Qué hacéis aquí? Pensé que tendrías que trabajar —exclamó Bernadette contenta, y todos nos abrazamos, besito a la izquierda, besito a la derecha.

—Me he escapado —respondió Aurélie riendo—. Jacquie me ha dejado libre el resto de la noche. Quería brindar con André por el nuevo año. ¡Es nuestra primera Nochevieja juntos!

—Y seguro que no es la última. ¿Queréis venir a casa después de los fuegos artificiales?

Se acabó la intimidad. Y, cuando tras una noche con mucho alcohol volvimos cansados a casa, Aurélie se quedó dormida al instante.

Luego llegó el día de San Valentín, y de nuevo la idea de lo mucho que se iba a alegrar Aurélie al recibir el anillo de las tres estrellas superó ampliamente a la realidad. Pues ese 14 de febrero el amor tampoco estaba en el menú.

Ya por la mañana, antes de que yo me fuera a la editorial, Aurélie estaba de mal humor.

—¿Sabes qué? Odio el día de San Valentín —dijo cuando salió desnuda de la ducha con una toalla enrollada en la cabeza y cruzó la casa para hacerse un café.

—¿Y eso? —Yo la perseguí para darle un beso. Sabía húmedo y fresco como una mañana tras una noche de lluvia—. ¡Mmm!... Si sigues andando así por la casa no voy a llegar nunca a la editorial.

Agarró con las dos manos la taza de desayuno nueva que yo le había regalado hacía poco y me miró con un gesto de extraña desesperación.

—Esta noche va a ser un infierno, tenemos todo reservado, y encima una de las camareras está enferma. Espero que la mayoría de los clientes pida el menú de San Valentín, será todo más fácil. Ya estoy de los nervios pensando en todas esas parejas que solo por ser San Valentín tienen que cenar en una mesa bonita, cogidos de la mano y bebiendo champán. —Hizo una pequeña mueca—. Yo me sentiría como en un zoo. Este día es un invento de los americanos —añadió mientras se frotaba el pelo con energía y luego cogía la ropa que tenía preparada en una silla junto a la cama—. ¿O fueron los ingleses? —Se deslizó dentro de un vestido de punto y dio pequeños tirones hacia abajo—. Da igual. A ningún francés se le habría ocurrido algo así. ¡Quiero decir que vaya topicazo! Un día concreto hay que estar enamorado apretando un botón... Eso no funciona así. El amor debe ser siempre espontáneo, digo yo. Entonces es una fuerza grande y poderosa.

—Es posible —objeté yo viendo ya mi plan frustrado de nuevo. En las últimas semanas no habíamos sentido muy a menudo la fuerza grande y poderosa del amor..., quizá porque los dos estamos siempre muy ocupados—. Pero también hay que dar alguna oportunidad al amor. Me parece una costumbre muy bonita pensar ese día en la persona a la que amas y aprovechar la ocasión para..., para...

—¿Para regalar flores?

—Sí, por ejemplo. Para regalar flores y celebrar el amor. En cualquier caso, después del trabajo pienso pasarme por el restaurante a recogerte. Tengo una sorpresa para ti.

—¿Una sorpresa? —Se acercó a mí con ojos resplandecientes.

—Sí. Y espero que no me eches con cajas destempladas solo por llevarte unas rosas.

—No, claro que no..., perdona. Me gustan tus sorpresas. —Sonriendo, me arregló la corbata y examinó la chaqueta azul oscuro nueva que me había comprado para la presentación de mi libro—. Qué raro verte con chaqueta. Pero te queda bien. Ahora te pareces a ese editor británico de... ¿cómo se llamaba la película?

—¿*La casa Rusia?* —sugerí yo.

Ella asintió y sonrió. Justo lo mismo había dicho Florence Mirabeau cuando empezó a trabajar conmigo en la editorial. «Se parece usted a ese *gentleman* inglés de *La casa Rusia*, el editor, aunque más joven, naturalmente».

Si me lo habían dicho ya dos mujeres, tenía que ser por algo.

Me acaricié la barba, que de hecho llevaba como Barley Scott Blair, con el pulgar y el índice. Pero con eso y con mis ojos oscuros se acababan los parecidos. Y yo ni siquiera era el director de la editorial. Aunque sí un editor que escribía novelas de éxito.

—Eh..., ¿por qué sonríes así? —quiso saber enseguida Aurélie.

—Bueno, que te comparen con un actor como Sean Connery resulta bastante halagador —respondí sin mencionar que ella no era la primera que lo hacía—. Eso me hace tener esperanzas. ¡Lo mismo san Valentín hace hoy una de las suyas!

Ella sonrió y me dio un beso.

—Lo mismo. Pues hasta esta tarde, *chéri.* ¡Y mucha suerte en la presentación del libro! Tu primera presentación de verdad. Es una pena que yo no pueda estar en la presentación del Robert Miller auténtico. —Inclinó la cabeza a un lado y me hizo un guiño—. Pero estoy segura de que al menos lo harás tan bien como ese dentista inglés al que recurristeis en su momento.

—Seguro —respondí, y cogí mi gastada bandolera de piel, me puse la bufanda al cuello y salí de buen humor a la mañana de París.

¿Cómo iba a imaginar que una tormenta se cernía sobre nosotros?

Mi primera presentación de verdad.

Pensando en mis cosas, avancé por el boulevard hasta la iglesia de Saint-Germain y torcí en la rue Bonaparte. En la terraza del Deux Magots había algunos clientes con abrigo desayunando. Unos pasos más allá compré un ramo de rosas para Aurélie. En la esquina, la fachada verde lima de la pastelería Ladurée resplandecía con el frío sol de febrero; giré a la izquierda y avancé por la rue Jacob pasando por la farmacia antigua que todavía ofrece un gran surtido de los coquetos jabones Roger&Gallet, por el restaurante Au 35, donde yo comía a menudo con gente de la editorial, y por la bonita tienda de porcelana de Gien en la que hacía poco le había comprado a Aurélie una taza de desayuno de la colección Millefleurs.

¿Cuántas veces había hecho ese mismo camino? Como editor, como autor, como enamorado rechazado. Como mentiroso y como hombre esperanzado.

En aquel momento, cuando la primera novela de Robert Miller amenazaba con convertirse en un éxito, cuando *Le Figaro* quiso entrevistar sin falta al autor y Jean-Paul Monsignac insistió en que ese misterioso inglés que escribía como Stephen Clarke debía venir a París a presentar el libro, y «*tout de suite, André*», Adam y yo ya estábamos en apuros. Teníamos que hacer algo. Necesitábamos a un inglés. ¿Y por qué no el hombre cuya fotografía había aprovechado Adam como foto del autor para el libro? Samuel Goldberg era el hermano de Adam. Era dentista en Devonshire. Apenas leía y nunca había escrito un libro. No sabía nada de la foto, ignoraba que en Francia ya era aplaudido como autor de best sellers. Pero nos demostró lo que es el famoso humor inglés y aceptó participar en nuestra pantomima. Sam Goldberg dijo: «Vamos a por ello», y se metió sin más en el papel de Robert Miller. Hizo una única aparición estelar como escritor, hizo una presentación en una librería ante un público entusiasta, concedió un par de divertidas entrevistas, en mi opinión habló algo más de la cuenta... y volvió a desaparecer como si se lo hubiera tragado la tierra.

Ahora había una nueva novela de Robert Miller. De nuevo era yo el autor, eran mis propias vivencias lo que había plasmado en el papel, pero eso no lo sabía nadie..., aparte, naturalmente, de Aurélie y mi editor, quien me había animado a escribir toda la historia. Por un lado, como él dijo, para salvar mi vida amorosa, pero por otro también para proporcionar un nuevo libro de éxito a su pequeña editorial.

—Tenemos que pensar mejor el título, André, suena a algo que no se vende —dijo después de leer el manuscrito—. *¿El final de la historia?* ¡No lo dirá en serio, André! Ya estoy llorando de aburrimiento. Y es una historia de amor tan emocionante...

Tragué saliva. Nunca había pensado en la importancia comercial del título. Escribí eso en la portada del manuscrito porque todavía no conocía el final de la historia, es decir, su desenlace. El final solo podía escribirlo la mujer de la que me había enamorado. Mi enojada cocinera, que veía en mí al mayor mentiroso de todos los tiempos.

—Bueno..., era más bien un título provisional —repuse encogiendo los hombros—. Ya sabe lo enrevesada que era entonces la situación...

—Sí, sí, está bien. —La paciencia no era uno de los fuertes del director de la editorial—. Ya se nos ocurrirá algo mejor. —Reflexionó un momento—. ¿Qué le parece *Mi mujer, la cocinera*? Hummm..., no, demasiado banal..., y no a todo el mundo le gusta cocinar... Deberíamos poner el foco en la historia de amor... —Pensativo, se llevó el dedo a los labios, luego lo sacudió señalándome—. ¡Espere, lo tengo! Robert Miller, *La sonrisa de las mujeres*. ¿Y bien? ¿No es un buen título? ¿Acaso no es un buen título? —Sus ojos brillaban—. Ahí está todo: el amor, las mujeres, la sonrisa... Usted dice que todo empezó con una sonrisa, ¿no? Y también suena un poco misterioso... ¡Perfecto! Sacaremos el libro el día de San Valentín. Unos corazones de chocolate y un marcapáginas bonito, a juego con la cubierta, y será todo un éxito. —Jean-Paul Monsignac estaba tan entusiasmado que me dio un breve abrazo.

Yo asentí abrumado, mientras el editor me dejaba allí plantado para tratar todos los detalles con madame Auteuil.

Michelle Auteuil era nuestra jefa de prensa, y no solo las gafas negras de Chanel que siempre llevaba puestas la convertían en una auténtica profesional. Lucía en todo momento una delicada sonrisa, no perdía nunca la compostura, tenía todas las citas en la cabeza y cuidaba cada detalle. Conocía las preferencias de todos los periodistas con los que mantenía contacto, sabía qué vinos les gustaban, dónde solían pasar las vacaciones y si sus hijos iban a clase de equitación o de ballet. «Esas informaciones pueden decidir el final de la batalla», decía siempre, y escribía una nueva nota que hacía desaparecer en su fichero rojo, que guardaba como el Santo Grial. Vestía siempre de negro o blanco, con la perfecta melena morena lisa que le caía sobre los hombros, sus elegantes faldas oscuras y sus camisas blancas impolutas como nieve recién caída. Todo lo que decía lo había pensado antes muy bien. Su perfeccionismo resultaba inquietante. Solo a veces, cuando alguien comentaba algo que a ella le parecía absurdo y levantaba sus bien perfiladas cejas para soltar: «No lo dirá usted en serio, ¡¿verdad?!», le temblaba la comisura de los labios, y yo sospechaba que en privado era una persona bastante chistosa con la que uno se podía divertir mucho. Además, podía ser muy exigente si no obtenía lo que, en su opinión, necesitaba para prestar un buen servicio de prensa.

En su infatigable afán por vender también los libros que editábamos coincidía plenamente con monsieur Monsignac, que era el mejor ejemplo de que un buen editor no debe ser solo una persona de espíritu elevado. Tiene que ser además hábil para los negocios. Monsignac citaba siempre a su jefe anterior, un hombre de éxito que al parecer pronunció alguna vez una frase contundente: «¡Como editor hay que ser un cerdo!».

—Bueno, yo no pretendo llegar nunca tan lejos —añadía siempre Monsignac sonriendo y sacudiendo las manos—. Cuando se trabaja con libros hay que mantener siempre las formas. Pero tampoco sirve de nada perder siendo elegante, madame Mercier.

Gabrielle Mercier, una editora de cierta edad que todavía se consideraba una intelectual, sentía desde que yo la conocía una predilección por los temas de interés minoritario. A veces en las reuniones proponía proyectos que a los cinco minutos todos sabíamos que serían un fracaso.

—¿Y cuántas personas van a leer eso? ¿Diez? —exclamaba entonces el director irritado.

—Pero es alta literatura —replicaba madame Mercier mosqueada y mirando alrededor como si fuéramos todos unos incultos.

—¿Alta literatura? ¡Santo cielo! ¿Eso qué es? ¿Un nuevo nombre para los libros invendibles? Me basta con que sea literatura, madame Mercier. Tráigame un Houellebecq, una Annie Ernaux o un Patrick Modiano y yo lo publicaré con muchísimo gusto. O tráigame sencillamente historias que estén bien escritas y que no aburran. ¡Pero no alta literatura, por favor! Los libros que no pasan de los trescientos pedidos no tenemos ni que publicarlos, no están en las librerías, están muertos antes de salir del almacén. ¡¿Cuándo lo entenderá alguien?!

Agotado tras su discurso, Monsignac se dejaba caer hacia atrás en su sillón. Cuando tenía razón, tenía razón. Estaba claro que un editor soñaba siempre con hacer en algún momento un gran descubrimiento literario, algo nuevo, especial, nunca visto. Pero, si solo lo leía él, no servía para nada. Al final las editoriales tienen que sobrevivir. Por eso era importante contar siempre en el programa con un par de «nombres», es decir, autores que seguro que se iban a vender bien, para poder permitirse de vez en cuando alguna aventura.

Al parecer, Robert Miller ya era una apuesta segura de Éditions Opale.

Cuando en su momento, infinitamente agradecido por que el asunto entre Aurélie y yo hubiera tenido un final feliz, le entregué a Monsignac el manuscrito en el que había trabajado duramente día y noche, no sabía dónde me metía.

—¡Muy bien, André! Ha sido usted muy rápido. ¿Qué será lo próximo que escriba? ¿Tiene ya alguna idea? Ni se le ocurra irse a otra editorial. Quizá deberíamos firmar ya un nuevo contrato.

Es lo malo del éxito, se alcanza y luego no se puede bajar ya el listón. En realidad, a mí me encantaba mi trabajo como editor. Garabatear en los manuscritos de los demás y dar ánimos a los escritores siempre inseguros era algo muy bonito. Además, me gustaba ir cada mañana a la editorial, ver a mis compañeros, que madame Petit me trajera un café, llamar a los agentes, examinar manuscritos, discutir las sobrecubiertas y quedar en las largas pausas de mediodía con personajes interesantes de la escena literaria.

Ser escritor, en cambio, me parecía más duro. Y más solitario. Cuando se escribe un libro no existen las pausas de mediodía. No es tan glamuroso como la gente piensa.

Está bien, reconozco que me sentí algo celoso cuando en aquella memorable presentación del libro Aurélie se comió con los ojos al dentista de Devonshire... Al fin y al cabo me correspondían a mí la fama y la admiración.

Pero en el fondo me alegraba de estar protegido por mi seudónimo y no en el punto de mira del interés general.

Y entonces el director editorial tuvo una idea.

—Tengo una idea —dijo hace unas semanas en la reunión de la editorial, y sus claros ojos azules resplandecieron.

Debo admitir que me da miedo cada vez que el director dice eso. Cuando Jean-Paul Monsignac tiene una idea resulta muy difícil quitársela de la cabeza. Lo mismo ocurrió esta vez.

—La segunda novela de Miller también ha arrancado bien —dijo—. Los pedidos marchan bien, aunque no muy bien. Se me ha ocurrido una cosa. —Mirada significativa hacia mí—. ¿Qué tal si hacemos que los periodistas se fijen en nuestro querido amigo Robert Miller alias André Chabanais y organizamos una presentación el día de San Valentín? Ya he pensado en la librería, Au Clair de la Lune, está a la vuelta de la esquina, y la librera es una gran fan de Robert Miller. Organizará enseguida una lectura con el autor.

Me hizo un guiño. Yo no entendía nada.

—¿Ahora? ¿Quiere continuar con la farsa y traer otra vez a Sam Goldberg a París? —le pregunté desconcertado—. Sinceramente, no creo que venga otra vez...

Sinceramente, era imposible que el hermano dentista de Adam aceptara representar el papel de escritor por segunda vez, lo había dejado bien claro, él «no estaba hecho para llevar una doble vida». Y tampoco dejaría que utilizáramos su foto, por lo que la habíamos suprimido de la segunda novela y habíamos escrito solo una breve y discreta biografía del autor.

—¡Bah, que si patatín, que si patatán...! —me interrumpió el editor—. ¡Qué me importa ese dentista! ¡Irá usted, mi querido André!

—¿Yo? —Horrorizado, me puse de pie de un salto—. Pero, monsieur Monsignac... Usted mismo dijo que el nombre Miller se había convertido en una especie de marca. Haremos un nuevo Miller, dijo cuando le entregué el manuscrito. A André Chabanais no lo conoce nadie. ¿Cómo que una buena idea? Además, los libros ya están impresos y en todos pone Robert Miller.

—*Bien sûr*, y está bien así. Lógicamente, usted hará la lectura como Robert Miller. Será su nombre artístico, por así decir. Solo que esta vez será usted mismo, mi querido André. —Agitó la mano con impaciencia—. Creo que no tengo que explicarle precisamente a usted que eso es lo que hacen muchos escritores. Piense en Paul Celan, Françoise Sagan o Truman Capote, por mencionar solo algunos que, no me interprete mal, por favor, André, son algo más importantes que usted. Ninguno de ellos ha escrito bajo su nombre verdadero y a pesar de ello son conocidos como personas. Han intervenido en entrevistas y en lecturas públicas de sus libros.

—¿Quiere decir que... debo presentarme como Miller y dejamos el apellido Chabanais a un lado? —pregunté dubitativo—. ¿Y qué pasa con mi vida real? ¿Puedo contar que trabajo en una editorial?

—Sí, ¿por qué no? Así resulta mucho más creíble. Probablemente existen ahora mismo en París más editores que escriben bajo un nombre falso de los que pensamos, ja, ja, ja. Esta vez dejaremos a un lado todo ese invento del escritor que vive en un *cottage* en Inglaterra y se entretiene atornillando coches. Usted es editor en una editorial de París. Escribe libros de éxito. Miller es su seudónimo. Y punto.

—Una idea excelente —intervino enseguida Michelle Auteuil, y empezó a pasar las hojas de su agenda. ¿Se habían puesto de acuerdo esos dos?—. Podríamos haber vendido el doble de ejemplares del primer libro si el autor hubiera hecho más promoción. Pero... bueno... —Miró con un gesto de reproche hacia donde yo estaba—. Entonces no sabíamos lo que sabemos ahora, ¿no es cierto? Además, esta revelación es una estrategia magnífica para impulsar el lanzamiento de la nueva novela. A la prensa le encantan las historias en las que se desvelan identidades ocultas. —Jugueteó con su bolígrafo Montblanc entre los dedos—. A partir de ahora le comercializaremos bajo el nombre de Robert Miller. Y sería una estupidez no relacionarlo con el éxito del primer libro.

—Pero ¿no se sentirán defraudadas las lectoras cuando en lugar del elegante inglés con su Corvette y su *cottage* aparezca de pronto tras la novela un editor francés vulgar y corriente? —objeté.

—¿Y eso por qué? —replicó madame Auteuil arqueando las cejas—. Será así en países con una menor conciencia nacional que nosotros, pero no es el caso de Francia. Apuesto a que todos estarán encantados cuando descubran que en realidad es un francés quien ha escrito un best seller tan maravilloso.

Yo me revolví incómodo en la silla.

—Bueno..., no sé... No me siento muy a gusto con la idea. Quién sabe qué preguntas me harán. ¿Y por qué me llamo precisamente Miller?

—*Mon Dieu*, André, ¿a qué viene eso? —gritó Monsignac—. Diga simplemente que ha elegido el apellido de su abuelo, que era inglés. Cuando tramó todo este asunto con su amigo Adam Goldberg no fue tan mirado. Nadie le pide que se convierta en un segundo Pessoa. —Lanzó una sonora carcajada.

Eso habría estado mejor, pensé arrugando la frente. Yo solo conocía de Pessoa el *Libro del desasosiego,* pero de él se decía que había publicado bajo tantos seudónimos que al final de su vida ni siquiera sabía quién era.

—¿Y quién era Pessoa? —resonó de nuevo la voz del director editorial, a quien en los juegos de preguntas le gustaba demostrar sus amplios conocimientos en el ámbito de la literatura.

Florence Mirabeau pensó claramente que la pregunta iba dirigida a ella, y su carita acorazonada se sonrojó avergonzada.

—¿Un... filósofo?

—No, no, no era un filósofo, pequeña. Fernando Pessoa fue uno de los mejores escritores portugueses del siglo xx. ¡Un buen tipo! ¡Un genio! Escribió bajo setenta nombres diferentes... Usted no le llega a la suela del zapato, André.

Yo puse los ojos en blanco.

—Oh —se le escapó a mademoiselle Mirabeau, que estaba visiblemente impresionada.

—Pero, espere, que todavía queda lo mejor... —Monsignac levantó el dedo índice con gesto triunfal—. Pessoa trabajó también como periodista. Y como tal hizo reseñas de sus propias novelas. ¡Vaya desfachatez!

Un murmullo recorrió la reunión, y yo me reí con incredulidad porque no conocía ese detalle de la vida del escritor portugués.

Michelle Auteuil carraspeó.

—Asombroso realmente. Pero volviendo al tema. ¿Se mantiene la fecha para la lectura en público? ¿Supongo que coincidiendo con la presentación?

El director asintió.

—Entonces el 14 de febrero, perfecto. Yo me ocupo de la prensa. Seguro que hay muchos periodistas que querrán venir a la presentación del libro, mandaré las invitaciones inmediatamente, aunque antes deberíamos lanzar algunos artículos. —Me dedicó una leve sonrisa—. Tendremos que acordar los datos biográficos, André. Sería de gran ayuda encontrar una línea común. Pero todo eso se puede preparar muy bien, en realidad siempre se hacen las mismas preguntas.

—Bueno, no sé... —Mi protesta no fue escuchada.

—¡Genial! Todos nos alegramos de esta presentación del día de San Valentín. —Monsignac se volvió a recostar en su sillón de la cabecera de la mesa de reuniones y, satisfecho, cruzó las manos sobre su generosa barriga.

Murmullo de aprobación.

Yo guardé silencio, esa acción concertada me había pillado totalmente desprevenido.

Madame Auteuil tuvo un momento de compasión. Me miró, y en sus labios tembló de nuevo esa sonrisa traicionera.

—No se haga la víctima, ni que fuera usted un conejo ante una serpiente, André. Usted es un hombre que domina una puesta en escena. Sabe leer en público. Se expresa muy bien. Como editor ha presentado ya muchos libros de otros autores. Seguro que podrá presentar el suyo también. Además... —¿me guiñó un ojo o solo me lo pareció?—, es usted muy atractivo. Será una presentación espectacular, estoy segura.

Y, así, llegó el día en el que yo debía aparecer por primera vez como autor sobre el escenario. Era una sensación emocionante, pero al mismo tiempo me iba poniendo cada vez más nervioso. Recorrí la rue Jacob, que enseguida se convierte en la rue de l'Université, donde estaba la editorial. Poco después tecleé el código de entrada y, con sentimientos encontrados, empujé la pesada puerta de madera que da paso al patio interior adoquinado en cuyo edificio lateral se ubica Éditions Opale. Allí me fumé un cigarrillo a toda prisa.

—¿Miedo escénico? —Michelle Auteuil ya me estaba esperando cuando entré en las oficinas. Sonreí nervioso.

—¿Quiere un café, monsieur Chabanais? —Madame Petit, cuya pequeña figura redondeada estaba enfundada en un vestido de flores, se acercó hacia mí—. Hoy es el gran día. Todos estamos muy nerviosos. Su madre acaba de...

La miré horrorizado.

—¿No le habrá contado lo de la presentación, madame Petit?

Solo me faltaba que *maman* se presentara en la librería y acaparara toda mi atención justo cuando me estaba preparando mentalmente para la lectura en público. Ya estaba suficientemente nervioso. Casi podía verla sentada en la primera fila, haciéndome señas y con los ojos brillantes, oír cómo susurraba a los demás asistentes: «Es mi hijo, ¿sabe? Desde muy pequeño ya se inventaba historias». *Maman* lo hacía con buena intención, pero seguro que me distraería un montón.

Madame Petit sacudió la cabeza y puso ojos de inocente.

—No, no, claro que no, monsieur Chabanais. Su madre solo quería hablar con usted y espera que le devuelva la llamada.

—Sí, sí —dije más tranquilo—. Luego. Bien. Ah, ¿sería tan amable de poner estas flores en agua?

—¡Por supuesto, claro que sí! —Madame Petit se mostraba excepcionalmente servicial—. ¡Qué rosas tan bonitas!

—¿Viene, André? —Michelle Auteuil estaba aguardándome, y yo la seguí.

Eficiente como siempre, para ese día nuestra jefa de prensa había concertado varias entrevistas telefónicas, y por la tarde vendría un periodista del *Parisien* para hacerme unas fotos en mi despacho y algunas preguntas para su artículo. A última hora iría con el director editorial y un par de colegas que no querían perderse el espectáculo a la librería, donde ya nos esperaba Artémise Belfond.

El aforo estaba completo. Bueno, vale, se trataba de una pequeña librería y no del Grand Palais.

—He hecho todo lo posible para que la tarde sea un éxito, André —había dicho satisfecha madame Auteuil antes de que abandonáramos la editorial hacia las siete—. Ahora ya todo depende de usted. —Sonrió animándome—. *Bon courage!* Lo conseguirá.

Todo dependía de mí, y creo poder decir que en general lo hice bastante bien. La librería estaba llena y la librera era una persona encantadora, de redondeados ojos azules, que me saludó como a un viejo conocido y tras la lectura me dijo al oído: «¡Siempre lo he sabido! ¡Solo un francés puede escribir así sobre el amor!».

El público disfrutó mucho de la «Lectura para enamorados», como rezaba el cartel colgado en el escaparate. Tras algunos lapsus iniciales, que sin duda se debieron a los nervios y que todos los «enamorados» y también los que habían acudido solos —mujeres en su mayoría— me perdonaron con generosidad, enseguida me solté. Yo leía mi texto, la gente escuchaba atentamente; yo hacía una pequeña broma, todos se reían; podría haber seguido así toda la vida. Y cuando finalmente la librera me hizo una seña para que fuera acabando y yo cerré mi libro con el habitual «muchas gracias por su atención», se oyó en la sala un murmullo de descontento al que siguió un prolongado aplauso. Querrían haber oído más, pero en realidad se trataba de que compraran el libro.

Tras la lectura se hicieron las preguntas habituales: «¿Cómo se le ocurrió la idea para esta novela, monsieur Miller?», «¿Le ha gustado siempre escribir?», «¿Existe realmente el restaurante de su libro?», «¿De qué tratará su próxima novela?».

Estuvo bien haber preparado previamente la velada con Michelle Auteuil. Sonriendo, le aseguré a mi público que en el fondo toda novela tiene algo que ver con la biografía de su autor, que a menudo se mezclan lo inventado y lo vivido, que el pequeño restaurante de los manteles de cuadros existía realmente, pero que los personajes y el argumento eran inventados, todo era una «fantasía con ráfagas de realidad». En este punto me sonrojé un poco, aunque afortunadamente no lo notó nadie. Como es natural, en la novela había cambiado todos los nombres y había hecho una cierta labor de «camuflaje», como se suele hacer, como han hecho otros autores más famosos que yo, cuando se vierten acontecimientos y experiencias vitales en una novela y se mezclan entre sí.

Anuncié que mi próxima novela, que ya estaba en marcha, se desarrollaría también en París, todo lo demás era secreto todavía. De hecho, era tan secreto que ni siquiera yo lo conocía... Para ser sincero, ni siquiera tenía alguna idea pensada para una próxima novela.

—Como se suele decir, la vida imita al arte mucho más que el arte a la vida —bromeé—. Con lo que no quiero decir que mi vida sea una auténtica tragedia. —Coseché algunas risas.

—¿Y cuál es su profesión principal? —quiso saber un hombre que estaba claro que había sido arrastrado a la presentación por su novia. Tenía una mirada crítica a través de sus gafas de cristales redondos—. ¿Es cierto que trabaja usted en una editorial?

Yo miré de reojo a mi director editorial, que estaba sentado en la primera fila con las manos cruzadas sobre la barriga y asentía con jovialidad.

—Sí, es cierto. Durante el día trabajo como editor y por la noche escribo. Si usted quiere, he hecho de la necesidad una virtud. —Sonreí, y la gente se rio y aplaudió.

—¡Eso, eso! —gritó una voz.

—Es genial, ¿verdad? —oí que comentaba madame Petit, que estaba sentada más atrás junto a Florence Mirabeau. Las dos me miraban radiantes.

Artémise Belfond se puso de pie y se acercó hacia la mesa. Me obsequió con una arrebatadora sonrisa antes de dirigirse a sus invitados.

—Bien, entonces esperamos que siga usted haciendo de la necesidad virtud, monsieur Miller —declaró—. Yo, en todo caso, espero su próximo libro con impaciencia. Y confío en que la sonrisa de las mujeres siga estando presente en él. Muchas gracias por esta lectura, con la que tanto hemos disfrutado todos. —Aplaudió volviéndose hacia mí, luego se dirigió al público—. Pues si no hay más preguntas...

—Sí, sí..., yo tengo otra pregunta —se oyó decir a una mujer mayor desde la última fila.

—Por favor... —Artémise Belfond le cedió la palabra.

—Joven, escribe usted sobre el amor de una forma maravillosa —afirmó la mujer, y su voz cascada me conmovió—. Y aunque la historia que usted cuenta en la novela sea, según usted asegura, inventada..., o la mayor parte de ella..., me gustaría saber qué piensa usted del amor. ¿Cree usted en el amor a primera vista, monsieur Miller? ¿Y qué importancia tiene el amor en su vida?

Yo guardé silencio durante un instante y reflexioné. El dulce rostro de Aurélie surgió ante mí y de pronto me encontré en el punto donde había empezado todo..., en la pequeña calle cerca de la iglesia de Saint-Sulpice donde una tarde de abril me detuve porque me había llamado la atención la sonrisa de una mujer tras el cristal de un restaurante. Y sentí un callado escalofrío al pensar qué habría ocurrido si aquella tarde yo sencillamente hubiera pasado de largo, si sencillamente hubiera tomado otra calle, si sencillamente hubiera ido mirando al suelo ensimismado. Me estremecí. Era inimaginable, no era posible, en ese caso no habría conocido nunca al amor de mi vida. Pero me detuve. Algo en este enorme y generalmente frío universo había mostrado comprensión, sabía que tenía que ser así, había dirigido mis pasos. Y una vez, una única vez, me encontré en el sitio adecuado justo en el momento adecuado. Y allí estaba Aurélie, allí estaba su sonrisa, y allí estaba mi felicidad.

Respiré aliviado y levanté la mirada. Primero noté que se había hecho el silencio en la librería. Todos los ojos estaban fijos en mí.

—Sin duda —respondí—. Estoy convencido de que el amor a primera vista existe. Aunque no sé explicarle por qué es así. Probablemente sea uno de los últimos misterios del universo. —Extendí los brazos en un gesto de incertidumbre.

—¿Y qué pasa con Harry y Sally? —preguntó un gracioso.

—Sí, ¿qué pasa con Harry y Sally? —contraataqué—. Algunos tardan media vida en darse cuenta de que tienen que estar juntos. Pero incluso cuando algunas personas se enamoran a la segunda mirada, siempre existe antes esa primera mirada con la que comienza todo, con la que empiezan todas las historias. Esa segunda mirada no sería posible sin la primera.

Unas chicas soltaron unas risitas, y la mujer mayor asintió, era evidente que compartía mi opinión.

—El amor es tal vez sobre lo que menos podemos influir —proseguí animado—. Pero es lo más importante en nuestras vidas. El amor es... la respuesta a todo.

Los oyentes me observaron pensativos, y por un momento me sentí conmovido por mí mismo. Normalmente no suelo ser tan patético. Pero cuando lo dije, pensaba exactamente así. Lo que de verdad importa, lo que le da sentido a todo, es el amor. Pensé en la mujer que ocupaba mi corazón, en el anillo que yo llevaba en el bolsillo de la chaqueta.

Me sentí bien, sincero y leal. Habría podido abrazar a todos los allí presentes.

—Lo ha expresado usted de una forma muy bonita, monsieur Miller —dijo Artémise Belfond—. ¡Qué mejores palabras finales para un día de San Valentín! —Sonrió al público—. Quizá esta lectura les ha dejado con ganas de más. Pueden aprovechar la ocasión para adquirir la novela de Robert Miller y llevársela firmada por el autor.

Bebí un poco de agua y lancé una mirada animada a las filas de sillas, donde los primeros clientes se iban levantando para dirigirse hacia la mesa de los libros, que se vació enseguida. Por desgracia no había suficientes ejemplares para todos los interesados, y la librera, que no había contado con tanta aceptación, prometió reponer existencias muy pronto.

—Lo siento mucho, encargaré los libros... Pasado mañana están aquí.

Yo charlé y bromeé y escribí alegres dedicatorias en los libros abiertos. Luego también en los marcapáginas con el motivo de la cubierta que, a falta de libros, me presentaban mis entusiastas fans.

Cuando una hora más tarde ya estaban todos los libros vendidos y firmados y al final una chica joven se acercó a la mesa junto a su madre y ambas me dijeron ingenuamente que qué historia de amor tan preciosa había escrito, de pronto me sentí muy bien siendo escritor. He de decir que hasta entonces no se me había prestado demasiada atención, y la sensación de despertar en personas desconocidas una reacción tan inmediata y positiva a lo que yo había escrito me hizo flotar unos centímetros por encima del suelo. Era serotonina pura.

—Lo ha hecho usted de fábula, André —opinó Jean-Paul Monsignac cuando tras la presentación del libro nos sentamos ante una copa de champán en el bar del Bellier por invitación de Artémise Belfond—. Deberíamos repetirlo. Tiene usted mucho gancho con las mujeres.

—Bueno... —me defendí con modestia.

—Sí, sí, sí. —El director sacudió el dedo índice en el aire y me hizo un guiño—. Y lo que ha dicho sobre el amor... ¡André, André, André! Eso ha sido de película. Todos los ojos se han humedecido, incluso los míos. —Suspiró satisfecho.

—Hacer más lecturas de este tipo sería una buena idea —opinó Michelle Auteuil sin dejarse contagiar de la emotividad generalizada—. Se puede organizar. —Se ajustó las gafas Chanel, y casi pude ver cómo empezaban a girar los engranajes dentro de su cabeza.

Artémise Belfond se reclinó feliz en su sillón de terciopelo rojo. Cruzó sus esbeltas piernas con elegancia y levantó la copa en la que burbujeaba el champán.

—Sí, estoy de acuerdo, ha sido maravilloso, monsieur Chabanais. Cuenta usted con un gran talento. Creo que ha sido la mejor presentación que he tenido en mucho tiempo. La gente me quitaba los libros de las manos literalmente. —Me sonrió, y sus ojos resplandecieron—. Espero que no sea la última vez que visita usted Au Clair de la Lune.

—No, claro que no —le aseguré eufórico—. Volveré encantado. Cuando usted quiera.

—Le tomo la palabra. —La librera dejó caer su melena rubia sobre el alto respaldo del sillón y balanceó su delicado zapato rojo en mi dirección. Se rio sin complejos, y yo también me reí, todos nos reímos, y jamás habría pensado que ese zapato rojo, o, mejor dicho, la mujer que lo llevaba puesto, podría ser alguna vez fatal para mí.

—¡Por Robert Miller y su novela! —gritó Monsignac—. Bah, qué digo... ¡Por todas sus futuras novelas! ¡Por que las historias de amor no pasen nunca de moda!

—Eso no ocurrirá. Al menos en París. ¡Por el amor! —dijo Artémise Belfond con su voz suave, y todos brindamos y bebimos el champán helado.

«¡Por el amor!», pensé animado cuando tras abandonar el bar bastante después de medianoche me dirigí a toda prisa hacia la editorial para recoger las flores, que seguían en un jarrón. Se había hecho tarde. Monsignac había insistido en abrir una segunda botella. «Sigamos con la celebración», había dicho. La librera rubia, que se había estado riendo toda la noche con sus historias de la editorial, parecía haber tenido un efecto bastante rejuvenecedor sobre el director. Y yo también me sorprendí al mirar el reloj. Las horas habían pasado volando.

Le mandé un breve mensaje a Aurélie, que seguro que estaría esperándome impaciente. «La presentación ha sido genial. Voy para allá, ¡me muero por verte!», escribí. Ella no contestó.

Volví a palpar mi chaqueta para cerciorarme de que el pequeño estuche de terciopelo azul seguía en el bolsillo interior. Luego me cerré el abrigo y me dirigí ansioso hacia el boulevard Saint-Germain, donde a esa hora apenas había gente. Un par de taxis esperaban a los últimos clientes delante de la Brasserie Lipp. Crucé la calle sin mirar a derecha e izquierda, y seguí a toda prisa por la rue Cassette. Yo era un escritor de éxito y un hombre feliz y enamorado. Estaba en la *pole position* y nada podría detenerme.

Cuando me encaminaba al pequeño restaurante de la rue Princesse, a través de cuyos cristales empañados caía la luz sobre la calle, mi corazón palpitaba de alegre impaciencia. Me vi abriendo la puerta del restaurante, donde los últimos clientes ya se habrían marchado. Vi a Aurélie dirigiéndose sonriente hacia mí mientras Jacquie y el cansado personal de cocina se despedía entre bostezos. Y por fin estaríamos solos. Como entonces, aquella fría tarde de diciembre en que tomamos juntos el *Menu d'amour* porque Robert Miller, ese canalla, no se había presentado, pero yo sí. Y, como entonces, tomaría a Aurélie en mis brazos, pero no para consolarla. Le entregaría las rosas y la cajita de terciopelo azul, ella la abriría y me miraría sorprendida y enamorada, y después...

Abrí la puerta y retrocedí asustado. El restaurante estaba lleno. Todas, pero todas, las sillas estaban ocupadas. Un alegre barullo de voces, el golpeteo de los cubiertos y el tintineo de las copas inundaron mis oídos. Me detuve desconcertado. No contaba con aquello.

¿Es que los enamorados del día de San Valentín no tenían nada mejor que hacer a esas horas que seguir comiendo y bebiendo?

Descubrí a Aurélie en una puerta del fondo. Me vio y me hizo una seña antes de avanzar hacia mí entre las mesas.

Cuando llegó hasta mí con las mejillas encendidas le tendí las flores.

—¡*Happy Valentine*, mi bella cocinera!

—Gracias, André. ¡Qué amable! —Cogió el ramo algo distraída, según me pareció, y lo dejó a un lado—. Ni te imaginas lo que ha pasado esta tarde. —Se sujetó un mechón de pelo que se le había soltado y suspiró nerviosa.

—Ya veo —dije—. Tardarás todavía un poco en poder irte. ¿Cómo es que siguen todos aquí?

—Ni idea. Nunca había visto tanta gente en el local. —Encogió los hombros—. Y no paran de llamar para reservar. No entiendo nada. Tengo ya casi todo cogido para las dos próximas semanas.

—*Oh, là, là* —exclamé—. Cocinas demasiado bien, *chérie*. Mi lectura también ha sido un éxito. He...

—Qué bien. —No pareció mostrar mucho interés—. Luego me lo cuentas, ¿vale? —Y volvió a sonar el teléfono—. ¿Ves? Así todo el rato. —Abrió mucho los ojos y me lanzó una significativa mirada.

Suzette, una de las dos camareras, se acercó a la barra y levantó el auricular. Luego le hizo una seña nerviosa a Aurélie.

—Disculpa... —Suspiró, y me dejó allí plantado.

Yo vi cómo se alejaba, llegaba a la barra y le quitaba el auricular de la mano a Suzette con brusquedad. Intercambió algunas palabras, parecía sorprendida. Luego dejó caer el auricular y volvió a mi lado. Sus mejillas estaban ardiendo y sus ojos brillaban de forma poco natural cuando dijo:

—Era un periodista del *Parisien*.

—¿Qué? ¿Del *Parisien*? ¿A estas horas? Vaya maleducado. Ese tipo ha estado conmigo esta tarde en la editorial y me ha hecho mil preguntas. Quiere hacer un reportaje sobre mí y mi novela. El editor en su escritorio y todo eso. Y, naturalmente, mencionando también Le Temps des Cerises porque sale en el libro. Pero podría haber esperado hasta mañana. ¿Qué quería? —El gran interés por mi persona me halagaba, pero las maneras del periodista me parecían mejorables, si no molestas. Esos idiotas de la prensa pensaban que uno tenía que estar día y noche a su disposición.

—No, no, la llamada no tiene nada que ver contigo, André.

Aurélie me miró de una forma extraña, totalmente atónita, como si hubiera visto un fantasma..., pero al mismo tiempo tuve la incierta impresión de que en un instante iba a saltar de alegría. Me agarró las manos nerviosa y añadió:

—¡Ha pasado algo increíble, André!

2

Papá siempre decía que los únicos libros que han contribuido de verdad a aumentar la felicidad en nuestro mundo son los libros de cocina.

Esta frase no era suya, sino de Joseph Conrad. De pequeña creí durante mucho tiempo que Joseph Conrad era un gran cocinero, aunque había escrito un libro muy famoso, *El corazón de las tinieblas,* que, para mi vergüenza, debo admitir que en algún momento compré por curiosidad, pero nunca leí. Las palabras de Joseph Conrad estaban inmortalizadas en una placa esmaltada decorada con flores que colgaba en la cocina de Le Temps des Cerises desde siempre. La primera vez que me fijé en ella todavía no sabía leer, pero me gustó por las flores.

Habían pasado muchos años desde entonces, habían sucedido muchas cosas. Pero la placa seguía en el mismo sitio, y cada vez que mi mirada recaía sobre ella, cuando la veía de forma consciente, pensaba en mi padre, ese hombre bondadoso y juicioso que, al ser yo su única hija, al morir me dejó no solo el restaurante, sino también sus recetas, que conservo como un tesoro.

¿Qué habría dicho papá al saber que yo estaba ahora con un hombre que no podía imaginarse ni de lejos una vida sin libros? ¿Cuya casa estaba llena de estanterías abarrotadas de las obras de escritores y filósofos famosos? Quizá que la literatura y la cocina tienen mucho más en común de lo que se podría pensar..., pues en ambas se precisa un buen olfato y una gran pasión. Se pueden utilizar los mejores ingredientes o las más bellas palabras: si falta la pasión no se obtiene nada bueno. Creo que mi padre, que en algún momento estudió literatura antes de decidir regentar un restaurante, se habría entendido bien con André, ese editor, mentiroso y autor oculto que conocí en circunstancias bastante curiosas poco después de morir papá. Y, como las casualidades no existen, ocurrió lo que yo en principio había considerado imposible: me enamoré de ese hombre que me había escrito la carta de amor más larga del mundo (tanto, que su jefe hizo de ella un libro). Y de pronto había otra vez alguien que lo era todo para mí.

Así es la vida. Cuando una puerta se cierra, otra se abre, y yo ahora hablo como mi padre.

Afortunadamente, André no era uno de esos intelectuales de los que se dice que viven solo de café y cigarrillos. Valoraba la buena cocina, aunque no sabía cocinar. Yo no considero unos huevos revueltos con cebollino realmente como un plato, aunque una tortilla ya es otra cosa. Preparar una buena tortilla es todo un arte, debe quedar ligera y esponjosa, y no en vano existe hoy en Mont Saint-Michel, donde fue inventada por una camarera llamada Annette Boutiaut, que se casó con el hijo de un panadero llamado Poulard, la *omelette de la mère Poulard,* que tiene fama de ser la mejor tortilla del mundo.

Yo llevaba ya algo más de un año con André, y cuando una mañana le vi salir por la puerta con la bufanda al aire y su cartera de cuero, diciendo que tenía una sorpresa para mí, por un instante pensé que volvía a ser feliz de verdad.

Me bebí el café y limpié la coqueta taza de desayuno que André me había comprado hacía poco en la pequeña tienda de porcelanas de la rue Jacob sin motivo especial alguno. «La decoración se llama *millefleurs,* pensé que te pega mucho ya que te gustan tanto las flores».

Adoraba eso de André, esos pequeños detalles.

Sonreí mientras dejaba caer el agua caliente sobre la taza y mi cabeza estaba ya en el restaurante... y en todo lo que tenía que comprar y preparar para el día de San Valentín. Sin querer, la taza se me escurrió y se hizo pedazos al chocar contra el viejo fregadero de porcelana.

Ahora pienso que aquello fue una señal.

Unas horas más tarde ya estaba en la cocina de mi restaurante fileteando las naranjas para los postres, con el zumo de las dulces frutas goteando entre mis dedos, cuando sonó por primera vez el teléfono. Lo dejé sonar, pero quienquiera que estuviera llamando era insistente.

—¿Puede contestar alguien el maldito aparato o tengo que dejar que se me queme la salsa? —gritó Jacquie irritado, y yo dejé el cuchillo a un lado suspirando. Cuando Jacquie preparaba una salsa no estaba para bromas. Todavía era pronto e íbamos bien de tiempo, todo lo que se podía preparar con antelación estaba listo.

—Ya voy yo —dije.

Mientras me limpiaba las manos en el delantal vi cómo Jacquie Berton, que ya trabajaba con nosotros en tiempos de mi padre y no era solo un excelente cocinero, sino también un amigo paternal y buen consejero, introducía su cuchara de madera en la *sauce béarnaise* que tenía en el fuego. La probó con cuidado, se detuvo un instante y miró hacia arriba antes de decidir añadir un poco más de mantequilla al gran cazo de cobre, algo que no me sorprendió, ya que para Jacquie la mantequilla, el vino blanco y el romero son los principales ingredientes de la «buena cocina francesa». Paul, el joven *sous-chef,* golpeaba en ese momento unos filetes de ternera y los depositaba hábilmente en una bandeja, mientras las piernas de cordero con lavanda se estofaban en el horno y desprendían un olor que para mí era mejor que cualquier perfume. Barras de *baguette* envueltas en paños de cocina limpios esperaban a ser cortadas en su momento, para ser llevadas en pequeños cestos a las mesas. Tarros de mantequilla salada de Normandía descansaban en la nevera junto a la dorada *crème brûlée* y el *paté* casero tapados. Hay que tener cuidado con la mantequilla, absorbe todos los olores.

Mi mirada vagó satisfecha por los aparadores en los que se alineaban cuencos y cacerolas brillantes llenos de peras troceadas, escarola, alcachofas moradas, patatas peladas y delicadas zanahorias. A cualquiera podría parecerle que era todo un caos, pero yo sabía que allí reinaba el orden más estricto. No se puede cocinar sin mantener el orden. Es lo primero que se aprende cuando se inicia uno en la cocina.

Pasé junto a Claude y Marie, nuestras dos ayudantes de cocina, ocupadas en lavar la ensalada y limpiar las verduras, fregar los utensilios de cocina que ya no se iban a utilizar y repasar una y otra vez las superficies de fogones y encimeras.

El teléfono seguía sonando. Bajé a toda prisa los tres escalones que conducían al restaurante, donde las mesas ya estaban preparadas para la celebración con velas y pétalos de rosa, cubiertos de plata y copas que esperaban a ser llenadas de vino aterciopelado. El *Menu de la Saint Valentin* estaba anunciado en letras bonitas en la pizarra que colgaba en la pared de ladrillos rojos junto a la entrada. En el colegio siempre me felicitaban por mi buena caligrafía.

Ese año había previsto para el día de San Valentín el siguiente menú: como entrante serviría una ensalada de peras con nueces y roquefort, después pierna de cordero estofada con lavanda y aceitunas negras —lo sofisticado de esta receta era el vino blanco, que se cocía con canela y se regaba sobre la carne justo antes de servirla— y de postre naranjas a la canela con merengue casero y Grand Marnier.

Casi sin aliento, levanté el auricular que estaba en su base sobre el mostrador de madera oscura.

—Le Temps des Cerises, *bonjour* —dije.

—¿Es posible todavía reservar una mesa para dos personas para esta noche? —preguntó una voz masculina. Sonaba apremiante. Resultaba evidente, algún desgraciado que hasta el último momento no había caído en qué día estábamos. ¿Por qué hace la gente tanto teatro el día de San Valentín?

—Lo siento, monsieur, está todo completo.

—Oh, qué lástima... ¿De verdad que no es posible? ¿No tendrá algún rinconcito? Ocuparemos poco sitio. —Se rio, y yo levanté las cejas.

—¿Conoce usted Le Temps des Cerises?

—Por desgracia no, pero me encantaría poder conocerlo —susurró.

—Me alegro, pero mi restaurante es muy pequeño, demasiado pequeño para poner una mesa más, me temo.

—¿Y una mesita? —bromeó.

—Tampoco una mesita —contesté en tono amable poniendo los ojos en blanco.

—¿Y si vamos a última hora?

—Tendría usted que venir después de medianoche, monsieur, y para entonces nuestra cocina ya estaría cerrada.

—Sí, qué tontería. —Pareció reflexionar un instante—. Oiga..., ¿podría hablar con la chef? —añadió.

Yo sonreí.

—Está hablando con ella. Aquí Aurélie Bredin.

—¡Oh! Es usted en persona —exclamó exultante—. *Enchanté, enchanté!*

Yo fruncí el ceño. ¿Qué quería aquel tipo?

—Escuche, monsieur, tengo que seguir con mi trabajo. Pruebe el próximo día de San Valentín. *Bonne journée!*

—¡No, no, espere! ¿Qué tal mañana por la noche?

Acerqué el libro de reservas y pasé a la siguiente página, que no estaba demasiado llena. A decir verdad, poca gente sale a cenar el día después del 14 de febrero.

—Mañana no hay problema. ¿A qué hora desea venir?

—¿A las ocho y media? —preguntó él con cautela.

—Estupendo. —Cogí el lápiz.

—No, es a mí a quien le parece estupendo —repuso—. Es un honor para mí.

—Eh..., sí —murmuré—. Si es tan amable de decirme su nombre.

—Dupin —respondió—. Georges Dupin.

—Anotado. Entonces, hasta mañana, monsieur Dupin.

Colgué y me dispuse a volver a la cocina.

El teléfono volvió a sonar. Me giré con desconfianza y descolgué el auricular.

—¿Sí?

Pero esta vez no era monsieur Dupin, sino una tal madame Clément que quería reservar una mesa a toda costa. Luego llamó monsieur Legrand, después madame Favre... El teléfono sonaba y sonaba. Y cuando esa noche llegaron los primeros clientes el libro de reservas ya estaba lleno para toda la semana siguiente. También el restaurante estaba muy animado. Suzette no paraba de rechazar peticiones de clientes que se agolpaban en la puerta y querían entrar, mientras que los afortunados que ya estaban sentados a sus mesas parecían no querer que la velada llegara a su fin. Volvían a pedir vino y champán una y otra vez y elogiaban la exquisita comida sin ahorrar en cumplidos.

—*C'est absolument délicieux* —dijo un elegante cliente que estaba con su mujer (¿o sería esa bella pelirroja su amante?) en la mesa 7.

—No querrá usted revelarnos la receta de esta formidable *mousse* de trucha, ¿verdad? —quiso saber una mujer mayor que había acudido con su hija y a la que ya había visto alguna vez en Le Temps des Cerises. Me lanzó una pícara mirada. Llamaba la atención con su pelo plateado y un enorme escarabeo de oro que, para celebrar la ocasión, colgaba de una pesada cadena sobre su vestido de terciopelo.

Yo negué con la cabeza sonriendo.

—Me temo que no, madame. Vivo de mis recetas. Pero me alegro de que le guste.

—Está delicioso, ¿verdad, Annie?

—*Oui, maman!* La comida se deshace en la boca.

—Siempre me ha parecido que su pequeño restaurante es muy especial —añadió la mujer mayor. Agarró el colgante y me lanzó una elocuente mirada—. Pero hoy..., hoy se ha superado usted, querida.

—Oh..., ¡gracias!

Cuando volví a la cocina a por los siguientes platos, le susurré a Jacquie:

—No lo entiendo. ¿Qué pasa hoy? ¿Has puesto alguna hierba secreta en la comida? ¡Ahí fuera están totalmente descontrolados! ¡Y encima todas esas reservas! —Sacudí la cabeza—. ¡Ya tenemos las reservas de dos semanas completas! ¡Esto parece la toma de la Bastilla! Hay algo que no encaja. —Fruncí el ceño.

—A los franceses les gusta comer bien, ¿qué hay de raro en ello? —contestó Jacquie sonriendo satisfecho—. Además, mi cordero con lavanda tiene mucho éxito, deberíamos ponerlo en la carta más a menudo.

—Tu cordero con lavanda fue idea mía, querido —protesté.

—Ah, ¿sí? Pensaba que lo había propuesto yo.

—No, no fuiste tú. ¿Puedo recordarte que te mostraste bastante escéptico con la lavanda?

Típico. Cada vez que Jacquie preparaba un plato que yo había ideado se lo apropiaba y lo consideraba como una creación propia.

—No me acuerdo... —Sus ojos oscuros me miraron con incredulidad.

—Pues yo sí —intervino Paul, que en ese momento estaba flambeando un *filet au poivre* con coñac—. Me acuerdo perfectamente, monsieur Berton. «La lavanda estropeará el plato», dijo usted.

—Bueno, da igual —dijo Jacquie con generosidad mientras con sus enormes manos ponía delicadamente una ramita de romero en un plato—. El restaurante está a tope, eso es fantástico. Así que deja de arrugar la frente y alégrate en vez de buscar el pelo en la sopa, Aurélie.

Todos en la cocina se rieron —siempre se burlaban de mis continuas dudas—, un pequeño respiro, y luego siguieron cada uno con lo suyo, removiendo, asando, sirviendo platos y llenando copas. Las horas pasaron y el teléfono no paraba de sonar.

Después de medianoche el restaurante seguía lleno a rebosar. Era evidente que aquella noche nadie quería irse a casa. No paraban de encargar vino, y algunos clientes incluso pidieron después del postre nuestro *Plat du fromage à la maison,* que se servía con higos frescos y nueces. Yo pasaba cansada entre las mesas y captaba de vez en cuando fragmentos de alguna conversación.

«Sí, hemos tenido suerte, reservamos hace mucho tiempo...».

«Ah, ¿no lo sabía usted?».

«Hace años que venimos. La cocina no nos ha defraudado nunca. Sencilla y al mismo tiempo sofisticada, ¿no le parece?».

Hacia las doce y media la mujer del escarabeo decidió que ya era hora de marcharse y pidió la cuenta. Cuando se la llevé a la mesa en una pequeña caja de música junto con unos caramelos de menta me sonrió con cariño.

—*Mon Dieu*, ¿quién lo iba a pensar? Me alegro mucho por usted, mademoiselle Bredin. Es como si fuera su regalo de San Valentín, ¿verdad? —Señaló con un gesto impreciso el resto de mesas ocupadas.

—Sí, esta noche ha sido increíble. —Asentí y pasé su Carte Bleue por mi pequeña máquina. Los ingresos de aquella noche y de las dos semanas siguientes quedarían grabados en la historia del restaurante.

—Muchas gracias, madame.

La mujer asintió y volvió a guardar la tarjeta en su cartera.

—Creo que usted se...

Alguien en la mesa de al lado echó la silla hacia atrás riéndose, una botella de vino cayó al suelo haciéndose añicos y el resto de la frase se perdió en el bullicio general.

Elsa, una estudiante que ya había trabajado en el restaurante y que aquel día había venido a ayudarnos, había visto lo ocurrido y enseguida acudió a recoger los trozos de vidrio y limpiar el vino esparcido por el suelo.

—No, no, no se levante, por favor, no hay ningún problema —le dije al hombre de la mesa vecina, que se había puesto de pie de un salto y no paraba de disculparse—. ¿Puedo traerle tal vez más vino?

Él sonrió agradecido, y mientras yo iba a buscar otra botella de burdeos y la descorchaba en la mesa me pregunté qué habría querido decirme la señora mayor.

En ese momento se abrió la puerta y una ráfaga de aire frío inundó el restaurante. André entró y se quedó parado de golpe. Estaba visiblemente sorprendido de ver tantos clientes a esas horas. Todo el restaurante bullía de animación, las voces se mezclaban con gestos alborozados. André alzó la mano y me acerqué a él para saludarle. Me entregó unas flores, y tuve el tiempo justo para intercambiar unas palabras con él antes de que Suzette me hiciera señas desde el teléfono.

—¿Qué ocurre? Tú también puedes coger las reservas —le pregunté algo irritada.

—No es una reserva, un tipo del *Parisien* quiere hablar contigo. Dice que lleva todo el día intentándolo y que ha sido imposible. Quiere hacerte una entrevista. —Abrió mucho los ojos, y yo le arranqué el auricular de las manos.

Unos segundos después lo dejaba caer aturdida. Noté que me mareaba. Miré a André, que seguía en la entrada con el abrigo puesto, y todo el restaurante con sus mesas, sus velas y las caras sonrientes de los clientes empezó a dar vueltas.

Tenía una estrella.

—Ha ocurrido algo increíble, André —le expliqué cuando llegué hasta él sin aliento. Le cogí las manos, mi corazón latía disparado—. ¡Tengo una estrella! Tengo una estrella, ¿no es una locura? —Oí que se me quebraba la voz.

André me miró alucinado.

—¿Una estrella? —repitió sin fuerzas.

—Sí, una estrella. ¡Una estrella! Mi restaurante está en la Guía Michelin. ¡Dios mío, no me lo puedo creer! —Sacudí la cabeza sonriendo con incredulidad—. Ni en sueños habría pensado algo así.

—Yo... tampoco —balbuceó André. Evidentemente, estaba tan sorprendido como yo con la noticia—. ¿Tú... una cocinera con una estrella? No es posible... Pero... ¡vaya! Te... felicito...

—¡Tengo que decírselo a Jacquie ahora mismo!

Dejé al perplejo André plantado. Corrí entre las mesas, los clientes levantaron la vista, todos me sonreían, y yo volé por la sala empujada por una ola de admiración.

Unos segundos después empujé la puerta oscilante y entré tropezando en la cocina. Estaba feliz.

—¡Jacquie, Jacquie..., tenemos una estrella, Le Temps des Cerises tiene una estrella! —grité echándome riendo en sus brazos—. Me acabo de enterar, ¿no es una locura?

Jacquie me acogió como siempre lo ha hecho.

—Eh, eh, más despacio, pequeña —gruñó—. No me atropelles. —Me apartó y me miró—. Es una estupenda noticia —dijo poniendo sus gruesas manos, que parecían más propias de un marinero que de un cocinero, sobre mis hombros—. ¡¿Quién lo habría imaginado hace años cuando te enseñé a hacer un *gâteau au chocolat,* verdad?! Estoy orgulloso de ti, *ma petite...,* de nosotros..., de todos nosotros... Y tu padre también lo estaría.

Los demás se acercaron nerviosos, aplaudían y reían, y al final nos abrazamos todos.

Le Temps des Cerises que había fundado mi padre hacía tiempo era ahora un restaurante con una estrella Michelin y eso iba a cambiarlo todo. Miré la placa esmaltada y sentí que se me saltaban las lágrimas. «¡Si tú supieras, papá, si tú supieras!».

Algo más tarde, cuando hasta los últimos clientes se habían marchado y abrimos una botella mágnum de Bollinger, el cansancio y el agotamiento habían desaparecido.

—Bueno, sigo sin poder creérmelo —dijo André. Llevaba su chaqueta azul nueva, y me llamó la atención que entre el entusiasmo generalizado él había sido quien había acogido la noticia con mayor moderación—. ¿Una estrella para Le Temps des Cerises? El restaurante tampoco es un templo gastronómico.

—Déjate de templos gastronómicos —protestó Jacquie—. Una cocina excelente en un ambiente relajado, esa es la nueva tendencia.

—Sí, exacto —aseguré yo.

—Ajá. —André no parecía muy convencido—. Quiero decir..., por supuesto que hay algunos platos excelentes en la carta —añadió—, pero ¿basta eso para una estrella en la Guía Michelin?

Yo le di una palmada y me reí.

—Pues claro que sí..., no seas incrédulo —exclamé, aunque su escepticismo me molestó. ¿No podía alegrarse como todos los demás?—. Sabes, confiar en mí alguna vez tampoco te va a hacer daño.

—Oh, claro que confío en ti —aclaró él—. Bueno, entonces..., ¡por ti, Aurélie! ¡Y por Le Temps des Cerises! —Alzó su copa—. ¡La vida está llena de sorpresas! Esta mañana pensaba que la presentación de mi libro sería el gran acontecimiento del día y ahora mi novia tiene una estrella. ¡Sencillamente increíble!

Brindamos, André me pasó el brazo por los hombros y yo apoyé la cabeza en él en un gesto conciliador. La inclusión en la guía gastronómica más importante del mundo también explicaba la avalancha de clientes y reservas. ¿Quiénes habrían sido los inspectores que habían probado la comida de incógnito?

—Mañana compramos la nueva Guía Michelin, así lo tendremos todo negro sobre blanco —dijo Paul—. Quiero saber qué han escrito, en serio, me muero de curiosidad. ¡Nuestra primera estrella! ¡Brutal! Ojalá brille y dé paso a una nueva era en Le Temps des Cerises.

Yo asentí entusiasmada. Jamás se me habría ocurrido buscar mi restaurante en la Guía Michelin, que se publicaba todos los años y distinguía a los mejores restaurantes con una, dos o tres estrellas.

—¡Por nuestro cocinero con una estrella! —dijo otra vez Suzette.

Jacquie levantó la mano.

—¡Un momento, un momento! Se premia al restaurante, no al cocinero —corrigió.

Jacquie ya tenía experiencia. Antes de instalarse en París había cocinado en el famoso La Ferme Saint Siméon, en Honfleur, la encantadora ciudad junto al Atlántico que hace tiempo estuvo muy *en vogue* entre los parisinos ricos para pasar el verano y que Jacquie todavía añoraba de vez en cuando. De hecho, el restaurante recibía siempre una estrella, y por eso la denominación de chef con una estrella resultaba engañosa, pues en cuanto un chef abandonaba un restaurante con estrella él ya no tenía ninguna y no podía llevársela consigo.

—Bueno, entonces tendrás que quedarte siempre con nosotros —exclamé eufórica. Cuando estaba de mal humor,

Jacquie siempre amenazaba con volver a Normandía, donde la gente era más amable y el aire más limpio y se podía mirar lejos, «muy lejos».

—Eso parece —gruñó él.

—¡Bah, a quién le interesan los detalles! —intervino Suzette—. Da igual si recibe la estrella el cocinero o el personal de servicio, ¡lo importante es que la tenemos!

Nos reímos y volvimos a hacer sonar nuestras copas de champán. Aquella noche la luz estuvo encendida hasta muy tarde en Le Temps des Cerises.

Todo podría haber sido maravilloso si más tarde, de vuelta a casa, no hubiera tenido esa estúpida discusión con André.

3

*L*a maldita estrella llegó a Le Temps des Cerises como la estrella de Belén. Fue celebrada como el acontecimiento del siglo y eclipsó todo lo demás. Pero fundamentalmente desbarató mis planes.

Cuando abandonamos el restaurante ya muy tarde y avanzamos por la rue Princesse, Aurélie no hablaba de otra cosa. Nunca la había visto tan excitada, y no solo la distinción se le había subido a la cabeza, también el champán.

Hizo planes para un futuro brillante en el que de algún modo yo no aparecía, o al menos eso me pareció. Debo admitir que estaba decepcionado por el curso que habían seguido los acontecimientos aquella tarde. Por supuesto que me alegré de los laureles de Aurélie, y aunque no soy cocinero sabía lo que esa estrella debía de significar para ella, no soy idiota. Pero habría deseado unas mejores condiciones previas para entregarle el anillo y decirle lo que tenía pensado. No tenía ganas de ponerme al final de la cola de los acontecimientos del día con mi declaración de amor.

Avanzamos juntos en la oscuridad, y Aurélie hablaba y hablaba. La luna brillaba inmensa y redonda sobre la iglesia de Saint-Sulpice y parecía burlarse de mí. No era una noche romántica, no se produjo ningún momento íntimo en el que poder mirarnos en silencio, compartir esas miradas que todo lo dicen. Aurélie repasó la tarde con detalle y dijo que había sido el mejor día de San Valentín de toda su vida. No me preguntó por la presentación de mi libro, no me preguntó por la sorpresa que tenía preparada, ni por las rosas que le había llevado, se las había dejado en el restaurante.

El trayecto del restaurante a su casa apenas duraba un cuarto de hora, suficiente para que nos tiráramos de los pelos.

—¿André? ¿Me estás escuchando? —preguntó Aurélie cuando llegamos al boulevard Saint-Germain.

—Sí..., claro —respondí.

—Estás tan callado... ¿Qué ocurre?

—Bueno... —Encogí los hombros—. Tú hablas y hablas todo el tiempo. Y qué voy a decir yo sobre todo eso, tendrás que tratarlo mejor con Jacquie, ¿no?

Ella sacudió la cabeza enojada.

—No, no me refiero a eso, André. Has estado muy raro toda la tarde. —Me miró de reojo—. ¿No te pasa nada?

Metí las manos en los bolsillos del abrigo.

—No..., ¿por qué?

—¿Por qué? ¿Por qué? —repitió irritada—. Puedes fastidiarle el día a cualquiera, ¿lo sabes? Todos están felices por la estrella y se alegran, solo mi chico pone un gesto avinagrado y duda de mi capacidad para obtener una mención en la Guía Michelin. Ha sido realmente penoso, André.

Me regañó como a un niño pequeño, y yo me enfadé.

—En primer lugar, mi actitud no tiene por qué resultarte penosa. En segundo lugar, y siento decirlo así, la distinción me sigue pareciendo algo sorprendente. Y, en tercer lugar, por suerte para ti no estamos casados.

Me lanzó una mirada heladora. Sus ojos lucían más verdes que nunca.

—No, no estamos casados. Por suerte.

Se alejó con paso furioso y sus tacones resonaron en el adoquinado.

Reconozco que fue increíblemente estúpido por mi parte decir aquello, era lo contrario de lo que quería decir, pero me sentía atacado, me sentía ignorado, y las palabras simplemente se me escaparon. Aceleré el paso cuando Aurélie desapareció bajo el arco que llevaba a la entrada de su casa.

—¡Espera! —grité mientras corría tras ella—. Simplemente la velada no ha salido como había imaginado —traté de explicarle.

—¿Ah? —dijo, y buscó la llave en su bolso.

Aurélie tenía una forma de decir «Ah» que podía significar todo: lástima, asombro, consuelo, provocación, ironía, cariño. En ese caso no significaba nada bueno.

—Sí —repuse—. Pues en realidad yo quería...

Ella hizo un gesto de rechazo. Al parecer no le interesaba lo que yo quería decirle.

—Por favor, nada de discusiones en la escalera —me conminó en voz baja. Abrió la puerta y yo la seguí en silencio hasta el tercer piso. «Pues nada», pensé.

Cuando nos quitamos los abrigos se giró de golpe hacia mí.

—¿Sabes cuál es tu problema, André? —Sus ojos centelleaban.

—Oh... Esto se pone emocionante —contesté—. ¡Dispara!

—No soportas que otro sea el centro de atención.

—¿Qué? ¿Estás loca o qué? No tengo ningún problema con eso.

—¡Sí, sí, sí! —asintió con insistencia. Luego se quitó los zapatos, se acercó descalza a la mesa y se sirvió una copa de vino tinto—. Quieres toda la fama para ti. Tú eres el gran autor de best sellers y yo la pequeña cocinera. Pero por ahí no paso, querido.

Decidida, dio un gran trago de vino. Se tambaleó ligeramente, y sus grandes ojos parecían pensativos. Se le había corrido un poco el pintalabios, tenía la boca roja por el vino, y su larga melena ondulada recogida con horquillas brillantes estaba a punto de soltarse. Le caían algunos mechones por la cara. Estaba preciosa con el pelo revuelto y el vestido corto de cuello redondo..., delicada, terca y achispada..., lanzándome miradas represivas como un hada ofendida. Olvidé el rencor.

—Tienes envidia, eso parece.

—Mientras sea sana... —dije yo. Era una broma, claro, pero en ese momento Aurélie no estaba para bromas.

—Ja, ja. ¿Sabes una cosa? Antes eras más gracioso.

Se acercó a mí tambaleándose y me dio unos golpecitos con el dedo en el pecho.

—El éxito se te ha subido un poco a la cabeza... con ese traje elegante, ¿eh?

De alguna forma, mi traje nuevo la molestaba.

—No, nada de eso —repliqué tranquilo—. Tú también podrías haberme preguntado por la presentación de mi libro. Para mí también ha sido un día intenso.

—Sí, sí, sí... Todo gira siempre en torno a ti. —Agitó la copa de vino a medio llenar y el interior se movió peligrosamente—. ¿Quieres que te diga una cosa, André Chabanais? Me gustabas más como editor.

—¡Editor jefe! —la corregí.

Me fulminó con la mirada, luego me lanzó el resto de vino tinto al pecho.

—¡¿Eh, qué haces?! —Abrí los brazos—. ¿Te has vuelto loca? ¡Mi traje nuevo!

—¡Te lo mereces! —Se rio.

—¿Que me lo merezco? ¡Bueno, espera!

La perseguí por toda la casa hasta que caímos sobre la cama riendo y casi sin aliento.

—Es inútil que te defiendas —dije jadeando, y me incliné para besarla.

Y entonces san Valentín, patrón de los enamorados, se mostró algo más comprensivo.

Cuando poco después tomé a Aurélie en mis brazos y le susurré suavemente al oído que todo había sido un malentendido y que no podía imaginar nada más hermoso que estar en la cama con una cocinera con una estrella Michelin, ella se acurrucó contra mí y murmuró:

—Te creo. ¿A qué hombre no le gustaría?

Y al momento se durmió.

4

Me desperté con la vaga sensación de que algo era distinto a otras veces. El brazo de André descansaba pesado en mi hombro, llegaban algunos sonidos desde el patio, el sol asomaba ya por encima de los tejados y brillaba entre las cortinas. Un rayo de sol me hizo cosquillas en la nariz y tuve que estornudar.

Y entonces lo recordé todo.

La estrella.

Me senté en la cama y enseguida me sentí completamente despierta. El brazo de André resbaló sobre la colcha.

Busqué a tientas el despertador en la mesilla. Las once y media.

—¿André? —Él murmuró algo incomprensible y hundió más la barbilla en la almohada—. ¡André! Nos hemos dormido. ¿No tienes que ir hoy a la editorial? —Le sacudí suavemente un hombro—¡Son las once y media!

—¡Me da igual! —protestó girándose hacia el otro lado con un gruñido de gusto. Un instante después abrió los ojos—. ¡Oh, no! ¿Las once y media, dices? ¡Mierda! Justo ahora empieza la reunión. Monsignac se va a enfadar.

Hoy íbamos a hablar sobre el *Salon du livre.* —Se sentó y se tocó la cabeza gimiendo—. ¡Oh! Cada vez soporto peor el champán. —Se dejó caer otra vez hacia atrás con un fuerte suspiro—. Creo que hoy me voy a quedar en la cama. Ven aquí, cariñito... —Alargó la mano hacia mí y yo le di un beso en la frente antes de escapar suavemente de sus manos.

—Yo me voy a levantar, y tú también deberías hacerlo.

—¡No, no puedo! —se quejó él.

Me coloqué bien un tirante del camisón y recogí la ropa que estaba tirada por el suelo.

—¡Madre mía! ¿Qué pasó aquí anoche? —exclamé sacudiendo la cabeza y sonriendo.

—La batalla de Waterloo —se oyó entre las almohadas—. Alguien me atacó con vino tinto.

—Tsss..., ¿quién haría algo así? —repliqué, y colgué la chaqueta azul con la mancha de vino en el armario sintiéndome culpable.

—Una cocinera chiflada que tiene una estrella —dijo él sonriendo.

—¿Qué te parece si la cocinera con una estrella prepara ahora un café bien fuerte? —Me acerqué a la ventana y abrí las cortinas.

—Bien —gruñó él entre bostezos—. ¿Cómo puedes estar tan despierta? «El día aún queda lejos, fue el ruiseñor y no la alondra...» —recitó.

Yo me reí.

—El día está más cerca de lo que piensas, André. ¡Será mejor que llames a la editorial antes de que tu jefe se ponga furioso!

Mientras estaba en la cocina y miraba por la pequeña venta- na pensé que la mañana siempre había sido mi amiga. Ado- raba esa sensación de adelantarme un par de horas al día y tener por un momento el mundo para mí sola. A veces salía al balcón, hurgaba entre mis flores, contemplaba el castaño del patio y los tejados que sobresalían por encima de él, y respiraba hondo. Ese breve momento era muy valioso para mí. Era mi calma antes de la tempestad, mi pausa antes de empezar el día. Cada nueva mañana encerraba una promesa. Pero aquella mañana del 15 de febrero que había empezado con un cierto retraso me parecía ya perfecta. La estúpida pelea con André estaba olvidada, nos habíamos reconciliado como hacen todos los enamorados: con besos apasionados y promesas susurradas. El cielo sobre París era azul y estaba lleno de posibilidades, y la alegría de ser la dueña de un res- taurante con una estrella Michelin me atravesó de pronto de la cabeza a los pies. Descalza sobre las baldosas de la cocina, fui de un lado a otro, tosté unas rebanadas de *baguette*, las unté con mantequilla y mermelada y tararée una pequeña melodía mientras ponía el café en la cafetera y esperaba a que el agua empezara a hervir.

Un breve tono se mezcló con el sonido del agua hir- viendo. Miré el móvil, que estaba sobre la encimera, y vi que mi amiga Bernadette me había mandado un mensaje.

«¿Y bien? ¿Cómo fue el día de San Valentín?», había escrito, añadiendo un par de corazones rojos.

«Sencillamente perfecto», respondí. «No te vas a creer lo que pasó».

«¡Oh! ¿Hay novedades?». Más corazoncitos rojos.

«Puede decirse que sí...».

«No seas tan misteriosa...».

«¡Tengo una estrella! ¡En la Guía Michelin!».

«¡No puede ser! ¡Enhorabuena!».

No era precisamente lo que ella había esperado.

«¿Y André?». Corazoncito, corazoncito, corazoncito.

«André sigue aquí. Nos hemos quedado dormidos». Corazoncito, corazoncito. «Te llamo luego, ¿vale?».

Cuando volví al dormitorio con nuestro pequeño desayuno André se incorporó y se puso unos cojines en la espalda. André adoraba los cojines, y a veces yo me preguntaba hasta dónde iba a llegar esa manía. En algún momento no iba a quedar sitio para mí en la cama. «Los cojines son muy útiles, nunca hay suficientes», aseguraba André cada vez que yo protestaba, y yo me reía de su pequeña manía.

Ahora me miraba impaciente. El olor del café pareció animarlo. Yo me senté a su lado y juntos nos tomamos nuestro *petit déjeuner*.

—Aaah, qué bien sienta —suspiró André dejando su taza en el suelo junto a la cama—. Café sí sabes hacer.

—No te metas conmigo, ¿vale? —Le di un pequeño golpe en la frente con la mano.

—¿Dónde está mi chaqueta? —preguntó.

—Oh, el famoso traje —ironicé—. No temas, lo llevaré a limpiar. —Esperaba que saliera la mancha de vino tinto—. Y si no se quita la mancha te compraré una chaqueta nueva.

Él asintió indeciso, y yo me puse de pie y me fui al baño. Cuando volví, seguía en la cama.

—Bueno, *chéri*, puedes pasarte todo el día en la cama, pero yo me tengo que ir. —Abrí el armario y saqué una falda y una blusa—. Hay mucho que preparar, esta noche tenemos otra vez el restaurante lleno. Y ese periodista del *Parisien* quiere pasarse por allí esta tarde.

Me vestí, me acerqué al espejo antiguo que había en el dormitorio junto a la cómoda y me cepillé el pelo. Luego lo ahuequé con los dedos de forma que me cayera en ondas sueltas sobre los hombros.

André seguía cada uno de mis movimientos.

Me puse máscara en las pestañas, algo de colorete en las mejillas, al final cogí un pintalabios y me repasé los labios.

Retrocedí un paso y me miré en el espejo.

—Bien, ¿qué tal estoy?

—Genial.

—¡Gracias! —Le lancé un beso con la mano.

—Bueno, ¿y dónde la has metido?

—¿Qué?

—La chaqueta.

—¿Es tan importante ahora? —Suspiré.

—Sí.

En ese instante sonó el teléfono; esta vez no era mi móvil, sino el fijo. Generalmente llamaba poca gente al teléfono fijo. A veces Bernadette cuando yo no contestaba al móvil. O mi casera. O la madre de André cuando buscaba a su hijo, quien, según se quejaba conmigo, no contestaba nunca.

—Un momento. —Corrí al cuarto de estar, donde estaba el teléfono en su base. Bueno, normalmente estaba en su base, porque allí no estaba. Me detuve y escuché atentamente. ¿Dónde se había metido el maldito aparato? Seguía sonando, pero no lo encontraba.

—¿André, has visto el teléfono? —grité. ¿Sería alguien que me quería felicitar? O ese periodista del *Parisien*.

—Aquí, toma. —André apareció de golpe a mi lado con su pijama de rayas y me tendió el teléfono—. Estaba debajo de los cojines del sofá —dijo.

Le arranqué el teléfono de la mano y fruncí los labios en un beso.

—¿Sí...? —respondí expectante.

—Aquí Jean-Marie Marronnier. —La frase sonó como una declaración de guerra, y yo me estremecí sin querer.

—¿Quién es, por favor? —No conocía a nadie que se llamara así. Podía haberse equivocado de número.

—Marronnier —repitió la voz en tono hostil—. ¿Hablo con Aurélie Bredin?

—Sí, soy yo. ¿Qué puedo hacer por usted, monsieur... Marronnier? —Decidí ser amable. Nadie iba a fastidiarme el día.

—Se trata de su restaurante —explicó—. Le Temps des Cerises. Ha obtenido una estrella Michelin, ¿correcto?

André me miró con gesto interrogante, y yo encogí los hombros. ¿Otra vez alguien de la prensa? ¿O era alguien que quería reservar una mesa? ¿Me llamaban ya al teléfono fijo?

—Sí, exacto, así es. Escuche, monsieur Marronnier, si quiere reservar una mesa llame directamente al restaurante, yo solo puedo decirle que la semana que viene tenemos todas las reservas completas. Y si lo que quiere es una entrevista...

—¿Una entrevista? —Soltó una risotada—. Disculpe, pero es un buen chiste.

—Ah, ¿sí? Pues si es un chiste no entiendo nada —contesté en tono cortante—. Tal vez pueda decirme lo que desea, monsieur Marronnier, y si no es capaz de hacerlo será mejor que demos por terminada esta conversación.

Guardó silencio un instante.

—Mademoiselle Bredin, preste atención. No quiero una entrevista, ni tampoco quiero comer —dijo al fin—. Pero esa estrella que usted ha recibido en realidad me corresponde a mí... A mí, Jean-Marie Marronnier, el verdadero *maître*.

Sonaba bastante patético.

—Ajá —repuse—. Una teoría interesante.

Tapé el auricular con la mano y le lancé una mirada divertida a André, que se había sentado en el sofá.

—Un tipo con una especie de teoría de la conspiración que quiere llamar la atención —le susurré—. Piensa que mi estrella es suya.

Puse los ojos en blanco, y ambos nos sonreímos.

—No es ninguna teoría, mademoiselle. Yo también soy cocinero y he trabajado mucho tiempo en un restaurante con una estrella en Giverny. Hace dos años que tengo mi propio restaurante en Vétheuil...

—Sí, sí, bien por usted...

—Un restaurante gourmet con una cocina selecta que, por desgracia, se llama igual que su pobre bistró de París: Le Temps des Cerises, El tiempo de las cerezas.

Sorprendida, abrí la boca y la volví a cerrar.

—¿Qué está diciendo? —Noté cómo me desaparecía el color de la cara, y en lo más profundo de mi interior sentí que todo aquello sonaba mal. Muy mal.

—Pero... ¿cómo es posible? —balbuceé.

—Sí, eso mismo me pregunto yo... ¿Cómo es posible algo así? —Marronnier estaba furioso. Luego me explicó que un inepto ayudante de redacción, al que habría que mandar a la luna, había confundido los dos restaurantes. Él se había dado cuenta del error enseguida y había llamado a la redacción para quejarse.

—¡Algo así no puede ocurrir! Probablemente ese ignorante pensó que los restaurantes con estrella solo pueden estar en París. O a lo mejor tiene la cabeza llena solo de serrín, ¿qué sé yo? —prosiguió indignado—. Solo sé que llevo dos años esperando esta distinción que le ha caído a usted del cielo inmerecidamente. La gente de la Guía Michelin ya está al tanto y va a corregir el error en su página web. Pero ¿de qué me sirve eso? Se ha publicado en la edición impresa, y eso ya es muy frustrante.

Interrumpió su discurso un momento, y yo estaba tan impresionada que no supe bien qué contestar. Mi instinto me decía que él estaba en lo cierto, pero yo no quería renunciar al bonito sueño de tener un restaurante con una estrella. A lo mejor no era así y al final no se había producido ningún error. La vida nos reserva a veces las sorpresas más increíbles.

—Pero..., pero... ¿está usted completamente seguro, monsieur Marronnier? —pregunté.

—¿Que si estoy seguro? ¿Qué pregunta es esa? —gritó Marronnier, para luego añadir con arrogancia—: ¡Qué ingenua es usted! ¿No habrá pensado ni por un solo segundo que su mediocre cocina de bistró puede ser premiada con una estrella, mademoiselle? ¿Sabe usted realmente lo que eso significa..., una estrella? ¡Este error... es un escándalo... *vraiment!*

Sentí que mi decepción se transformaba en auténtica rabia. Al fin y al cabo, se trataba del restaurante de mi padre, que había sido un magnífico cocinero, se trataba del viejo Jacquie, de Paul, de todos nosotros. Era mi restaurante, y en ese rincón de mis recuerdos estaba todo mi corazón.

¿Qué se pensaba ese tipo de Vétheuil?

—Tampoco sea usted tan insolente, monsieur Marronnier —repliqué—. En realidad, no conoce usted mi restaurante.

—¡Oh, sí! He visto su local en internet. Y la carta me parece un poco... cursi..., por no decir vulgar. No tiene nada que ver con la *haute cuisine. Steak frites...*, ¡por favor! —Soltó una risa burlona—. Esa bazofia se da a los turistas que no tienen ni idea de cocina.

—¿Qué tiene usted que objetar a un buen bistec con patatas fritas crujientes? Forma parte de la cocina francesa tradicional. No entiendo bien su arrogancia, no del todo, monsieur.

—Bueno, eso sería pedir demasiado, mademoiselle Bredin. Eso supera sin duda su..., cómo diría yo..., horizonte culinario.

—¡Es realmente increíble! ¿Cómo puede ser usted tan duro de mollera? —grité furiosa, y sentí cómo la sangre volvía a mis mejillas.

—Eh..., ¿cómo, por favor? Veo que es usted tan vulgar como la carta de su restaurante. Bueno, en cualquier caso, espero que este ridículo malentendido se aclare cuanto antes. Todo este asunto ya me resulta bastante enojoso incluso sin sus gritos. Y después de que haya disfrutado usted durante unas horas del brillo de mi estrella...

—¡¿Qué?! —Aquello sí que fue un golpe bajo—. Habla usted como si yo lo hubiera hecho a propósito. Yo no he buscado su estúpida estrella y tampoco soy responsable de lo que se publica en la Guía Michelin. Con cuya lectura no me suelo entretener, por cierto. Tengo cosas mejores que hacer que ambicionar cualquier premio gastronómico o adornarme con plumas ajenas. Prefiero cocinar, ¿entiende? Y mis clientes saben valorarlo.

—Oh... Que prefiera usted cocinar, no lo dudo, mademoiselle Bredin. Pero que lo haga usted bien ya es otra cuestión..., aunque reconozco que no me interesa demasiado. En todo caso, ya sabe lo que ha ocurrido. Pensé que sería mejor llamarla antes de que se le ocurra adornar erróneamente su restaurante con mi estrella.

—O sea, esto es realmente...

—De nada, mademoiselle. Y si quiere probar alguna vez la auténtica cocina con una estrella venga a Le Temps des Cerises de Vétheuil. Mi *celle de chevreuil aux griottes* es sensacional.

—Demasiado generoso. No creo que Vétheuil esté nunca en mi ruta de viaje —respondí con frialdad. No iba a permitir que me siguiera provocando un cocinero de Vétheuil—. Pero en caso de que alguna vez viaje usted a la capital —añadí—, puede pasarse por mi restaurante. Así podrá comprobar que mi cocina de bistró no tiene nada que envidiar a su cocina de fanfarrón. Buenos días.

Di por terminada la conversación con la cabeza al rojo vivo. Mi precioso sueño había durado exactamente doce horas. Se acababa de desvanecer como una pompa de jabón.

André, que había seguido atentamente la disputa desde el sofá, se puso de pie y me abrazó en silencio. Estuvimos un rato así, en mi cuarto de estar, y ninguno de los dos dijo una sola palabra. Luego me apartó un mechón de la cara y me miró con compasión.

—¿Entonces no hay estrella? —preguntó.

5

La felicidad es inestable como un amante caprichoso. Un día te catapulta hasta el cielo, al siguiente te deja caer impasible. Esa estrella que había cruzado el firmamento como un cometa se había desvanecido en el aire, y Aurélie ahora sollozaba entre mis brazos.

Yo había desconfiado de la inesperada distinción desde el principio, y no estaba equivocado. Pero, lógicamente, no lo mencioné mientras le acariciaba el pelo a Aurélie, que estaba destrozada. Ya tenía bastante. Además, siempre he pensado que no existe frase más superflua que «¡Te lo dije!». Ese comentario, que no ayuda a nadie, solo es una cosa: ególatra. Las personas inteligentes lo borran de su vocabulario porque no mejora las cosas ni deshace lo hecho.

Naturalmente, la estrella que la noche anterior había brillado sobre Le Temps des Cerises había arruinado mi plan. Y..., bueno, nadie necesitaba en serio esa estrella, yo desde luego no. Pero, a la vista de la desesperación que reinaba ahora en el cuarto de estar con las paredes forradas de papel pintado de flores, en ese momento deseé que Aurélie la hubiera obtenido realmente.

Poco a poco fui conociendo los detalles de la desagradable conversación telefónica que yo había seguido desde el sofá con tensión creciente. ¡Parecía una novela policiaca!

—Ha habido una confusión con un cocinero de Vétheuil cuyo restaurante casualmente también se llama Le Temps des Cerises. ¡Qué absurdo resulta todo! —sollozó Aurélie, y yo pasé el brazo por sus hombros para calmarla, la llevé hasta el sofá y le di un pañuelo limpio.

—Realmente absurdo, ¿quién iba a imaginar algo así? —contesté.

Ella cogió el pañuelo.

—Ay, gracias, André..., eres siempre tan amable... —Volvió a sollozar, luego se limpió las lágrimas y me miró indignada.

—Tendrías que haber oído cómo me ha hablado. Desde un pedestal. Ha dicho que la carta de mi restaurante es vulgar. ¡Vulgar! —Golpeó los cojines furiosa—. Me ha tratado como si yo tuviera un puesto de comida en la Gare du Nord. ¡Menudo arrogante! —Apretó los labios y arrugó el pañuelo—. Y luego... Y luego...

—¿Y luego? —pregunté con cautela, dándole otro pañuelo.

—Y luego ha tenido la desfachatez de invitarme a su restaurante para que pruebe su estúpido lomo de corzo con cerezas. Para que vea lo que es la auténtica cocina gourmet. —Volvió a llorar—. ¡Ay..., mierda! Y yo que estaba tan contenta...

La mecí en mis brazos.

—Lo sé, cariño, lo sé... —murmuré—. Claro que habría sido maravilloso. Habría sido... grandioso. Pero a pesar de todo puedes estar orgullosa de lo que has conseguido. La gente adora tu restaurante. Le encanta tu comida. Y tú amas tu profesión. Eso es lo importante. Solo eso. Créeme, no se va a acabar el mundo por no tener esa estrella.

—Es cierto. —Lloró encima de mi chaqueta del pijama—. Pero ahora todos se van a burlar de mí. La pequeña cocinera que ha sido tan ingenua como para creer que le habían dado una estrella Michelin...

—Nadie va a burlarse de ti. No tienen motivo. ¿Y sabes una cosa? —Aparté suavemente su cabeza de mi hombro, sujeté su cara con las dos manos y la miré.

—¿Qué?

—Para mí siempre serás la mejor cocinera del mundo.

—Eso lo dices ahora para consolarme.

—No, de verdad. He estado en muchos restaurantes, pero en el tuyo siempre me gusta todo más.

—Hummm —musitó ella.

—¡Y tu *Menu d'amour! Oh, là, là!* —Chasqueé la lengua en un gesto de aprobación—. Es una revelación. ¿Te acuerdas de la primera vez que lo preparaste para mí?

Ella sonrió entre lágrimas.

—Claro que me acuerdo. ¡Quién podría olvidar una noche así! Aunque la comida no estaba pensada para ti, sino para el gran escritor Robert Miller.

Sonreí.

—O sea..., para mí. Afortunadamente ese tal Robert Miller no existe.

—¿Cómo iba a imaginármelo? Me había escrito unas cartas tan románticas, ¿verdad? —Me lanzó una mirada fulminante—. Y además estuve en la presentación de su libro.

Ni siquiera tu editor sabía que el tipo que trajisteis a París era en realidad el hermano de Adam Goldberg. —Aurélie se había olvidado del estúpido cocinero de Vétheuil por un momento—. Esa jugarreta no os la perdonaré nunca ni a ti ni a tu amigo Adam.

—Sí, un capítulo oscuro, lo reconozco. —Asentí—. Pero fue una mentira piadosa. Y al final el *Menu d'amour* surtió efecto.

Tuve que recordar cómo aquel día entré en el restaurante de Aurélie «de forma imprevista» media hora antes de su cita con el misterioso escritor inglés al que había invitado a cenar. Era un lunes, Le Temps des Cerises estaba cerrado, y ella trataba de echarme muy educadamente cuando sonó el teléfono. Juntos escuchamos el funesto mensaje de su contestador automático, con el que yo ya contaba. Miller aseguraba que su esposa infiel había vuelto al *cottage* con él, paz y amor. Aurélie se sintió decepcionada y yo la consolé como lo estaba haciendo ahora y transformé su pena, decepción y rabia en una sonrisa. Siempre se me ha dado muy bien consolar a las mujeres tristes. Y, al final, en vez del *parfait* de naranja sanguina que se derretía poco a poco en los dos platos de postre hubo un beso delante del frigorífico de la cocina del restaurante. Y nuestra primera noche juntos en su casa, que yo todavía recordaba muy bien. Que al día siguiente Aurélie descubriera la foto en mi cartera (esa foto suya que yo le había enviado a Robert Miller para que la reconociera) fue solo mala suerte, y le abrió los ojos. Aunque finalmente logré que todo acabara bien y a mi favor.

La bella cocinera era mía. Estaba sentada en el sofá a mi lado y se limpiaba la nariz ruidosamente.

La observé y pensé que me gustaba mucho. No solo la quería, también me gustaba mucho.

—Podrías preparar otra vez el *Menu d'amour* para nosotros. ¿Qué tal el próximo lunes? Apuesto lo que sea a que es mil veces mejor que la bazofia gourmet de ese idiota. ¿Y qué importa una mísera estrella? ¿No hay cinco más?

—¡No, no estamos en Amazon, *chéri!* —Se rio divertida—. Tres estrellas es lo máximo que se puede alcanzar. —Y luego me explicó cómo funciona lo de las estrellas de la Guía Michelin—. Verás —dijo—. Una estrella significa: una cocina muy buena, el restaurante merece hacer una parada. Dos estrellas significan: una cocina de categoría, el restaurante merece desviarse del camino. Y tres estrellas significan: una comida excepcional que justifica el viaje de por sí.

—Impresionante —comenté—. Hacer un viaje solo para comer bien en un sitio.

—Bueno —replicó—. Hay una diferencia entre comer bien en un sitio y comer en un restaurante con tres estrellas Michelin.

—¿Donde sirven el pan con pinzas de plata y tras cada plato el camarero limpia las migas del mantel con un pequeño cepillo y tardan tanto en explicarte los platos que te mueres de hambre?

—¡Ay, André! ¡Qué tonto eres! —Se rio. La había hecho reír. Al menos.

—Puede —dije contento—. En cualquier caso, no sé por qué están todos esos restaurantes en la Guía Michelin. El muñeco de Michelin está relacionado con los coches.

—Eso se debe a que originalmente la Guía Michelin se hizo para los automovilistas. La crearon dos hermanos que creían en el futuro del automóvil. Estaba pensada para la gente que hacía viajes en coche... A comienzos del siglo xx no había muchos coches, y la mayor parte de la gente pensaba que esos cacharros ruidosos jamás podrían sustituir a los coches de caballos. Así que los hermanos Michelin sacaron esa guía de restaurantes, que al principio se usó como guía turística.

—Entiendo —dije—. Siempre me han sorprendido esas curiosas categorías de parada, desvío y viaje.

—Precisamente por eso —aclaró divertida. Luego se ensombreció otra vez su rostro—. Pero jamás haré un viaje a Vétheuil, ni aunque ese horrible Marronnier obtuviera algún día su tercera estrella.

—Esperemos que no, ya parece bastante creído —señalé.

—Pues sí... —Asintió furiosa—. Espero que se le atragante su estúpida estrella. —Pensó un poco y luego encogió los hombros—. Además, es casi imposible obtener tres estrellas, en París hay muy pocos restaurantes con tres estrellas. Alain Ducasse en el Plaza Athénée tiene tres estrellas. Y el Arpège. Y hay también un restaurante japonés, pero no me acuerdo del nombre.

—Bueno, para que yo te dé tres estrellas no tienes que hacer ningún viaje —dije cogiéndole la mano.

—¿A qué te refieres?

Jugueteé con sus dedos.

—Prepárame el *Menu d'amour* y lo verás. —Se me había ocurrido una idea brillante y me hice el misterioso.

—¿Qué estás tramando, André? —preguntó ella.

—Nada. Déjate sorprender.

Algo más tarde abandonamos juntos su casa.

—No sé cómo contárselo a los demás —comentó Aurélie cuando nos despedimos—. Les voy a defraudar. Y también tengo que informar a ese periodista de que me han dado la estrella por error. Si es que no lo sabe ya. Es todo tan desagradable. He hecho el ridículo.

—¿Qué dices? No es para tanto —repliqué—. Créeme, hay cosas mejores que una estrella.

—Ah, ¿sí?

—Sí. —Sonreí—. Tres estrellas.

—Muy gracioso —dijo ella.

—No, no es una broma, ya verás.

Y mientras Aurélie se dirigía muy abatida al restaurante que por unas horas había tenido una estrella Michelin, yo recorrí a toda prisa la rue Bonaparte embriagado con la idea de entregarle el anillo que debía sellar nuestra unión pronunciando las palabras «Para mí te mereces tres estrellas, por lo menos» delante del *Menu d'amour* que ella iba a preparar dentro de poco.

Al rato estaba ya en la editorial, y enseguida fui abordado por monsieur Monsignac, que avanzaba hacia mí por el pasillo.

—¿Por qué no ha estado hoy en la reunión, André? Al menos podría avisar si no va a presentarse. Sigue usted trabajando aquí como editor..., ¿entendido?

—Perfectamente entendido —respondí quitándole importancia a sus palabras—. Pero ha ocurrido algo imprevisto. —Le conté en pocas palabras la historia de la salida y el ocaso de la estrella Michelin de Aurélie—. Bueno, visto y no visto —concluí.

El director se rio tanto que estuvo a punto de atragantarse.

—¡Qué exitazo! —gritó, y me dio unos golpes en la espalda—. En la novela habríamos suprimido algo así porque nos habría parecido demasiado inverosímil, ¿verdad?

Luego llamó mi madre por teléfono. Estaba molesta porque no le había dicho nada de la presentación de mi libro en Au Clair de la Lune.

—¿Por qué actúas siempre con tanto secretismo, André? ¿O es que quieres librarte de tu anciana madre?

—¿Qué estás diciendo, *maman?* —exclamé maldiciendo a madame Petit, la traidora—. Fue un evento sin importancia, y habría sido una molestia para ti venir de noche a París desde Neuilly. Yo no podía recogerte porque no tengo coche. No quería que te sintieras obligada.

—Todavía puedo decidir por mí misma cuáles son mis obligaciones, André. Además, seguro que me habría podido llevar Carole. Ha leído tu primer libro y le parece muy emocionante que mi hijo sea ya escritor.

Suspiré. *Maman* no desaprovechaba ninguna ocasión de presumir de hijo. Cuando iba a verla a Neuilly y dábamos un paseo juntos les contaba a todos los vecinos con los que nos cruzábamos que yo escribía libros. «André es ahora autor de best sellers», decía asintiendo y esperando un aplauso mientras yo sonreía a su lado avergonzado. También Carole Dubois formaba ya parte de mi club de fans. Era una vieja conocida de *maman* que se caracterizaba sobre todo porque hablaba sin parar, comía muchos bollos y a pesar de sus gruesas gafas era una intrépida conductora que no se cortaba a la hora de enfrentarse a la carretera de noche y con niebla. Solo me habría faltado que aquellas dos mujeres tan habladoras hubieran aparecido en la presentación del libro y *maman*, orgullosa de su nueva condición de «madre del escritor», se hubiera dirigido a mí gritando: «¡André! ¿No vas a saludar a tu madre?».

—Era una librería muy pequeña, *maman*. Y no quedaban sitios libres, por lo que sé.

—A tu madre podrías haberle reservado un sitio, supongo —replicó en un cierto tono de reproche—. Bueno, da igual. ¿Qué haces el fin de semana?

Estaba claro lo que iba a hacer. Quedamos a comer el domingo.

—Y trae a esa novia tuya tan guapa, ¿me oyes? ¿Estuvo ella en la lectura?

—No, *maman*. Era el día de San Valentín. Tenía mucho trabajo en el restaurante.

—Así no puede iros bien. ¿Hacéis alguna vez algo juntos? —preguntó con desconfianza.

—Claro, *maman*.

Pocos minutos después se despidió algo más tranquila.

—Pero la próxima vez me gustaría asistir, ¿me oyes? Así me distraigo alguna vez. Aquí en Neuilly no pasa nunca nada. Ya es un gran acontecimiento que el jardinero corte la hierba o el cartero traiga un paquete.

Tuve que reírme. *Maman* podía ser a veces muy graciosa.

—Sí, ríete, pero tú también serás viejo alguna vez —dijo. Hablaba como madame Petit—. El año que viene cumples cuarenta años, y después va todo muy deprisa, ya verás.

—Ajá. —Abrí mi correo en el ordenador y empecé a eliminar la publicidad—. Sí, es posible, pero ahora tengo que seguir trabajando. —El teclado sonaba callado bajo mis dedos.

—Estás siempre tan ocupado, André —dijo mi madre. Y luego añadió con desconfianza—: Pero ¿me estás escuchando?

—Claro que sí, *maman*. Nos vemos el domingo a la hora de comer.

Todavía tenía el auricular en la mano cuando Michelle Auteuil llamó a la puerta.

—¿Molesto? —preguntó.

—No, no. —Colgué el teléfono y ella me dejó sobre la mesa un ejemplar abierto del *Parisien*.

—Buena *performance* ayer, André —dijo ajustándose bien las gafas—. Lo hizo usted genial. —Dio unos golpecitos con el dedo índice en el periódico—. Las reseñas son muy buenas.

—Bueno, gracias a Dios —contesté. Eché un vistazo al artículo que hablaba del «editor escritor» y vi las fotos que me mostraban tras mi escritorio con pose de pensador. Me pareció que había salido bien.

Michelle Auteuil dudó.

—¿Sí?

—A monsieur Monsignac no le gustó demasiado que mencionara usted el tema del «sueldo bajo». Habíamos hablado otra cosa. —Me lanzó una mirada severa—. Debería haber dicho usted que escribió su primera novela porque quería convertirse en un autor como Stephen Clarke.

—Ah, sí, es cierto. Se me olvidó con los nervios del momento. Lo siento.

—*Bon.* —Michelle Auteuil no apartó la mirada de mí.

—Además, ha llamado esta mañana Artémise Belfond. Le gustaría organizar otro evento con usted. Está entusiasmada con la velada de ayer y ve bastante potencial. No inmediatamente, por supuesto. Quizá tras las ferias de primavera.

—Muy bien. —Asentí.

—Espero que no le importe que le diera su número de móvil. Quería hablarlo con usted directamente.

—Sí, sí, sin problema —respondí con amabilidad.

Me daba todo igual. Lo importante era que la lectura en público en la librería Au Clair de la Lune no iba a tener lugar el lunes siguiente. Tenía mejores planes para ese día.

Sonreí pensando otra vez en el anillo y en el *Menu d'amour* que Aurélie iba a preparar para nosotros.

Pero ese lunes no hubo ningún menú de amor para mí, ni tampoco el lunes siguiente. El *intermezzo* de la estrella tuvo un epílogo inesperado. Y cuando Aurélie preparó por fin su *Menu d'amour* no fui yo quien lo degustó.

6

Vétheuil es una pequeña y pintoresca población situada a sesenta kilómetros al noroeste de París en el Département Val-d'Oise. Rodeada del bosque de Le Chesney, la localidad de novecientos habitantes se adapta suavemente a una curva del Sena, y seguramente habría pasado desapercibida si no hubiera adquirido una cierta fama gracias a Claude Monet. El pintor vivió algunos años en Vétheuil, entonces pasaba apuros económicos, aunque eso no afectó a su producción artística. Pintó más de cien cuadros antes de trasladarse a la cercana Giverny, donde vivió y trabajó hasta su muerte y cuidó su maravilloso jardín.

Pero ni la casa del pintor en Vétheuil, que todavía hoy se visita, ni los famosos jardines de Giverny eran el motivo de que yo estuviera en mi día libre sentada en mi desvencijado Renault, cuya calefacción ni siquiera funcionaba, conduciendo hacia Normandía. El motivo de mi viaje era la nueva atracción de la zona: el restaurante Le Temps des Cerises de Jean-Marie Marronnier que había obtenido una estrella Michelin.

Robert Carnet, el periodista del *Parisien*, había insistido mucho. Quería escribir sin falta la historia de la curiosa confusión que se había producido entre los dos restaurantes que tenían el mismo nombre y hacer un retrato de esos dos cocineros tan diferentes, que a ser posible debían posar juntos para una foto y hablar un poco sobre su arte culinario.

En otras palabras: yo debía colaborar con ese arrogante cocinero, y solo de pensarlo se me revolvían las tripas. Además, tenía la desagradable sensación de que no iba a salir demasiado bien parada en ese artículo. El cocinero con una estrella Michelin y la cocinera de bistró. Ja, ja, ja. Marronnier iba a triunfar.

—No creo que sea una buena idea —le había dicho yo a monsieur Carnet, pero el periodista me aseguró que toda esa historia de la confusión era «increíblemente curiosa» y que además a mí también me beneficiaría que en el artículo se mencionara mi restaurante. Me suplicó que fuera a Vétheuil, solo medio día, para una entrevista conjunta con el cocinero del nuevo restaurante con una estrella.

—¡Ay, vamos, mademoiselle Bredin! ¡No sea usted aguafiestas!

—No tengo tiempo, de verdad —insistí—. Además, no creo que Jean-Marie Marronnier tenga muchas ganas de conocerme. —Pensé en los insultos que el furioso cocinero me había soltado por teléfono. Estaba claro que a él no le había parecido «increíblemente curioso» aquel error.

—Acabo de hablar con Marronnier, está dispuesto a hacer una entrevista conjunta —replicó Carnet con una sonrisa radiante—. Se ha tomado todo este asunto con humor y estará encantado de conocerla.

—Ajá. —Fruncí el ceño y miré al periodista con los ojos entornados—. ¿Ha dicho él eso realmente?

—Sí, claro que sí. Estaba muy contento al teléfono. Además, opina que deberíamos publicar ese artículo cuanto antes. Podemos quedar el próximo lunes, cuando cierra su restaurante, y así hablaremos y haremos algunas fotos con tranquilidad. ¿Qué le parece?

Robert Carnet sabía convencer a cualquiera. Y al final acepté. Qué otra cosa podía hacer si no quería quedar como la enojada perdedora. «Por desgracia Aurélie Bredin, propietaria del Le Temps des Cerises de Saint-Germain, no ha estado dispuesta a participar en una entrevista conjunta». Un comentario así solo podía perjudicar a mi restaurante. Hasta entonces la concesión de la estrella por error nos había beneficiado, se habían mantenido todas las reservas excepto dos, y, aunque en algunos periódicos había aparecido una breve mención a la curiosa confusión entre ambos restaurantes, seguíamos contando con una gran afluencia que únicamente podía explicarme por el sensacionalismo que rodeaba al asunto.

«Sí, el otro día estuvimos en ese restaurante de Saint-Germain, ya sabe, el del error. Fue divertido. Pero tenemos que ir a Vétheuil. El auténtico Le Temps des Cerises debe de ser fabuloso. Y el propietario ha trabajado mucho tiempo en el Jardin des Plumes, ¿lo sabía usted? Un restaurante magnífico».

Aunque suene extraño, admito que sentía cierta curiosidad por ese tal Marronnier, el rival inesperado que me había desafiado. Decidí aceptar el reto.

—¡Demuéstrale lo que vales! —dijo Jacquie, que se había tomado el hecho de que ya no tuviéramos una estrella con impasibilidad normanda—. No vamos a escondernos de ese cocinero de Vétheuil. —Cruzó los brazos delante de su chaqueta blanca de cocinero y sonrió.

André no estaba demasiado contento con este nuevo giro de la situación.

—¿Tienes que ir? —refunfuñó—. ¿Es que ese periodista no puede hacerte las fotos aquí y luego ir él solo a ver a ese cocinero chiflado? ¿Por qué tienes que estar tú presente? Ya habíamos quedado para el lunes. Íbamos a cenar juntos. Ibas a preparar el *Menu d'amour...*

—Sí, lo sé, André. Créeme, yo tampoco tengo muchas ganas de conocer a ese tal Marronnier. Pero tal vez sea importante que no me desentienda de todo esto. Quién sabe lo que pueden decir de mí. Prefiero estar ahí.

—¡Qué tontería! —gruñó André decepcionado—. Ya me había cogido el día libre. Pensé que íbamos a pasarlo juntos. Los dos solos.

—Otro día —le prometí. ¿Qué le pasaba a André con el *Menu d'amour*? ¿Por qué era de pronto tan importante para él? ¿Era un ataque de nostalgia? ¿O es que no podía resistir más tiempo sin probar mi ragú de cordero con granada? Sonreí y le revolví el pelo—. La comida no se va a escapar, André.

Y ahí iba yo por la A14 en dirección a Vétheuil tratando desesperadamente de poner la calefacción. Hacía un frío horrible. El R4 azul de segunda mano que me había comprado hacía ya unos años porque resultaba muy práctico para transportar cosas estaba casi en las últimas. En invierno no funcionaba casi nunca la calefacción, y en verano hacía un calor infernal en su interior, con lo que había que ir con todas las ventanillas abiertas porque no tenía aire acondicionado. A veces el Renault no arrancaba a la primera, y otras veces hacía unos ruidos raros, pero me daba pena deshacerme de él para comprarme un coche nuevo. Suspirando, encendí el reproductor de CD, que funcionaba perfectamente, Zaz cantaba *Je veux*, y enseguida dejé atrás París. Desaparecieron los últimos bloques de viviendas, cambió el paisaje, todo se volvió más llano y amplio, más campestre. Iba de camino a Normandía, Jacquie habría estado feliz en mi lugar, y cuando al cabo de una hora tomé la carretera comarcal en Mantes-la-Jolie me vi rodeada de campos y bosques que parecían infinitos.

Veinte minutos más tarde había llegado a mi destino.

La pequeña iglesia de Vétheuil se veía ya de lejos. Estaba en una colina que descendía suavemente hasta la orilla del Sena. El pueblo, con sus escasas calles y casas, parecía muerto aquel mediodía. Eran las doce en punto, y el sonido de las campanas de la afilada torre llegó hasta mí cuando me bajé del coche, helada de frío, delante de la casa solariega pintada de rosa y con las contraventanas verdes.

Carnet ya estaba allí. Apoyado en su Fiat verde, me saludó con la mano.

—Un día nublado, ¿verdad? —observó.

—Puede decirse que sí. —Me envolví en mi abrigo de lana rojo y froté la tela con las manos—. ¿Entramos?

Carnet asintió, cogió su bolsa de fotógrafo y miró al cielo.

—Por lo menos tenemos una luz bonita. Para las fotos —añadió.

Cuando avanzamos por el camino de gravilla que llevaba a la casa, en cuya planta baja se encontraba el restaurante, se abrió la puerta. Apareció una mujer que se presentó como madame Camara. Rondaba los sesenta años, era algo robusta, tenía el pelo oscuro, con un flequillo corto, y llevaba puesta una gruesa chaqueta de punto. Saltaba a la vista que era algo así como el ama de llaves.

—Lamentablemente, monsieur Marronnier se va a retrasar —anunció—. Acaba de irse a Le Vésinet.

—¿Ahora? —contesté levantando las cejas. Estaba claro que el tal Marronnier no veía necesario ser puntual. ¿Por qué iba a serlo? Al fin y al cabo, él era el *maître* al que todos esperaban encantados.

Madame Camara me miró como si yo hubiera dicho algo inapropiado.

—Monsieur Marronnier vive en Le Vésinet —aclaró. ¡Como si eso me importara! Yo vivía en París y había llegado puntual a la cita. Lanzó una escueta sonrisa y se dirigió a Carnet—: Y usted debe de ser de la prensa, ¿verdad? ¿Desean entrar?

—Hummm..., bueno. Quizá pueda aprovechar para echar un vistazo por aquí fuera —respondió Carnet. Dio unos pasos y paseó la mirada por la casa con gesto de aprobación—. Esto es idílico. Es como si estuviéramos en otro siglo, ¿no? ¡Y qué silencio! —Sacó su cámara de la bolsa y empezó a hacer fotos.

Tuve que darle la razón. La antigua mansión, que se alzaba con sus altas ventanas y su bonita fachada entre acebos y viejos abedules, parecía de otros tiempos.

Carnet ajustó un objetivo en su cámara y asintió satisfecho.

—Muy bien —murmuró.

—¿Querrían ver tal vez el jardín? Es realmente maravilloso. —Madame Camara echó a andar con decisión y nosotros la seguimos alrededor a la casa.

En la parte posterior se extendía un amplio jardín con una gran pradera y unos árboles altos que alzaban al cielo sus ramas desnudas. Mesas y sillas de hierro forjado pintado de color verde esperaban a la primavera. La pradera llegaba hasta el río, donde había un viejo banco de madera ante el que el Sena fluía indolente. En la orilla de enfrente destacaban algunos álamos blancos cuyas hojas centelleaban al sol, un sauce llorón dejaba flotar sus ramas colgantes en el agua. Aquel lugar resultaba mágico incluso en aquel día frío de febrero.

Me detuve fascinada. Era difícil escapar a la magia de aquel jardín. Me invadió una sensación de gran paz, y por un momento hasta me olvidé de Marronnier. Ensimismada, me acerqué a uno de los árboles y puse la mano en la rugosa corteza oscura. Luego levanté la vista hacia la copa.

—¡Está muy bien, quédese así! —gritó Carnet, y oí el clic de su cámara.

—Todos estos árboles son cerezos —dijo madame Camara abriendo los brazos en un amplio movimiento—. Le Temps des Cerises debe su nombre a este jardín.

Carnet asintió e hizo algunas fotos de la terraza, que estaba pegada a la fachada posterior de la casa. Unos amplios escalones de piedra bajaban hasta el jardín, a ambos lados de la escalera había cubas de madera con arbustos de boj, y la terraza misma estaba bordeada por un pequeño muro de arenisca clara. Debía de ser maravilloso sentarse allí en verano y mirar el río.

En ese momento se oyó el ruido de un coche.

—¡Oh, ya está aquí monsieur Marronnier! ¡Vengan!

Madame Camara echó a andar y nosotros la seguimos otra vez alrededor de la casa. En la entrada se detuvo en ese momento un Citroën Tiburón blanco. Las ruedas crujieron en la gravilla. Al volante, con una gorra de cuadros, estaba el cocinero premiado con una estrella. Un hombre maduro presumiendo de coche, pensé.

—Estamos aquí, monsieur Marronnier —dijo madame Camara de forma totalmente innecesaria, haciéndole una seña—. El periodista del *Parisien* ya ha llegado. Y la... otra cocinera.

Yo era la otra cocinera. Estupendo. Sonreí con frialdad mientras Jean-Marie Marronnier se acercaba a nosotros a paso ligero con su chaqueta de ante y se tocaba la gorra con la mano. Nos saludó sin rodeos, no vio necesario disculparse. Yo le observé en silencio mientras intercambiaba algunas palabras con el periodista. Tampoco era tan mayor. Tal vez estaba como al final de los cuarenta, era tipo Jean-Paul Belmondo, pelo rubio oscuro y rostro de rasgos marcados.

—Y entonces usted es Aurélie Bredin —dijo finalmente. Se quedó ante mí con los brazos cruzados y me miró divertido con sus ojos azul acero.

Yo le miré en silencio y crucé también los brazos.

—Bueno —añadió él—. Parece que ha encontrado el camino hasta Vétheuil. Admítalo, sentía curiosidad por mi *celle de chevreuil aux griottes.* —Mantuvo su mirada inquisitiva—. ¿Y bien? ¿Ha conseguido ya tranquilizarse, mademoiselle?

Yo cogí aire con fuerza.

—La pregunta sería más bien si ha conseguido calmarse usted, monsieur —respondí en tono cortante—. Y no..., estoy aquí por motivos puramente profesionales y porque me lo han pedido, no para probar uno de sus magníficos platos. Su lomo de corzo con cerezas me importa un pimiento.

—Cerezas no..., *griottes* —me corrigió él—. Hay una pequeña diferencia.

Capté el mensaje subliminal y afilé mis cuchillos. No tenía ganas de dejarme aleccionar por aquel cocinero con una estrella Michelin.

—Da igual —repliqué, y me dirigí a Robert Carnet, que nos miraba sorprendido a uno y otro alternativamente—. ¿Podemos empezar ya? No tengo todo el día.

—Oh, parece que tiene prisa, ¿no? —observó Marronnier arqueando las cejas—. Si yo acabo de llegar...

—Exacto. Nos ha hecho esperar media hora, monsieur Marronnier. Además, yo trabajo en un restaurante de comida rápida, ¿lo había olvidado? ¡Allí todo va *vite, vite!*

—Oh..., ¿ya se conocían ustedes? —Carnet estaba desconcertado.

—En realidad no —dejé claro, y fruncí los labios con cara de disgusto.

Carnet percibió la tensión que había en el ambiente e intentó distender los ánimos.

—Bueno, pues ahora tienen ocasión de hacerlo... De cocinero a cocinera, ¿no? —bromeó—. ¿Qué tal si empezamos con un pequeño paseo por su restaurante, monsieur Marronnier? Dígame..., ¿es cierto que anteriormente trabajó usted en el Jardin des Plumes?

Los ojos del periodista se dirigieron con respeto a Marronnier, que guiaba nuestro grupo y abría ya la puerta del restaurante, mientras madame Camara se despedía con una leve inclinación de cabeza y desaparecía por la vieja escalera de madera que llevaba al piso superior.

La luz entraba a través de las altas ventanas de cuadrados blancas en una sala de tamaño medio equipada con resplandecientes muebles de madera de cerezo y lámparas de bola blancas. Espejos de marco dorado colgaban sobre los bancos de cuero verde, confortables sillones rodeaban las mesas. Sobre los manteles blancos brillaban los cubiertos de plata, y el sol caía en las copas de cristal tallado haciéndolas relucir en mil colores. La vajilla con un ancho borde amarillo y una fina raya exterior azul era, sin duda alguna, de Limoges. Todo tenía un aspecto elegante y selecto. Una pizarra en la pared con el menú del día habría estado fuera de lugar allí. En cambio, sobre un pulido aparador se encontraban las cartas forradas en piel verde.

Mientras Carnet planteaba sus preguntas y Marronnier respondía gustoso y le explicaba el concepto de su «cocina impresionista», yo paseé entre las mesas observando con discreción ese elegante restaurante que era tan distinto a mi pequeño bistró con sus manteles de cuadros rojos y blancos. Al menos en eso tenía razón Marronnier.

Oí cómo en ese momento le mostraba al periodista las placas de latón que colgaban en la pared sobre los bancos de cuero. Eran muchas las personas famosas que se habían sentado allí a disfrutar de los exquisitos platos, entre ellas la actriz Marion Cotillard y Jean d'Ormesson, el famoso genio universal que, como diplomático, literato y filósofo, no solo fue miembro de la Académie Française y durante largo tiempo director de *Le Figaro,* sino que también, según se decía, supo vivir la vida.

Carnet estaba muy impresionado. Pensé desesperadamente qué podía ofrecer yo en ese sentido, pero aparte del escritor ficticio Robert Miller no se me ocurrió ninguna otra celebridad que hubiera visitado mi restaurante.

Y Carnet tampoco me preguntó.

En ese momento se inclinó hacia una placa que estaba más abajo y tomó aire sorprendido.

—¡No! ¡No me lo puedo creer!

Yo le miré con curiosidad.

—¿Michael Caine ha comido aquí? ¡Soy un fan total de Michael Caine!

Marronnier se rio con modestia.

—Bueno, se debió más bien a una casualidad. Caine estaba en Giverny por un rodaje y yo había abierto mi restaurante unas semanas antes. En realidad, él quería cenar con su mujer en el Jardin des Plumes, pero esa noche estaba completo. —Su rostro se ensombreció durante un instante—. Sin embargo, alguien le había dicho que uno de los cocineros acababa de abrir su propio restaurante allí cerca, o sea yo, y así fue como vino a Vétheuil.

—¿Y cómo era? —quiso saber Carnet ansioso. Me acerqué y agucé el oído. Yo también conocía al actor británico ganador de un Oscar por algunas películas y lo encontraba muy carismático.

—Pues bastante normal y discreto —respondió Marronnier—. Tan discreto que al principio ni siquiera reparé en él. En cualquier caso, no vino al restaurante con muchos aires. Le preguntó a un camarero si podía ocupar una mesa en un rincón, pero él no sabía a quién tenía delante. Cuando poco después me acerqué a su mesa y les dejé la carta casi me da un infarto.

—Puedo imaginármelo —comentó Carnet.

—Dije: «¡Oh, Dios mío, mister Caine, es usted! ¡Es un honor! Es usted un actor magnífico». Él mostró su leve sonrisa y contestó: «Lo sé». Luego, cuando estaban tomando café, me hizo una seña para que me acercara a su mesa y preguntó: «Dígame, ¿quién es aquí el chef?». «Soy yo», le respondí. «No», repuso él. «Usted es el camarero». «Sí, soy camarero y chef del restaurante». Caine estaba visiblemente desconcertado. Luego añadió: «Escuche, llevo una semana en Giverny, pero su comida es la mejor que he comido por aquí. Es usted un cocinero excelente». Yo le dije: «Lo sé». Y él se rio a carcajadas.

Marronnier cruzó los brazos y le lanzó una significativa sonrisa al periodista.

—Debe usted saber que Michael Caine tiene fama de reírse muy poco.

—¡Ja, ja, ja! Una historia deliciosa —exclamó Carnet mientras hacía sus anotaciones. A mí también me pareció una anécdota muy divertida, pero mantuve el gesto imperturbable. Además, ya podía ese periodista prestarme un poco de atención a mí también. Al menos por cortesía. Estaba pendiente de Marronnier, y me pregunté a qué había ido yo allí realmente.

—No es fácil hacerla reír, ¿no, mademoiselle Bredin? —me dijo Marronnier en voz baja mientras Carnet hacía unas fotos del sitio donde se había sentado Michael Caine.

—No, soy de esas personas que no se ríen demasiado —respondí entre dientes.

—Qué lástima —replicó él con suficiencia—. Estaría usted mucho más guapa si sonriera.

Carnet volvió en ese momento.

—¿Cómo se le ocurrió abrir su restaurante precisamente en Vétheuil? —quiso saber.

—Bueno, para mí Vétheuil ha sido siempre un lugar muy especial... —Y mientras Marronier contaba que la casa había pertenecido a su bisabuelo y hablaba del encanto del magnífico entorno que había inspirado a Claude Monet en sus pinturas, me detuve ante un pequeño cuadro que mostraba el río y unos álamos. En primer plano un prado con hierbas altas y amapolas en el que al mirar más detenidamente se distinguía a una mujer con sombrero y una cesta de pícnic. Era muy impresionista. Enseguida se pensaba en un día de verano.

Me acerqué más y rayas y puntos se mezclaron ante mis ojos.

—La casa donde vivió Monet con su primera mujer, Camille, está a solo unos minutos a pie de aquí —explicaba Marronnier en ese momento—. La pobre murió muy pronto, está enterrada en el cementerio de Vétheuil. Afortunadamente vivía ya entonces Alice Hoschedé en la casa, la mujer de su amigo, con la que Monet se casó más tarde. Si quieren puedo enseñarles luego su casa, hoy es un Bed & Breakfast donde hospedo siempre a los que acuden a mis cursos de cocina. —Hizo una pequeña pausa y se arregló el cuello del jersey azul que llevaba puesto—. ¿Conocen el cuadro de los girasoles y el niño con sombrero de paja que está en el camino de un jardín? Monet lo pintó justo allí. Adoraba los jardines, y adoraba a los niños. Creo que los dos tuvieron ocho hijos, algo que hoy resulta inimaginable, ¿verdad?

Me pregunté cuánto iba a durar esa conferencia sobre Monet, y suspiré sin disimulo.

—Para mí, la imagen de los girasoles refleja la alegría de vivir y la sensualidad del impresionismo —prosiguió—. Y exactamente así veo yo mi cocina. Estoy con mi amigo Monet, si quieren.

Marronnier se rio.

«Mi amigo Monet», pensé. ¡Por favor! ¡Qué presuntuoso! Las anécdotas de ese cocinero que hablaba como si Monet fuera su mejor colega, con el que todos los domingos se bebía una botella de vino, me tenían frita.

—¿Y qué opina usted de las nuevas tendencias en la cocina francesa? ¿Se unirá a ellas? —quiso saber Carnet.

—Bah, no me gustan nada las tendencias. Las tendencias se pasan. Un día están de moda y al otro desaparecen. La cocina molecular o el *new nordic...*, eso no es para mí. Valoro demasiado la cocina francesa, y lo importante para un cocinero es mantenerse fiel a sí mismo. Me resulta sumamente inspirador estar aquí en tan buena compañía. Vétheuil ha sido siempre una inspiración para los artistas.

Me giré y señalé el cuadro de la pared.

—Oh, veo que tiene usted aquí colgado un Monet auténtico —intervine—. ¿O es que usted también pinta... guiado por el espíritu de los impresionistas? Seguro que tiene usted muchos otros talentos.

—No, no, yo me limito a cocinar —contestó.

—¿Y este cuadro?

—Es una larga historia. —Marronnier no se dejó distraer. Estaba claro que no quería hablar sobre el cuadro—. Vamos, demos un pequeño paseo por el jardín...

Abrió la puerta de dos hojas y salimos a la terraza, sobre la que ahora daba el sol.

—Todos estos cerezos los plantó mi bisabuelo —nos explicó Marronnier con un cierto orgullo dinástico—. Ahora no tienen hojas, pero en abril, cuando brotan, es como si uno estuviera en un mar de flores rosa. Es precioso, no pueden imaginar lo bonito que es.

Se dirigió a Carnet.

—Por eso llamé así a mi restaurante... «El tiempo de las cerezas».

—Sí, lo sabemos —dije yo de mal humor.

—¡Qué poético! —Robert Carnet garabateó unas palabras en su libreta y yo me pregunté si realmente llegaría a mencionarme a mí en su artículo. Pero entonces, haciendo una excepción, el periodista del *Parisien* se volvió hacía mí.

—¿Y usted, mademoiselle Bredin? ¿Por qué llamó a su restaurante Le Temps des Cerises?

—Porque..., eso..., tiene que ver con mi padre —contesté sonrojándome a mi pesar. Yo no podía hablar de ningún jardín de cerezos—. Quiero decir que el restaurante ya se llamaba así cuando yo me hice cargo de él.

—¡Ah, vale! —exclamó Carnet decepcionado. Contaba con algo más original.

—Ah..., ¿su padre era cocinero? —intervino Marronnier—. Entonces se puede decir que usted ha heredado de él su talento.

—¿Qué talento? —pregunté con mordacidad.

—¡Y ahora me gustaría hacer unas fotos de los dos cocineros juntos! —dijo Carnet interrumpiendo la conversación. Guardó su libreta y bajó los escalones que llevaban al jardín. Luego retrocedió unos pasos y miró por el visor de su cámara—. No, no, quédense ahí donde están. —Estiró una mano hacia delante y nos hizo señas para que retrocediéramos—. ¡Los dos en la terraza, magnífico! —La casa, que se alzaba detrás de nosotros bañada por la luz de la tarde, era sin duda el escenario perfecto.

Nos movimos algo indecisos por la terraza y parpadeamos con la luz, y mientras Carnet hacía sus fotos y nos indicaba todas las poses posibles, Marronnier y yo nos acercamos más de lo esperado. El cocinero me tocó la espalda, y noté que me ponía tensa. El sol me daba en los ojos, que me empezaron a lagrimear, y me puse las gafas de sol.

—No, nada de gafas de sol, por favor, queda muy frío —dijo Carnet—. Sí, así está bien. Un poco más juntos, por favor, un poco más... ¡Perfecto! ¡Y, ahora, ojos abiertos y... sonrían! *Cheeese!*

Abrí los ojos y sonreí. El cocinero estaba a mi lado y sonreía también. Podría parecer que éramos buenos amigos.

—¿Es usted siempre tan rencorosa o solo conmigo? —murmuró Marronnier mientras la cámara del periodista seguía sonando.

—Solo con usted —respondí.

El periodista gritó: «¡Genial!», dio unos pasos por el jardín y levantó el pulgar.

Era una situación algo grotesca que no carecía de cierta comicidad. De pronto sentí el impulso de reírme.

—¡Sí, magnífico! ¡Muy bien! —exclamó Carnet—. Ya está. ¡¿Por qué no empezaron así?!

Muy satisfecho con su trabajo, poco después el periodista se despidió.

—Será un buen reportaje —gritó mientras se subía a su Fiat verde y agitaba la mano en el aire. Yo también me dirigí hacia mi coche. Al sacar la llave vi de pronto a Marronnier detrás de mí.

—Veo que usted también siente debilidad por los coches antiguos. El viejo y querido R4... Se emociona uno, ¿verdad? —Dio unos golpecitos en el techo de mi vehículo.

—¿No irá a comparar en serio este viejo cacharro con su Tiburón, ¿no?

Guardó silencio un instante.

—Bueno, cada uno tiene su encanto..., como nuestros restaurantes —fue su respuesta salomónica.

—Vaya, vaya —dije mientras trataba de abrir la puerta.

Él se apoyó en el capó y me miró.

—Ya sé que tiene usted siempre mucha prisa, pero ¿no querría tomar un café conmigo, mademoiselle Bredin?

—¿Para qué?

Frunció los labios con gesto divertido.

—¿Por qué no enterramos el hacha de guerra? Al fin y al cabo, los dos somos cocineros. —Sonrió. Podía ser muy agradable cuando quería.

—¿Y a qué se debe este cambio tan repentino, monsieur Marronnier? Por teléfono sonaba usted muy diferente.

—Por teléfono me llamó usted duro de mollera. —Me miró y arqueó las cejas—. Además, entonces yo no sabía a quién me enfrentaba.

—¿Y a quién se enfrenta?

Encogió los hombros con desenfado.

—No tengo ni idea. Pero me gustaría averiguarlo. Deme una oportunidad, quédese a tomar un café. Me gustaría mucho.

Cuando dos horas más tarde regresé a París había cambiado de opinión con respecto a Jean-Marie Marronnier. Aquel cocinero no estaba tan mal. Efectivamente tenía algunos platos muy interesantes en la carta, y su idea de dejarse inspirar por los tiempos de los impresionistas en su cocina me pareció muy original. Sí, era muy creativo en su forma de cocinar, pero ¿qué cocinero no lo es?

Aquella tarde conocí también el verdadero motivo de la dura reacción de Marronnier al teléfono. En el restaurante donde trabajaba antes le habían jugado una mala pasada. Un cocinero intrigante que le había tocado de compañero se había adueñado descaradamente de sus creaciones y las había presentado como propias. Esos platos habían sido decisivos para que aquel restaurante recibiera una estrella Michelin, pero los laureles no se los llevó Marronnier, sino su rival, que le engañó de malas maneras. La colaboración con el restaurante acabó con un escándalo. Marronnier se había quitado furioso su gorro de cocinero, había abierto su propio restaurante y había puesto todo su esfuerzo en conseguir otra estrella. Cuando vio que la distinción se la habían dado por error a otro restaurante, el mío, casi se volvió loco.

—Siento que toda mi furia cayera sobre usted —se disculpó mientras dejaba junto a mi café un plato pequeño de Limoges con una *tartelette aux pommes*—. Tenga, pruebe esto.

Impaciente, pinché el pequeño tenedor de plata en el hojaldre, que estaba mezclado con nueces y mazapán. En la base había varias capas de manzana finamente cortada cubierta con un glaseado de mermelada de albaricoque. Me metí un trozo en la boca y me quedé paralizada. Aquella deliciosa combinación fascinó a mis papilas gustativas.

—¡Dios mío, esto está de muerte! —se me escapó.

—Me alegro. —Marronnier asintió sonriendo. Luego volvió a posar sus ojos azules sobre mí—. Me gustaría que olvidáramos esa desafortunada llamada telefónica, mademoiselle Bredin. No dice nada bueno de mí. El otro día no era yo. Tampoco soy tan desagradable. Pero no puede usted imaginar lo mucho que esa estrella significa para mí.

Marronnier había puesto en juego incluso su propio matrimonio para sacar adelante su restaurante. Su mujer tenía una tienda de moda en Le Vésinet y no entendía muy bien que su marido estuviera tan entregado a la alta cocina y prefiriera vivir en Vétheuil. En la parte superior de la casa había toda una planta para uso privado que resultaba muy práctica y confortable. Cuando se hacía tarde, lo que últimamente era cada vez más frecuente, Marronnier pasaba la noche allí. Su mujer se resistía a trasladarse a la casa que tanto significaba para él. Aparte de que a ella no le gustaba ese pueblucho aburrido y además evitaba la buena comida pensando en la línea, la pareja se había ido distanciando cada vez más desde que su hija se había marchado a estudiar a Grenoble.

El cocinero guardó silencio un momento y encogió los hombros con pesar. No se oía nada.

—Lo siento mucho —murmuré. De alguna forma tuve la sensación de que debía decir algo—. Tal vez su mujer lo entienda alguna vez. —Dejé vagar mi mirada por el restaurante y el jardín, donde el sol se ponía sobre el río sumiendo todo en una luz rosada—. Este sitio es tan bonito, tan tranquilo. Reúne usted todos los requisitos para ser un hombre felizmente casado.

Me miró pensativo.

—¿Existe eso realmente..., un hombre felizmente casado? —preguntó luego.

—Bueno, ¡espero que sí! —me apresuré a responder.

—Sabe, Mathilde no entiende que los cocineros somos en cierto modo artistas que necesitamos un entorno muy concreto para... Perdóneme, no quiero aburrirla —dijo interrumpiendo sus palabras.

—¡No, no, no me aburre! —Eso que había dicho sobre la cocina me había gustado—. Tiene usted toda la razón, cocinar es un arte..., un arte en el que hay que poner todos los sentidos para que salga bien. —Miré mi plato—. Quiero decir..., mezclar ingredientes tan simples como mantequilla, huevos, azúcar, harina y leche, mazapán y manzana, de una forma determinada y obtener algo tan maravilloso como esta tartaleta de manzana es pura magia, ¿o no?

Marronnier asintió.

—Sí, somos los alquimistas de ahora. Hacemos oro con nada.

Se puso de pie para servirme más café y mi mirada cayó en el pequeño cuadro de la pared.

—¿Me va a desvelar qué ocurre con ese cuadro? ¿No me irá a decir ahora que es realmente un Monet auténtico? —Sonreí.

Marronnier dejó la cafetera a un lado.

—Sinceramente, no lo sé. Encontré ese cuadro hace unos años en el *Marché aux puces.* En un puesto que estaba lleno de trastos de una casa que habían vaciado. Me gustó y luego me he enterado de que se parece mucho a un cuadro de Monet, *Vista en Rouelles, Le Havre.* Monet lo pintó con dieciocho años, y en realidad este que usted está viendo podría ser la pareja. Monet pintó distintas variaciones del mismo motivo.

Yo asentí impresionada.

—Pues sería un hallazgo increíble.

—Pero el cuadro solo está firmado con las iniciales del pintor, no con el nombre completo.

Los dos miramos el tranquilo paisaje con respeto.

—Siempre he querido llevar a estudiar la autenticidad del cuadro, pero nunca me he decidido. No sé por qué. Tal vez no quiero que se pierda la magia que lo rodea. ¿No le parece raro?

—No, en absoluto. —Sacudí la cabeza—. Creo que yo habría hecho lo mismo.

Ya había oscurecido cuando me despedí de Marronnier, no sin que antes el cocinero me arrancara la promesa de que volvería otra vez con más tiempo a su restaurante para probar alguno de sus platos.

—¿Qué tal en primavera, cuando florezcan los cerezos? Este curioso error debe de tener algún sentido —propuso haciendo un guiño.

—¿Quiere decir que así podré aprender la diferencia que hay entre la cocina gourmet y la cocina de bistró?

—¡No, no! —repuso Marronnier—. Me encantaría volver a verla y seguir conversando con usted. Y..., bueno..., en realidad solo existe una cocina: la buena cocina.

—Si lo ve así, vendré encantada —respondí—. Pero solo si luego usted honra también mi restaurante con su visita.

7

*N*o es tan arrogante como pensaba. La verdad es que es muy simpático.

Hacía una hora que Aurélie había vuelto de Vétheuil y me estaba contando su encuentro con Jean-Marie Marronnier. Había llegado a casa mucho más tarde de lo que yo esperaba y estaba muy animada. Ya me había preparado *baguette* con jamón para cenar —mi nevera no daba más de sí—, y mientras estaba sentado en el sofá con una copa de vino tinto y unas aceitunas ella no paraba de hablar con entusiasmo del cocinero con una estrella Michelin con el que se podía conversar sobre cocina y pintura.

—Has aguantado mucho tiempo en Vétheuil —dije—. ¿Qué tal con el periodista del *Parisien*?

—Bueno, ese tal Carnet estaba más interesado en Marronnier que en mí, naturalmente —reconoció ella—. Pero tendrías que haber visto la casa solariega donde está el restaurante. Es todo precioso. Hasta Michael Caine cenó una vez allí. Y detrás de la casa hay un inmenso jardín lleno de cerezos que llega hasta el río. —Su cara adquirió una expresión soñadora—. Me gustaría volver allí en primavera, cuando florezcan los cerezos —añadió.

Me metí una aceituna en la boca. Por supuesto que me alegraba de que el encuentro en Vétheuil hubiera salido bien, pero el repentino entusiasmo de Aurélie me parecía algo exagerado.

—Conduce un Tiburón blanco.

—Bien por él —repuse. ¿Qué quería decir con eso? ¿Que estaba forrado? ¿O que era un friki que andaba siempre metido bajo el capó de su viejo coche con un destornillador en la mano?

—Y es tan educado —continuó.

—Bueno, tan educado no puede ser, mira cómo se comportó por teléfono... —Escupí el hueso de la aceituna en la mano—. Te aplastó como una apisonadora.

—Sí, lo sé. Pero hoy se ha disculpado. Y cuando terminamos con la sesión fotográfica insistió en que tomara un café con él. Para enterrar el hacha de guerra, dijo. Y esa tartita de manzana que me ha servido..., ¡sencillamente increíble! —Puso ojos de éxtasis.

La miré mientras iba de un lado a otro de la habitación con un brillo en los ojos y las mejillas sonrosadas. Parecía encontrarse muy lejos de allí, había algo que no me encajaba.

—En cualquier caso, está bien que hayas salido ilesa de toda esta historia —comenté para dar por concluido el asunto—. Ya no tienes que preocuparte más por ese cocinero. Ya no te molestará más. Y si lo hace tendrá que vérselas conmigo.

Ella se detuvo ante mí y me miró sonriendo.

—¡Ah, André! —dijo, y tampoco esta vez supe lo que significaba exactamente ese «Ah». Agarré su mano con decisión y la atraje hacia el sofá.

—Ven, siéntate conmigo. Ha sido un día lleno de emociones.

Le serví una copa de vino, y ella dio un sorbo y se acurrucó en mi brazo.

—Sí, puede decirse que sí. Pero al final ese Marronnier me ha sorprendido positivamente. Un hombre alucinante. —Se sentó bien y me miró con ojos resplandecientes—. Imagínate, lo mismo hasta tiene un Monet auténtico colgado en su restaurante.

—¿Qué quiere decir «lo mismo hasta»? —repliqué.

—Bueno, todo apunta a que es un Monet auténtico... Marronnier parece conocer muy bien la pintura impresionista y descubrió ese cuadro en un mercadillo. Pero no quiere que lo examinen porque no quiere que pierda la magia.

—¡No tiene ningún sentido! —exclamé, y en ese momento sentí una pequeña punzada en algún punto cerca del corazón.

—¿Cómo que no? Bueno, a mí me parece muy romántico —manifestó Aurélie.

El hecho de no coincidir en nuestra idea del romanticismo —al menos en ese punto— enrareció el ambiente el resto de la noche y durante unos días. Además, las semanas siguientes fueron tan turbulentas que volví a perder de vista mi proposición de matrimonio una vez más.

Tras la gloriosa presentación de mi libro en Au Clair de la Lune y después de que aparecieran algunos artículos en la prensa, la editorial había recibido varias solicitudes y Monsignac acordó con su jefa de prensa a mis espaldas que sería una idea fantástica mandar de gira a «nuestro editor escritor» con su última novela.

De nuevo apareció una mañana en mi despacho Michelle Auteuil perfectamente vestida (falda lápiz negra, blusa blanca y, como pequeño detalle, en el cuello un pañuelo de Agatha negro con pequeños *terrier* escoceses blancos) para presentarme su plan perfecto.

Yo estaba sentado en mi escritorio ajeno a todo —lo recuerdo perfectamente, fue un día bastante negro para mí—, leyendo con creciente descontento el *Figaro,* que también había publicado un artículo sobre Robert Miller. El inglés que en realidad era un francés. El escritor que en realidad era solo un editor.

«*Cherchez l'editeur.* Por qué hoy en día cada vez más editores y asistentes cogen la pluma», rezaba el título del artículo de un tal Bertrand Crequelle que era todo menos amable.

—Vaya, ¿qué le pasa, André? —dijo Michelle Auteuil sorprendida—. ¿Acaba de salir usted del infierno?

—No —gruñí—. ¿Ha visto el artículo del *Figaro?*

—Ah..., ese. —Michelle Auteuil hizo un gesto de rechazo. Siguió tan imperturbable como siempre.

—¡Sí, ese! —repliqué yo de mal humor—. Un comentario totalmente demoledor sobre asistentes y editores hábiles para los negocios que son insaciables, pero ni una sola palabra sobre mi novela. Parece no interesarle mucho a ese tal monsieur... Crequelle.

Michelle Auteuil cruzó los brazos y me miró divertida.

—¿Qué esperaba usted, André? ¿Un himno a la literatura de entretenimiento? Por favor..., es el *Figaro*. Juegan en otra liga. Quieren comentar obras literarias, no prosa fácil que solo te hace sentir bien.

Tragué saliva.

—Bah —repuse al fin—. No estaría mal que alguien se sintiera bien en París..., además de los turistas, quiero decir.

—No sea tan susceptible, André. Además, nosotros engañamos al *Figaro* con la primera novela de Robert Miller, déjeme recordarle al dentista que presentamos como escritor, y gran parte de la culpa fue suya, André. Yo no tuve nada que ver. Así que ahora no se queje. Le están devolviendo la jugada.

—Pero aseguran que las editoriales lo tienen todo calculado, que no quieren comprar licencias extranjeras porque son muy caras y prefieren encargar novelas a medida bajo bandera falsa. —Miré el periódico con rabia—. ¡Novelas de encargo! Como si fuéramos máquinas de coser. Además, eso no es así ni por asomo. Mi novela fue escrita por amor y no es producto de ningún cálculo. Jamás he sido tan sincero como en ese libro. ¡Monsignac lo sabe, pregúntele a él! Y si ese..., ese tal Crequelle supiera leer entre líneas también lo sabría. ¿Mi novela le parece cursi y ligera? ¡Que escriba él una! ¡No es tan fácil escribir una buena novela de entretenimiento! —añadí indignado.

—Es posible, pero en realidad ese no es su trabajo. Él es crítico literario, no escritor. Y tiene derecho a criticar y expresar su opinión. Eso debe entenderlo, André. Vivimos en un país libre. Por suerte.

Yo gruñí con desgana. Que nuestra jefa de prensa encima defendiera a ese periodista me parecía indignante.

—Mire, André, su novela es elegante y deliciosa, es divertida e increíblemente romántica, y a mí me ha gustado mucho, pero...

—¿Pero? —La miré con el ceño fruncido. ¿Cuál era el pero? No me fiaba de su elogio.

—Bueno, cómo se lo diría... —Los ojos pensativos de Michelle se posaron en mí—. No tengo que explicárselo, André... En la alta literatura no existen los finales felices, el hombre sufre en el universo, duda de su existencia. Ya sabe: «Un libro debe ser el hacha que rompa el mar helado que hay dentro de nosotros» —añadió citando a Kafka.

Puse los ojos en blanco. ¡No podía salirme ahora con Kafka!

—Y, si se piensa bien, es comprensible que un crítico como Crequelle —Michelle Auteuil juntó las manos como para rezar—, ni más ni menos que Crequelle —repitió—, encuentre su novela cursi y banal.

—Bueno, ¿y qué? ¿Qué tiene en contra de lo cursi? Yo adoro lo cursi. —Crucé los brazos con gesto obstinado—. Lo que hoy se considera cursi antes era romántico.

Michelle Auteuil sonrió divertida.

—¿Que adora lo cursi? ¡Venga ya, André! No se haga el ofendido. De acuerdo, el artículo es duro. Pero eso da igual. Lo importante es que aparece su nombre y se menciona el título del libro. ¡Robert Miller ha logrado aparecer en el *Figaro* con su nueva novela! ¡Enhorabuena, André! Alégrese de que al menos se habla de usted.

—Pfff —resoplé.

—Monsieur Monsignac lo ve así, al menos —añadió ella—. Debería abordar usted el asunto desde una perspectiva más profesional.

—Ya lo abordo de forma profesional —protesté—. El único que se pierde en tabarras emocionales es ese crítico.

—Bueno, da igual. Escriba lo que escriba monsieur Crequelle, al que por cierto valoro mucho, usted tiene sus fans, André. Ahí fuera hay muchos lectores que adoran su libro. Y que también son responsables de que su novela aparezca la próxima semana en la lista de los libros más vendidos... En el penúltimo puesto, sí, pero puede ir subiendo. Y es en esos fans, en esos lectores y lectoras entusiastas, en los que usted debe pensar.

Me lanzó una penetrante mirada.

—Bueno..., ¿y? Entonces pensaré en ellos. ¡Claro que adoro a mis lectoras y lectores!

—Muy bien.

Dejé el *Figaro* a un lado y centré mi atención en el ordenador.

Michelle Auteuil seguía parada frente a mi mesa y tuve claro que quería algo de mí.

Y entonces me lo soltó.

—Después del éxito de su primera lectura en público, Monsignac y yo hemos pensado que estaría bien que repitiera usted más actos de este tipo. Por otras zonas del país, quiero decir.

—¿Es necesario? —Torcí el gesto. Los eventos fuera de París significaban que había que ir de un lado a otro y pasar cada noche en un colchón usado distinto.

—Sí —respondió ella tajante—. Robert Miller es muy apreciado en todo el país. Y deberíamos hacer esas lecturas preferiblemente antes de que empiece el *Salon du livre* y aparezcan otra vez miles de novelas nuevas.

—¿Qué? ¿Antes del *Salon*? De ninguna manera —me rebelé, y me eché hacia atrás en la silla—. Ya tengo bastante trabajo con los preparativos para el *Salon*. Vienen muchos editores extranjeros que buscan títulos franceses y quieren disfrutar de la primavera de París, y todos están deseando salir a comer o cenar. No tengo tiempo. Lo siento, Michelle, es imposible.

Pensé en mi agenda llena ya de citas, en todos los textos que tenía que escribir para el catálogo de derechos —por desgracia, en una editorial pequeña como la nuestra no había un departamento que se ocupara de eso— y en todos los eventos relacionados con el *Salon*, que desde hacía muchos años no se celebraba ya bajo la luminosa cúpula del Grand Palais, sino en un frío pabellón ferial en las afueras de la ciudad, lo que obligaba a hacer una serie de viajes en metro adicionales. Miré a nuestra jefa de prensa irritado.

Ella sonrió.

—Bueno, creo que se podrá arreglar. Es importante hacer algo por la novela ahora, André. Y todo esto tampoco le ocupará mucho de su valioso tiempo, se lo prometo.

Dejé caer la cabeza entre las manos.

—¡Piense en sus lectoras! —me advirtió—. Quieren verle. Y recuerde lo mucho que disfrutaron en su primera lectura en público. Lo entusiasmadas que estaban al final. La librera dijo que usted tenía un talento natural, ¿se acuerda? Ya en su primer acto se superó usted a sí mismo. Y ahora ya sabe cómo funciona todo.

Jugueteé con un pisapapeles y suspiré. Michelle Auteuil sabía manipular a la gente.

—Sí, sí, tiene usted toda la razón, Michelle. Pero me temo que va a ser todo muy justo. El *Salon du livre* es a finales de marzo. ¿Cómo vamos a organizar antes una gira?

—No se preocupe, yo me encargo. Ya he tanteado el terreno.

Por supuesto.

—Puede estar tranquilo, André, cuando yo me ocupo de algo siempre sale bien. Las librerías ya se han preparado. La organización será perfecta.

De eso no me cabía la menor duda. La miré en silencio y fruncí los labios.

Michelle Auteuil se elevaba ante mí como un faro de rayas blancas y negras. Sabía que había ganado.

—No le pido nada imposible, André. —Mostró una sonrisa conciliadora—. Solo una pequeña gira. Cuatro librerías, cuatro ciudades: Rennes, Lyon, Burdeos y Arlés. Ya he buscado las conexiones más rápidas. Y en menos de una semana estará usted otra vez en casa. ¿Qué, cómo le suena eso?

—Genial —dije rindiéndome, y cedí.

La observé mientras se alejaba hacia la puerta taconeando. Con la mano ya en el picaporte se volvió de nuevo hacia mí.

—¡Será maravilloso! ¡Y sus fans se lo agradecerán, André!

Yo asentí. Tenía una legión de fans. Por lo menos. ¿Qué hombre podía decir algo así?

Pero mi mayor fan era, como se vio enseguida, la librera de Au Clair de la Lune. No dejaba pasar una sola oportunidad de llamarme. Estaba claro que la idea de hacer conmigo más lecturas en público había dado alas a su fantasía. No solo quería concertar una nueva cita conmigo, sino que también me llamaba cada vez que descubría una nueva reseña en el periódico o en internet. Me preguntó si la próxima vez quería leer un fragmento distinto de mi novela, y, de ser así, cuál, pues había pensado organizar la siguiente lectura de forma más atractiva para proporcionarle al libro un marco digno. Quizá con una copa de vino y música. Había pensado en contratar a una cantante para que interpretara canciones adecuadas a cada parte del texto, me explicó entusiasmada. Pero todo esto había que hablarlo antes detenidamente. Yo le decía: «¡Sí, claro, genial!» y «¡Vaya! Eso suena muy bien». Escuchaba sus propuestas y poco a poco fui teniendo la impresión de que me iba a enfrentar al acontecimiento del siglo. No puedo negar que su entusiasmo incondicional hacia mi novela me hacía sentir bien. Y todas, absolutamente todas las llamadas telefónicas finalizaban con la afirmación de que yo era su escritor favorito. No me importa admitir que Artémise Belfond me halagaba.

—Espero que escriba usted muchos más libros, André. Es usted un escritor muy, muy, muy especial.

—¿Quién era? —preguntaba Aurélie cada vez que, con el sexto sentido de las mujeres, notaba que yo contestaba una de esas entusiastas llamadas.

Y el escritor muy, muy, muy especial respondía:

—Ah, es solo esa librera de Au Clair de la Lune. Ya sabes..., donde hice mi primera lectura el día de San Valentín.

—¿Qué quiere esa mujer siempre?

—Quiere hacer otra lectura conmigo y no deja de pensar en todos los detalles posibles. —Me reí sintiéndome culpable, si bien no era consciente de ningún motivo para la culpa.

Aurélie levantó las cejas.

—¿Y por eso te llama mil veces?

—Bueno, esa Artémise Belfond es muy meticulosa, ¿sabes? —dije quitándole importancia al asunto y esperando que sonara un poco a vieja maniática de los libros—. Es una gran fan mía y quiere hablarlo todo detenidamente. —Sonreí—. ¿Qué más da? Lo hago todo para que mi libro se venda bien.

8

*J*amás en mi vida he pensado mucho en las libreras. No suelo frecuentar las librerías, pero siempre he tenido más o menos la siguiente imagen de ellas en la cabeza: pelo castaño recogido en la nuca con cierto descuido, figura esbelta, gafas pequeñas de montura dorada, jersey de lana con mangas que no llegan hasta las muñecas, falda de lana de cuadros, zapatos cómodos marrones. Probablemente fuera una imagen algo desfasada la que rondaba por mi cabeza, tal vez influida un poco por la novela de Penelope Fitzgerald *La librería,* un libro que nuestro ambicioso profesor de inglés del colegio eligió como lectura de clase para despertar nuestro interés por el mundo de los libros. Mis gustos iban ya entonces por otro lado, y el argumento se me borró enseguida de la memoria.

Solo recuerdo el personaje poco glamuroso de Florence Green, una mujer olvidada por la vida y la felicidad, y su interesante frase: «En una librería nunca estarás solo».

Ya entonces entendí lo que quería decir. Si no tienes a nadie que se preocupe por ti, los libros pueden ser tus amigos. Siempre que te guste leer, claro. En la cocina de mi restaurante yo tampoco estaba nunca sola. Rodeada de ollas y sartenes de cobre, de las llamas de la cocina de gas y el zumbido reconfortante del frigorífico, me sentía tan a gusto como en el cuarto de estar de mi casa, y tras la muerte de mi padre el restaurante, Jacquie y todo el equipo de cocina fueron mi auténtico hogar y mi familia. Pero entonces apareció en mi vida André, y de pronto mi hogar pasó a ser el sofá en el que me sentaba con él, la cama que compartíamos, los abrazos y besos en los que nos perdíamos, el primer café de la mañana y la última copa de vino tinto por la noche. Su frente arrugada cuando leía un manuscrito, su sonrisa pícara cuando levantaba la tapa de una cazuela para ver lo que yo había cocinado y robaba una cucharada, el crujido de su periódico, sus libros, que enseguida llenaron cada rincón de mi casa.

El amor y los libros habían entrado en mi vida... y con ellos también una librera algo pesada llamada Artémise Belfond que últimamente llamaba a André día y noche porque no podía imaginar nada más importante que organizar otra lectura en público del libro de Robert Miller alias André Chabanais.

—Entonces dile que no tienes tiempo. Si te muestras tan amable con ella la estás animando a que te llame por cualquier detalle insignificante —le indiqué a André, perdiendo la paciencia, cuando su móvil volvió a sonar una vez más, pero él hizo un gesto de rechazo y contestó que no importaba. A una librera tan comprometida como la propietaria de Au Clair de la Lune no se la podía ofender.

—Al fin y al cabo, lo hace por mí —argumentó.

Pero André tenía cosas más importantes que hacer que hablar continuamente con esa mujer. No solo la preparación del *Salon du livre* le ocupaba gran parte de su tiempo, no, ahora encima tenía que realizar, por deseo de su editor, una gira para promocionar su nueva novela que iba a durar una semana. La jefa de prensa le había asaltado hacía poco con esa buena noticia, y André había vuelto a ceder en vez de decir que no. Ahora estaba totalmente estresado, irritado, a veces insoportable por su mal humor. Se sentaba en su sillón a leer manuscritos con el ceño fruncido y no se le podía decir nada. Trabajaba hasta bien entrada la noche para terminar el catálogo de venta de derechos para la feria, y cuando, agotado, se metía en la cama, se dormía al instante a mi lado. Entonces ponía mi brazo sobre él, me acurrucaba en su espalda y me decía que se trataba solo de una fase que iba a pasar pronto.

Yo también tenía mucho trabajo en el restaurante, más de lo normal, el negocio prosperaba, lo que era una satisfacción, y a mí tampoco me quedaba mucho tiempo libre para otros asuntos. De vez en cuando me acordaba del cocinero de Vétheuil que nos había proporcionado aquel boom, lo que era muy de agradecer. Seguía dándome pena haberme quedado sin mi estrella Michelin, pero ahora me lo tomaba con humor, y cuando Jacquie removía en sus ollas con mirada soñadora y decía: «¿Te acuerdas cuando fuimos un restaurante con una estrella Michelin durante un día?», yo sonreía sin amargura.

Y así llegó marzo. Un viento fresco barría las calles, el cielo brillaba con un azul claro y limpio sobre París, los días se hicieron más luminosos y agradables. Y también la gente salió de sus casas para disfrutar de los primeros rayos de sol, armados con paraguas para el próximo chaparrón.

Cuando aquella mañana André se marchó a la editorial antes de lo habitual y se despidió de mí con un beso distraído, decidí darme yo también una vuelta por Saint-Germain y el Barrio Latino antes de reunirme por la tarde con mi amiga Bernadette. Buscaba unos zapatos nuevos y había visto un vestido bonito en una de las numerosas tiendas pequeñas de la rue Bonaparte ante cuyos exquisitamente decorados escaparates había pasado en las últimas semanas sin detenerme. Aquel día aproveché a entrar en esa tienda, rebusqué un poco, y enseguida salí con varias bolsas de papel unidas con un delicado lazo y seguí andando hacia el boulevard Saint-Germain. El sol ya estaba bastante alto cuando pasé por delante de la iglesia de Saint-Germain-des-Prés. Hacía calor, y hasta mi nariz llegó el olor de barquillos recién hechos. Como siempre que pasaba por allí, no pude resistirme y me compré un barquillo cubierto de chocolate en el puesto que había junto a la nave lateral de la iglesia y que vendía *crêpes* y *gaufres*.

Mientras lamía con cuidado el chocolate negro pensé en acercarme a la editorial y tratar de convencer a André de que hiciera conmigo una pequeña pausa de mediodía al sol para enseñarle mis compras, pero enseguida deseché la idea.

Antes iba a veces a mediodía a Éditions Opale para recoger a André. «¡Qué bonita sorpresa, me encanta que vengas!», decía siempre, y pasábamos una hora sentados en el Vieux Colombier con una *salade au chèvre* y un trozo de paté con *baguette*. O paseábamos de la mano por el Jardin du Luxembourg, y André me mostraba el sitio donde supuestamente Jacques Prévert se sentaba a veces con su perro y escribía sus maravillosos poemas en una de las pequeñas mesas redondas en las que apenas cabían una copa de vino y un cenicero.

Pero, al parecer, mi muy ajetreado novio de momento no tenía tiempo para mí. Pensativa, bajé por la rue Bonaparte y pasé por delante del Café Bonaparte, con su toldo de rayas azules y blancas, y del pequeño cine que está al lado, al que iba a menudo con Bernadette. En la esquina de la rue Jacob me detuve algo indecisa. Miré a la izquierda, donde a pocos pasos la calle se convertía en la rue de l'Université, al final de la cual se encontraba la editorial de André, y de pronto deseé que todo fuera como antes. Suspirando, arrugué el papel del barquillo, lo tiré a una papelera y pensé que la palabra «antes» era una de las más tristes que conocía.

—Hummm —murmuré con gesto compungido, y miré hacia la cola de gente charlando y riendo que se había formado delante de Ladurée, el exclusivo *salon de thé* famoso desde hacía siglos por sus deliciosas tartaletas o sus *macarons* hechos a mano.

Ante mí pasaron unas chicas japonesas vestidas con minifalda y botas blancas hasta la rodilla, con el pelo liso y sedoso y cara radiante, que llevaban sonrientes sus bolsas de Ladurée de tono pastel con letras doradas, en las que iban las cajas con los delicados dulces.

Revoloteaban como las palomas de la plaza de San Marcos, y su parloteo agitado y sus risas divertidas me arrancaron una sonrisa. El ataque de melancolía se me pasó enseguida. Pronto sería primavera, mi pareja era un hombre maravilloso, yo me había comprado unos zapatos y un vestido nuevos, y cuando hubieran acabado todas esas presentaciones y ferias pasaría unos días junto al mar con André y seríamos tan felices como... ¡antes!

Sonreí.

Luego seguí mi paseo en dirección a la rue de Buci para dar una vuelta por el Barrio Latino antes de encontrarme con Bernadette en nuestro café favorito, cerca de la librería Shakespeare and Company.

Poco después me detuve sorprendida ante otra librería, mucho menos famosa, en cuyo escaparate de marco azul colgaba la foto de un hombre al que yo conocía muy bien. Estaba delante de Au Clair de la Lune y André me sonreía a un tamaño más que natural. Mostraba orgulloso su libro desde el cartel que anunciaba la lectura en público y que ocupaba casi la mitad del escaparate. En él aparecía también la fecha del evento, el 29 de abril.

André no me había dicho todavía que hubieran fijado ya una fecha.

Me acerqué con curiosidad para echar un vistazo al interior de la librería, pero me resultó casi imposible ver nada. La otra mitad del escaparate estaba cubierta de artículos de periódico sobre Robert Miller. Algunos los había leído, otros no los había visto nunca. Al parecer, la librera los había recopilado y había pegado en el cristal todo lo que se había escrito sobre el «editor escritor» con el que yo vivía. Debo admitir que la enorme cantidad de material me impresionó.

Elle consideraba que la nueva novela de Miller era un «libro mágico», *Marie-Claire* hablaba de una «deliciosa historia de amor entre los libros y la cocina». Me acerqué un poco más con interés, y en parte me sentí también aludida cuando leí lo que escribían sobre la bella cocinera de la que se había enamorado el misterioso autor y de cómo al buscarlo se había cruzado con el arisco editor.

Asentí. Sí, el editor podía ser bastante arisco a veces, pero en sus momentos buenos era también muy dulce y cariñoso. Sonriendo, repasé con la mirada los numerosos recortes de periódico, y cada vez que se decía algo del argumento de la novela fue para mí como un breve viaje en el tiempo.

Entonces levanté las cejas. La propietaria de la librería había sido muy minuciosa en su locura coleccionista. En el escaparate estaba colgado incluso el poco amable artículo del *Figaro* que tanto había irritado a André, pero un alma caritativa había doblado la parte con el comentario más mordaz, de forma que se leía muy poco del «inglés que era un francés».

El escaparate también estaba decorado con el nuevo libro de André y en la parte baja había ejemplares de *La sonrisa de las mujeres* entre pétalos de rosa y corazones de papel rojos. ¿Serían del día de San Valentín todavía? En los libros que estaban colocados en vertical sobresalían marcapáginas en los que ponía «Nuestro favorito» pero no era difícil adivinar cuáles eran las preferencias de la librera de Au Clair de la Lune.

—¡Vaya! —murmuré impresionada, y seguí observando con cierta incredulidad esa *fan shop* de Robert Miller. Aquella señora mayor parecía ser una persona bastante fanática. No me extrañaba que André se sintiera halagado por tanta admiración y contestara todas sus llamadas con una paciencia de santo.

Puse la mano en el cristal y miré entre los recortes de periódico con curiosidad. La librería parecía estar vacía. Todavía tenía tiempo antes de mi cita con Bernadette, y decidí entrar y echar un discreto vistazo.

Dubitativa, empujé la puerta de madera pintada de azul en la que ponía Au Clair de la Lune en letras antiguas. Debajo de ellas una niña se columpiaba en una media luna plateada. La puerta se abrió, sonó una campanilla, y yo entré.

La librería tenía una luz cálida; en un rincón había unas pequeñas butacas, detrás se erguía una lámpara con una pantalla antigua. Las paredes estaban cubiertas de estanterías pintadas de verde oscuro que llegaban hasta el techo y parecían bien surtidas, delante destacaba un gran mostrador de madera con una caja registradora junto a la que había revistas y postales. En el centro de la espaciosa librería había tres mesas con libros, y a la izquierda una puerta de dos hojas comunicaba con un despacho. La puerta estaba abierta y pude ver la esquina de un escritorio en el que había una lámpara negra y en la pared del fondo una pequeña cocina.

Avancé más y dejé vagar mi mirada por la tienda. Au Clair de la Lune era una librería muy acogedora que invitaba a pasar un rato rebuscando entre los libros. Y en su interior también era desproporcionada la presencia de la nueva novela de André. Sobre una de las mesas había varios montones de *La sonrisa de las mujeres* junto a una recomendación personal de Artémise Belfond. Encima del mostrador había otro cartel anunciando la próxima lectura, y los ojos marrones de André me sonrieron bajo su pelo oscuro. En la foto estaba descaradamente guapo con su amplia sonrisa y su barbilla angulosa.

Me quedé un rato pensativa, y mi corazón palpitó de orgullo cuando cogí uno de los libros de un montón. Yo había sido la primera lectora de aquella novela. Recordaba muy bien cuando un año antes, en enero, encontré el manuscrito delante de mi puerta. Entonces el libro no tenía todavía un final; André lo escribió después, cuando nos reconciliamos y nuestra historia acabó bien.

Hojeé un poco el libro, luego oí que se movía una silla en la habitación de atrás y levanté la vista. La librera apareció por la puerta de dos hojas, y cuando la vi me quedé sin respiración.

Una joven de grandes ojos azules y rubios rizos sedosos se acercó como flotando en el aire y me habló con voz suave. Su proporcionada figura estaba envuelta en un vestido amplio que terminaba un palmo por encima de la rodilla. No llevaba gafas de montura metálica ni un jersey de lana tejido a mano que ocultara un cuerpo anodino, tampoco zapatos planos. Tenía tan poco de Florence Green que me quedé mirándola atónita. ¿Cómo había llegado yo a la idea de que la propietaria de Au Clair de la Lune podía ser una solícita anciana?

Artémise Belfond era toda una belleza, su mirada una promesa.

Eso no lo había mencionado André, naturalmente.

La librera inclinó la cabeza y parte de la melena le cayó sobre un hombro. Me miró sonriendo.

—¿Puedo ayudarla en algo? ¿O prefiere echar un vistazo primero?

La observé fascinada.

—¿Se encuentra bien, madame? ¿Quiere un vaso de agua? A veces este tiempo primaveral altera el riego sanguíneo. —Me lanzó una mirada preocupada.

—No..., no..., va todo bien. —Me llevé la mano al cuello y carraspeé en un intento desesperado de recuperar la voz—. ¿Es usted Artémise Belfond? —grazné.

—Sí. —Levantó sus bonitas cejas arqueadas y me miró sorprendida—. ¿Por qué?

—Es solo porque... no parece usted una librera —se me escapó, y enseguida me tapé la boca con la mano. ¿En qué estaba pensando?—. Oh, discúlpeme, por favor, no quería decir eso —me apresuré a añadir, y ella me lanzó una seductora sonrisa.

—¿Y qué aspecto tiene una librera? —Su risa clara acarició mis oídos.

—No tengo ni idea, pero..., bueno... —Encogí los hombros—. Es usted guapísima. Quiero decir..., parece usted una actriz.

Ella parecía divertirse.

—Gracias.

—Apuesto a que se lo han comentado más veces.

—En realidad no. —Artémise Belfond se sujetó un mechón detrás de la oreja con un gesto elegante—. Pero creo que sé lo que quiere decir.

Posó sus bondadosos ojos sobre mí y me hizo un guiño. ¡Dios mío, además era muy simpática! Esa mujer era una de esas personas que enamoran a cualquiera. Tragué saliva.

—Cuando me hice cargo de la librería hace unos años tuve que ponerme las pilas y he conseguido que Au Clair de la Lune se haya abierto hueco con bastante éxito, también entre los hombres..., y eso que en general son las mujeres las que más leen, ¿no?

Asentí abrazando el libro de Robert Miller.

—Llegó un momento en que tuve que dejar de mirar a los hombres directamente a los ojos cuando les vendía un libro. —Suspiró divertida—. No sé por qué, pero siempre malinterpretaban mi mirada. Pensaban que quería ligar con ellos, pero yo solo estaba siendo amable.

«¡Vaya!», pensé. «¡Vaya!».

—¿Qué ha elegido? Ah, ya veo, es mi libro favorito. *La sonrisa de las mujeres*. ¿Lo conoce?

—Sí. Quiero decir, no. Bueno, he visto las reseñas del escaparate... —balbuceé.

—Es una novela maravillosa, escrita por un autor maravilloso. Se la recomiendo de corazón.

Artémise Belfond estaba radiante, y yo asentí en silencio. No podía decirle que ya conocía el libro. Al dedillo. Decidí mantener el anonimato y tantear un poco a la guapa librera.

—Robert Miller —dije en tono pensativo—. Nunca he oído su nombre. ¿Debería conocerlo? Por lo que usted dice debe de estar bien.

—Por supuesto. No olvide su nombre. Adoro a este escritor. —Se llevó la mano al corazón, y yo sentí un leve mareo—. Esta es su segunda novela, pero debo decir que casi me ha gustado más que la primera —aclaró entusiasmada.

—Ajá. Vaya... —Indecisa, le di la vuelta al libro—. Y... ¿qué hay de especial en ella?

—¡Léala, mademoiselle, léala! Entonces lo entenderá. Este libro me ha hecho soñar —dijo con pasión—. Me he reído, luego he llorado de emoción. Los personajes son tan..., tan auténticos, ¿sabe? Pocas veces me ha gustado tanto una historia y he deseado que acabara bien. —Su mirada se perdió un instante antes de volver a posarse en mí. Noté que se me ponía piel de gallina—. Este libro está escrito con el corazón, ¿entiende? ¿Y sabe lo mejor de todo? —Bajó la voz.

—No —contesté—. ¿Qué?

—¡Robert Miller es en realidad francés! ¡Vive aquí..., en París! —Rio feliz.

La miré con los ojos como platos.

—¿Qué me dice? —exclamé, aunque me habría gustado decir: «Vive conmigo, en mi casa».

—Siempre lo había sospechado, pero ahora ya es oficial, no sé si me entiende. No se puede usted imaginar lo mucho que me alegró que hiciera la presentación de su libro precisamente en mi librería. El día de San Valentín.

Asintió, y yo asentí también. Todo eso lo sabía muy bien.

—Fue una velada maravillosa. Podría haber vendido el doble de libros. Ese escritor no solo cautivó al público, también me cautivó a mí. —Sonrió feliz—. Por suerte, está dispuesto a hacer aquí otra lectura. En abril.

Señaló el cartel que colgaba encima de la caja registradora.

—¿Otra? ¿No será aburrido? —pregunté con hipocresía.

—No, no, nada de eso. Robert Miller tiene muchos fans aquí, la primera lectura se llenó enseguida. Además, quiero organizar algo especial.

—¿Lo sabe ya él?

—Oh, sí, estamos... en contacto. —Sonrió ensimismada, y yo pensé en sus numerosas llamadas. Luego se volvió
otra vez hacia mí—. Tal vez le gustaría a usted venir. Me
alegraría mucho. —Me lanzó una radiante sonrisa. Era increíble cómo conseguía que uno se sintiera especial, como si
fuera mucho más que un simple cliente de la librería.

—Veré si puedo organizarme —repuse—. Ha conseguido que sienta curiosidad.

—Eso espero.

—Y dígame... ¿cómo es ese Miller..., como hombre, me
refiero? —Quería saberlo.

—Oh, es maravilloso, absolutamente maravilloso
—contestó casi susurrando—. Robert Miller... o André Chabanais, como se llama en realidad —me miró con aire cons-
pirador—, pero no lo diga por ahí, por favor, me lo confesó
a altas horas de la madrugada cuando estábamos en un bar
con una copa de *champagne,* es un hombre encantador: inteligente, lleno de fantasía y además muy gracioso y simpático. Pasamos una velada muy divertida. Me reí muchísimo.

Entrecerré los ojos y forcé una sonrisa.

—Suena maravilloso —comenté—. ¿Han podido verse
alguna otra vez después de la lectura?

Tenía el corazón a cien.

—Oh, no —respondió ingenuamente—. Por desgracia.
Pero hablamos mucho por teléfono. Monsieur... Miller —
hizo unas comillas en el aire— es un hombre muy ocupado.
Tiene dos trabajos, se puede decir. Pero le veré pronto, en la
próxima lectura en público. Estoy impaciente.

Sonó la campanilla de la puerta, y no me habría sorprendido que hubiera aparecido el mismísimo André. Pero

era solo un hombre mayor que echó un vistazo por la librería y luego le lanzó una mirada interrogante a la librera.

—¡Enseguida estoy con usted, monsieur Arnault! —Artémise Belfond posó su mano sobre la mía—. Espero volver a verla muy pronto. Lea la novela. Es una historia realmente increíble. ¡Se sorprenderá! A veces me pregunto de dónde saca ese escritor unas ideas tan maravillosas...

Yo podría haberle dado alguna pista, pero me limité a asentir y observar algo cortada los delicados zapatos de charol rojos de la librera. Eran casi iguales que los que me acababa de comprar en la rue Bonaparte. Que las «ideas maravillosas» de Robert Miller tenían un trasfondo muy concreto y que André sencillamente había escrito una historia que él mismo había vivido conmigo de protagonista era algo difícil de explicar a Artémise Belfond.

Y, así, la seguí hasta la caja y compré un libro que ya conocía. Había sido escrito para mí. Volvió a sonar la campanilla de la puerta y entró una madre con su hija pequeña, seguidas de un joven cuya mirada de admiración se clavó en la librera. De pronto la librería estaba llena, y yo cogí la bolsa con mi libro y me marché discretamente mientras Artémise Belfond atendía a su siguiente cliente.

Bastante irritada, salí a la calle y seguí el laberinto de calles en dirección al Sena. Me parecía un poco raro que André no hubiera dicho una sola palabra de lo espectacular que era la propietaria de Au Clair de la Lune. ¿Lo había evitado a propósito o estaba yo haciendo una montaña de un grano de arena? De pronto me di cuenta de que no solo contestaba las llamadas de la librera con amable paciencia, sino que además le cambiaba la voz. Y aunque estuviera tan estresado..., cuando Artémise Belfond estaba al teléfono de pronto él volvía a reír y bromear.

Mientras cruzaba la calle y avanzaba hacia Notre Dame, que se alzaba clara y resplandeciente en la Île Saint-Louis, repasé el día de San Valentín. ¿Estaba André distinto cuando regresó de la presentación del libro? Recordaba que había aparecido en el restaurante bastante después de medianoche, pero eso no me había parecido raro. ¿Dijo algo acerca de la librera? ¿O del bar donde habían estado juntos bebiendo champán? ¿Estuvieron solos esa noche, ay, tan divertida en la que se rieron tanto? Ahora que lo pensaba, aquella noche André me pareció algo más alegre de lo normal, y al mismo tiempo también algo confuso, cuando se quedó en la entrada con sus flores y la elegante chaqueta azul que se había comprado para la presentación de su libro.

Como un gato que ronda la jarra de la nata. ¿Quizá también como alguien que guarda un secreto? ¿O eran solo imaginaciones mías? ¿Estaba viendo fantasmas?

Confusa, miré hacia la catedral.

Habían pasado muchas cosas aquella noche, y la verdad era que yo estuve tan ocupada atendiendo a los clientes que no le presté atención a André. Y luego la inesperada noticia de la concesión de una estrella Michelin eclipsó todo lo demás. Discutimos, nos reconciliamos, y a la mañana siguiente llamó el cocinero de Vétheuil. Con tanto lío no volvimos a hablar de la presentación de su libro, y si lo hicimos fue solo brevemente.

No sabía qué pensar de todo el asunto. Únicamente tenía clara una cosa:

Artémise Belfond no era un fantasma. Era una mujer muy seductora.

Giré a la derecha y me dirigí hacia el paseo de la orilla del Sena, donde Bernadette ya me esperaba sentada al sol en nuestro café favorito de la rue de la Bûcherie y me hacía señas con la mano.

—¡Tendrías que haber oído cómo hablaba de André, casi entra en éxtasis, lo adora!

Me estaba tomando mi segundo *café crème* y Bernadette ya estaba al tanto de todo. Le había contado mi encuentro con la bella librera sin saltarme un detalle.

—Le ha levantado un altar, sencillamente increíble. Toda la librería está llena de libros de André. O sea..., ¿qué te parece? —Removí nerviosa el café.

Bernadette se rio. Era mi mejor amiga y siempre expresaba su punto de vista con total sinceridad, aunque a veces eso no resultara del todo agradable. Era una profesora comprometida y a veces me incluía a mí en su misión pedagógica. Siempre me daba su opinión y sus consejos sin ser preguntada. Nunca le gustó Claude, mi novio anterior, al que llamaba «el friki» y que un día me abandonó sin avisarme, y, cuando poco después conocí a André, ella supo enseguida que era el hombre perfecto para mí aunque no lo pareciera a primera vista. Yo confiaba en ella y en su buen juicio, pues casi siempre tenía razón en lo que decía.

—Creo que no debes darle demasiada importancia —me comentó—. Que esa librera sea en este momento la mayor fan de André no significa necesariamente que André sienta lo mismo. —Dio un sorbo de su *thé au citron*—. Tú misma has dicho que él no te contó demasiado de esa tal Artémise..., salvo que está muy interesada en su libro.

—Por eso precisamente —repliqué—. Me hizo creer que esa librera era una vieja excéntrica. Y luego entro en su tienda y casi me muero.

—¿Una vieja? —Bernadette se rio divertida—. ¿Dijo realmente eso?

—No directamente, pero...

—Quizá tus prejuicios te han jugado una mala pasada, mi querida Aurélie. Las libreras también son del siglo XXI. Y André no tiene nada que ver con que tú sigas pensando que las mujeres que trabajan con libros son poco atractivas y llevan faldas de lana de cuadros y gafas de cristales gruesos. En eso te has quedado algo anticuada, si me permites decírtelo.

Agaché la cabeza avergonzada.

—Sí, tienes razón —repuse—. Es que me sorprendió tanto...

Ella sonrió.

—Eso es lo que yo pienso. Deberías pasarte más por las librerías. —Se apartó de la cara la brillante melena rubia que llevaba en un bob a la altura de la barbilla y se envolvió en su abrigo de borrego blanco. Luego me lanzó una mirada divertida por encima de las gafas de sol—. ¡Fíjate en mí! Yo leo muchos libros... ¿y acaso parezco la hermana de Mary Poppins?

—¡No, claro que no! —No pude evitar reírme. Bernadette vivía muy cerca, ya la primera vez que estuve en su casa me sorprendió la gran cantidad de libros que tenía. Podría haber abierto una librería con todos ellos. Y no parecía precisamente un ratón de biblioteca. Al contrario. Bernadette era más moderna y deportista que yo.

Me recliné en la silla y guiñé los ojos por el sol mientras mi amiga inspeccionaba mis bolsas y alababa mi vestido y mis zapatos.

—Muy bonitos —comentó—. ¿Y qué es esto? —Abrió la bolsa de la librería Au Clair de la Lune y sacó el libro—. Oh, ¿has comprado el nuevo libro de André? ¡Qué mona! Casi se me había olvidado... Robert Miller es también tu escritor favorito, ¿verdad?

Yo puse los ojos en blanco.

—Sí, sí, vale. Me vi obligada. Esa Artémise no me habría dejado marcharme sin el libro.

—Parece tener un buen talento comercial —opinó Bernadette—. André puede sentirse afortunado.

—Sí, sí puede. —Pensativa, apreté los labios—. A pesar de todo, no sé muy bien qué pensar de todo esto, Bernadette. Desde que André se dio a conocer como autor del libro le veo cambiado. Y cuando pienso la de veces que ha llamado esa librera... Bueno, ahora sé por qué él siempre contesta. Si a mí me llamara Ryan Gosling también contestaría.

—Si quieres saber mi opinión, es la típica vanidad masculina —observó Bernadette—. André disfruta de la atención que recibe. Ha estado mucho tiempo a la sombra de su álter ego. ¡Dios mío, cuando me acuerdo de la presentación con el dentista inglés! ¡Qué locura! —Se rio—. Y ahora hace él las lecturas, los periódicos hablan de él, le cae bien al público... No es lo mismo que estar sentado en un cuartucho escribiendo en silencio. Déjale que disfrute del éxito.

—Lo hago —repuse—. Pero es que tengo una extraña sensación... Aquí... —Me llevé la mano al diafragma.

—No tienes por qué. Piensa en todo lo que André ha hecho para conquistar tu corazón. Ha escrito un libro entero sobre ti... Si lo piensas bien, incluso dos. ¿Qué más quieres? ¡No se puede pedir que te quieran más!

—Es posible. Pero no me ha preguntado nunca si deseo casarme con él. Y eso que llevamos más de un año juntos.

Me quedé mirando la calle, por la que pasaba en ese momento una pareja de la mano, y tuve que pensar en nuestro fin de semana en Venecia, en ese fallido paseo de noche por los canales en el que André me dijo sonriendo que una góndola era el escenario perfecto para pedirle matrimonio a alguien. Sonó tan frío..., como si no tuviera nada que ver con nosotros. Y luego aquella penosa escena en Navidad, cuando su propia madre tuvo que sacar el tema de la boda y los niños sin que él reaccionara. No, sí reaccionó. «No temas, no es necesario tener hijos, yo te quiero también así», dijo. Eso fue todo lo que se le ocurrió. «Yo te quiero también así». Lo mismo ni siquiera pensaba en el matrimonio.

—Oh, no te ha pedido que te cases con él y ahora la princesa está enfadada... ¿No es todo muy anticuado? —Bernadette frunció el ceño—. Eso no te había molestado hasta ahora. ¿Quién no quiso mudarse a la casa del otro? Fuiste tú, si no recuerdo mal. Todo puede seguir como hasta ahora, dijiste. André habría estado encantado de irse a vivir contigo.

—Sí, lo sé, pero eso fue al principio de nuestra relación. Y a mí me gusta mi casa. Sin embargo, a la larga resulta demasiado pequeña para dos personas.

—*C'est la vie*, mi querida Aurélie. A la larga no puedes tenerlo todo, deberías saberlo.

Suspiré. Para ella era fácil decirlo. Ella sí lo tenía todo. Vivía en un elegante piso de la Île Saint-Louis con vistas a Notre Dame. Tenía un marido encantador que ganaba un buen sueldo y una cariñosa hija llamada Marie que ya iba al colegio. Últimamente yo también me había planteado cómo sería tener un hijo. André iba a cumplir treinta y nueve años, yo tenía treinta y cuatro... Pensándolo bien, seguro que habría sido el momento adecuado. Si es que existía el momento adecuado para tener un hijo. Pero mi amiga no sabía nada de todas estas reflexiones.

Bernadette me miró de reojo.

—¡No lo pienses tanto, Aurélie! Eres una chica preciosa y muy atractiva.

—No has visto a Artémise Belfond —repliqué—. Es el sueño de cualquier hombre.

—Pero André te quiere a ti. Tú eres la mujer de sus sueños. —Me cogió la mano y la movió de un lado a otro—. Y os casaréis y tendréis hijos y seréis felices para siempre. Pero antes me gustaría tomar una de esas deliciosas tartas. —Le hizo una seña al camarero y le pidió dos tartaletas de frambuesa con nata—. Y ahora cuéntame lo de ese interesante cocinero de Vétheuil.

Aquella noche decidí tirarle un poco de la lengua a André y desvié hábilmente la conversación hacia la lectura del día de San Valentín. Como es lógico, no mencioné que había estado en Au Clair de la Lune. Pero André estaba sentado en su butaca con un manuscrito y no me hacía demasiado caso. La velada había sido muy agradable, dijo, y luego fueron todos a tomar algo. Sonó como si media editorial hubiera estado allí. Y, cuando le pregunté cómo era la librera, él se limitó a responder: «Muy agradable».

«Agradable» parecía ser su nueva palabra favorita.

—¡Artémise Belfond! ¡Qué nombre tan llamativo... ¿Ella es también tan llamativa? —volví a intentar.

—¿Cómo? Ah, no sé... Sí, es muy agradable, una mujer rubia normal. ¿Por qué me lo preguntas? —Levantó la vista.

—Ah, por nada —respondí tratando de que sonara a broma—. Para ampliar mis conocimientos sobre el gremio de las libreras. Parecen ser todas unas mujeres muy apasionadas que nunca saben lo suficiente de los autores.

—Puede ser. —Sonrió.

—Y esta parece muy entusiasta. —Le miré acechante—. ¿Qué edad tiene?

—Oh, no es taaan mayor —contestó con imprecisión esquivando hábilmente mi pregunta—. Se hizo cargo de la librería hace tres años y la ha mejorado mucho. La propietaria anterior debía de ser bastante excéntrica... Ni siquiera tenía ordenador, no organizaba ningún evento porque las lecturas en público le parecían ridículas, y después de que sus clientes habituales fueran poco a poco pasando a mejor vida al final cerró Au Clair de la Lune. —Sacudió la cabeza—. Pero ahora la tienda va muy bien. Hoy en día un librero tiene que moverse y estar abierto a nuevas ideas. La gente es muy exigente. Quiere eventos.

—Ajá —dije yo—. Bueno, una suerte que Artémise Belfond sea una librera tan avanzada. ¿Y qué tiene pensado para la próxima lectura? —insistí—. ¿Habrá bailarinas de danza del vientre o extenderá una alfombra roja especial para ti? Ja, ja, ja.

André me miró y suspiró con cierta impaciencia.

—Ni idea, Aurélie, pero si tanto te interesa puedes venir conmigo la próxima vez. Y ahora déjame seguir leyendo, ¿vale? Tengo que terminar esto para mañana.

Volvió a sumergirse en su manuscrito y yo me callé. Estaba confusa. ¿Era André ciego o es que no era sincero conmigo?

Al pensar en la próxima gira de promoción de pronto me sentí incómoda. Al parecer las libreras podían ser unas apasionadas no solo de los libros, sino también de los autores correspondientes. Había infravalorado a esas mujeres. Eran guapas, inteligentes y peligrosas. Y cuando unos días después André se marchó de gira —Rennes, Lyon, Burdeos y Arlés—, me despedí de él con sentimientos encontrados.

9

*P*oco a poco le fui cogiendo el gusto a mi vida como escritor, y también la gira de promoción empezaba a gustarme. Cuando el lunes me subí con mi maleta al TGV para iniciar mi primera etapa pensé que habría preferido quedarme en casa. Aurélie me había acompañado a la Gare Montparnasse y esperó en el andén hasta que yo encontré mi sitio, luego puso la mano en la ventanilla por fuera y me sonrió, y yo también apoyé la mano en el cristal hasta que el tren se puso en marcha. Me invadió una leve melancolía, y cuando me dejé caer en mi asiento pensé que las estaciones son buenos indicadores de lo que se siente por una persona. En ese momento me alegré de poder volver a abrazar a Aurélie dentro de una semana. Saqué el móvil y le mandé un mensaje.

«Ya te echo de menos», escribí.

«Yo a ti más», contestó al instante.

Poco después el TGV volaba en dirección a Bretaña, y mientras el paisaje completamente verde pasaba ante mí y yo apoyaba la cabeza en el cristal y miraba por la ventanilla, donde unas nubes blancas y vaporosas avanzaban por el cielo y las vacas pastaban en los campos, sentí la alegría previa a una aventura y ciertas ganas de cambiar. Las últimas semanas habían sido muy ajetreadas, pero ahora que ya tenía preparado todo lo del *Salon du livre* agradecía salir un poco de París, donde me pasaba casi todo el tiempo sentado en mi escritorio. Tenía ganas de conocer la capital de Bretaña, en la que no había estado nunca, y me propuse aprovechar el tiempo libre que me quedaba antes del evento para dar un paseo por el casco antiguo con sus alegres casas de paredes entramadas y visitar la catedral.

Una vez que el revisor hubo comprobado los billetes saqué el programa de la gira. Repasé los nombres de los hoteles y de las distintas librerías. Todas aparecían con el nombre de la persona de contacto, el número de teléfono y la hora del evento. Michelle Auteuil había hecho un trabajo excelente, como siempre. En Rennes me recogería el librero en persona, un tal Philippe Morel, y me llevaría al hotel, que estaba muy cerca de su librería.

Volví a plegar el programa y me lo guardé en el bolsillo. Luego saqué el libro, cuyas páginas estaban llenas de marcadores. Lo hojeé concentrado y revisé los pasajes que quería destacar en la lectura en público.

Bajo la atenta mirada de una mujer de cierta edad que se había sentado frente a mí marqué algunas palabras que deseaba resaltar especialmente y pensé varias formas graciosas de enlazar los distintos fragmentos del libro.

Enseguida me concentré totalmente en mi trabajo, pero cada vez que levantaba la vista veía los ojos grises de la mujer que me observaban con simpatía. Le devolví una sonrisa, lo que ella vio como una invitación a iniciar una conversación.

—¿Es usted profesor? —quiso saber.

Yo me reí.

—No, no.

—¿Qué es usted entonces? —Miró con curiosidad el libro en mis manos.

—Soy…, eh…, escritor —contesté sintiendo que me agradaba pronunciar esa palabra. Cuando decía que trabajaba como editor la reacción solía ser muy positiva casi siempre. Incluso la gente que no era muy amiga de los libros consideraba que era una profesión muy interesante. En todo caso, más interesante que si me hubiera presentado como ingeniero o físico. Eso ofrece menos temas de conversación.

Pero de algún modo ser escritor era mejor en ese sentido.

La mujer mayor me observó con respeto.

—Oh, un escritor, qué interesante. Nunca he conocido a ningún escritor —afirmó—. ¿Y qué escribe usted, joven?

—Novelas.

—Oooh —exclamó fascinada—. *Un homme de lettres!* —Me miró como si yo fuera Marcel Proust.

Yo asentí con timidez. Prefería no sacar el tema de la literatura.

—A mí me encanta leer —aseguró—. Aunque últimamente mis ojos no ponen mucho de su parte. Por desgracia. —Me miró con cara de lástima—. Y siempre pierdo las gafas. De ahí esto.

Seguí el movimiento de su mano. Del cuello le colgaban unas gafas de lectura sujetas a una cadena dorada.

—Lo siento —dije.

—Bah, no debe sentirlo. —Sonrió con vivacidad—. ¿Puedo preguntarle cómo se llama su libro, monsieur?

Cerré el libro y leí el título.

—*La sonrisa de las mujeres...*, suena muy bien —comentó.

—Sí, es agradable. Una novela de entretenimiento muy agradable —respondí.

Vi cómo sacaba del bolso un pequeño bolígrafo dorado y anotaba algo en su «Agenda femenina».

—Lo leeré con toda seguridad... ahora que le conozco. —Satisfecha, volvió a guardar la agenda—. ¿Y a dónde va, monsieur...?

—Miller —dije—. Robert Miller.

—Adrienne Betancourt —se presentó—. Un placer. —Inclinó la cabeza—. Dígame, ¿no tendrá nada que ver con el famoso Arthur Miller?

—No directamente. —Sonreí, y dejé el libro a un lado.

Durante el resto del viaje de hora y media hasta Rennes mantuve una muy agradable conversación con madame Betancourt, que también iba a Rennes porque vivía allí. Le hablé un poco de mi gira de presentación del libro y ella me habló de sus nietos, a los que había visitado en París el fin de semana. Luego me indicó un bistró en el casco antiguo de Rennes en el que debía probar sin falta la *galette* con jamón y huevo, una especialidad bretona, según dijo, y cuando el TGV entró en la gigantesca estación de Rennes ya casi éramos amigos. Al despedirnos se me ocurrió de forma espontánea invitarla a la lectura en público de esa noche, si tenía ganas y tiempo.

—Dispongo de las dos cosas, monsieur Miller —me aseguró—. Qué encantador por su parte.

La librería de monsieur Morel era mucho más grande que Au Clair de la Lune, pero también estaba casi llena, confirmándose lo que Michelle Auteuil me había dicho: mis verdaderos fans estaban fuera de París. Monsieur Morel era un hombre amable con un anticuado bigote. A pesar de ser una persona de pocas palabras, su pequeño discurso de bienvenida, en el que no solo dedicó unas amables palabras a mi novela, sino que además agradeció que no me hubiera costado ir de París a Rennes, fue amablemente aplaudido por los presentes. Estaba claro que valoraban la presencia de un autor... aunque estuviera muy lejos de ser galardonado con el premio Goncourt.

Madame Betancourt llegó algunos minutos tarde y se sentó en la última fila con una sonrisa de disculpa. A cambio, al final de la lectura, que fue acogida con un fuerte aplauso, gritó: «¡Otra, otra!», como en el teatro, y todos se rieron y la siguieron.

Así que leí un pasaje más, y luego monsieur Morel me dio las gracias y me entregó una botella de vino tinto mientras los oyentes volvían a aplaudir.

Animado por la acogida, firmé los libros y tuve buenas palabras para todos. La gente se mostraba amable y abierta, y al final se acercó también madame Betancourt, que había comprado tres ejemplares de mi libro, y me deseó mucha suerte en mis próximas lecturas en público.

—Le deseo lo mejor, monsieur Miller —dijo estrechándome la mano.

Antes de compartir con Morel una abundante cena que hizo que enseguida me entrara sueño, salí un momento a la calle para llamar a Aurélie. Eufórico, le hablé del evento en Rennes, de la mujer mayor del tren y del bigotudo monsieur Morel.

—Me gustaría que estuvieras aquí —musité, y ella me mandó muchos besos por teléfono y me deseó buenas noches.

Cuando más tarde subí las torcidas escaleras del hotel hasta mi habitación y caí por fin en la cama, me dormí satisfecho conmigo y con el mundo.

También en la siguiente presentación del libro en Lyon la entusiasta reacción de lectoras y lectores me hizo sentirme en plena forma. Las dos libreras eran hermanas, la cena excelente, la llamada a Aurélie animada. Poco a poco fui teniendo la sensación de que llevaba la vida de una estrella del pop. Solo el alojamiento fue una catástrofe, la cama era tan pequeña como las de los siete enanitos y por la mañana me despertó un escándalo horrible. Una obra bajo mi ventana en la que un trabajador machacaba el asfalto con un martillo neumático era la causante.

Cuando ya estaba sentado en el tren hacia Burdeos vi que Aurélie me había llamado, pero al intentar devolverle la llamada comprobé que no había buena cobertura y le mandé un SMS diciéndole que la llamaría después del evento.

La lectura en Burdeos fue el punto culminante de la gira. La librería estaba en una especie de sótano abovedado que me recordó a la nave de una iglesia, y yo leí y prediqué sobre el maravilloso poder del amor. El acto duró más que otras veces y estuvo seguido de una fabulosa cata de vinos en la que participaron algunos clientes invitados y, naturalmente, la librera. Nos sentamos en una larga mesa de madera y probamos los mejores vinos acompañados de diferentes quesos y pequeños bocados. Madame Savigny, una persona despierta con una voluminosa melena de rizos oscuros, no paró de contar anécdotas de su agitada vida como librera. A su lado estaba sentado su segundo marido, un representante callado y medio calvo con el que Martine Savigny llevaba ya diez años felizmente casada y con el que tenía dos hijos. Yo estaba un poco bebido y por un momento me pregunté cómo aquel hombre tan tranquilo podía haber atraído a una mujer tan temperamental. Poco después escuché fascinado la historia del anillo escondido en la *crème brûlée* que la perpleja Martine llegó a tener en la boca pero por suerte no se tragó. ¡O sea, que esas cosas pasaban realmente! Madame Savigny, que seguía hablando entusiasmada de la «pedida de mano más original de su vida» mientras su marido esbozaba una leve sonrisa, me hizo recordar de nuevo mi propio plan.

Pensé en salir a llamar a Aurélie, pero entonces abrieron una nueva botella, alguien me hizo una pregunta y me involucró en una conversación, y decidí dejar la llamada para más tarde.

Cuando nuestro pequeño y achispado grupo se disolvió eran ya las dos y media. El matrimonio Savigny me deseó buenas noches, y yo me subí a un taxi tambaleándome y volví al hotel. Ya en la habitación saqué el móvil y vi que

Aurélie había intentado contactar conmigo varias veces. Miré la pantalla con cierto sentimiento de culpa.

«¿Dónde estás?», había escrito a las doce y media. Y media hora más tarde: «Me voy a la cama, así que buenas noches».

Se me cayó el móvil de las manos y al inclinarme para cogerlo casi perdí el equilibrio. La pantalla estaba negra, qué curioso, y al tocarla volvieron a aparecer los símbolos. Traté de marcar su número y cuando después de sonar un rato contestó alguien, grité por el auricular lo primero que se me ocurrió.

—Aurélie —balbuceé—. Tequierotequierotequiero... Casémonos, quiero tener un hijo contigo, cien hijos... —Me dio hipo y solté una risa tonta—. ¿Aurélie? ¿Estás ahí todavía? —pregunté aturdido entre los ruidos de la línea—. Soy yo, tu futuro marido. El famoso escritor Robert Miller... —Las últimas palabras las pronuncié dirigiéndolas con un amplio gesto en el aire.

—¿André? ¿Eres tú? ¿Estás colocado?

Era un hombre. ¿Un hombre?

—¿Aurélie? —volví a preguntar.

—Soy Adam.

—¿Adam? —No entendía nada. Y la habitación era como un carrusel.

—Sí, Adam. Tu amigo Adam Goldberg —repitió la voz con paciencia.

—¡Adam! —exclamé sorprendido—. ¿Qué *hasshes* con Aurélie, viejo amigo?

Adam Goldberg se rio.

—Nada. Estoy en Londres. Pero ¿dónde estás tú?

—En Burdeos —repuse ateniéndome a la verdad—. De gira. ¿Dónde está Aurélie?

—Ni idea, supongo que estará durmiendo a pierna suelta. Y está claro que tú estás borracho y te has equivocado de número.

—Equivocado —repetí y alejé un poco el móvil con incredulidad. Todo aquello era increíblemente curioso.

—Sí, equivocado. Vete a dormir, André, son las tres de la madrugada. ¡Hay que tener valor! Pensé que había pasado algo.

—No ha *passsado* nada —dije—. Quiero hablar con Aurélie.

—Por favor, André, estás bebido. ¿Cuántas copas te has tomado? Deja dormir a Aurélie y duérmete tú también. Nos vemos en el *Salon*.

Colgó.

—Duérmete tú también —murmuré—. Duérmete tú también.

Y luego me dejé caer en la cama. Había sido una velada muy agradable.

—Dios mío, estaba preocupada, André —dijo Aurélie a la mañana siguiente. Esta vez la conversación telefónica no fue tan agradable. Yo me había quedado dormido y mi novia estaba muy ofendida—. Podrías haberme llamado.

—Sí. Pero ahora no te enfades, corazón —repliqué de buen humor. Estaba desayunando a pesar de que era bastante tarde, y gracias a las dos aspirinas que me había tomado antes me encontraba ya bastante bien. Continué tomándome unos huevos revueltos mientras ella proseguía con sus reproches. En algún momento se quedó callada de pronto.

—¿André? ¿Sigues ahí?

—Sí, claro. —Tragué el último bocado—. Vamos, no te enfades conmigo —dije—. Es lo que pasa cuando se está de gira. Y para contarte algo agradable: la velada estuvo genial. —Me limpié la boca con la servilleta—. Lo que pasó fue que la cata de vinos tuvo lugar justo después de la lectura. No me dio tiempo ni a llamarte. Quiero decir que deseaba llamarte. Pero entonces la librera empezó a hablar y no me pareció bien mostrarme descortés. Y luego empezamos a empinar el codo y cuando volví a mirar el reloj eran ya las dos y media.

—Qué bien que todo fuera genial para ti. Para mí no lo fue tanto. No he podido pegar ojo porque pensaba que te había pasado algo. Siempre me llamas, André. De verdad que no te entiendo. Podía haberte pasado cualquier cosa. Según tú, si te llamo varias veces y no contestas, ¿qué debo pensar?

Me pareció que exageraba un poco.

—Piénsalo, Aurélie —insistí—. ¿Qué me iba a pasar? En una lectura en público. En Burdeos. ¡Por favor!

—Pero qué es esto... Piénsalo tú. ¿No me llamas y ahora la culpa es mía?

Suspiré.

—No, no quería decir eso. En aquel sitio había tanto ruido que no oí el móvil. Y, además, intenté llamarte más tarde.

—Ah, ¿sí? ¿Y cuándo fue eso? En mi teléfono no hay ninguna llamada perdida tuya. —Parecía estar celosa.

Sonreí.

—Sí, porque me equivoqué de número —expliqué—. Imagínate, llamé a Adam sin querer. —Todavía recordaba vagamente la llamada a Adam a altas horas de la madrugada y tuve que reírme—. *Mon Dieu*, creo que tenía alguna copa de más. El pobre Adam, fue muy divertido cuando le dije...

—Sí, muy divertido —me interrumpió. Su voz sonaba fría, y de pronto noté que se me había pasado el buen humor.

—Sabes, a veces eres bastante aguafiestas, Aurélie —le recriminé—. ¿No estarás celosa?

Soltó una furiosa carcajada. Yo había dado en el blanco.

—¿Sabes una cosa, *chéri*? No tienes que llamarme si te cuesta tanto. Con saberlo antes no hay ningún problema.

Algo enfadados, dimos por concluida la conversación.

Preparé mi pequeña maleta y poco después salí hacia la estación. La presentación en Arlés estaba prevista para la tarde del día siguiente. Ya sentado en el tren que debía llevarme a la Provenza pensé que a veces Aurélie podía quitarle las ganas a cualquiera. ¿Acaso era un delito no llamar a alguien o no tener cobertura? ¿Cómo podía tratarme así? Sus reproches me parecían injustos y exagerados, y por la noche le mandé un breve SMS diciéndole que había llegado bien.

Pero al día siguiente iba a experimentar en mis propias carnes lo que significaba sufrir la tortura de los celos. Aunque, si en el caso de Aurélie eran infundados, en el mío sí se debieron a una persona. A un cocinero de Vétheuil.

Jean-Marie Marronnier estaba en París y había anunciado que iría a cenar a Le Temps des Cerises.

Cuando sonó el teléfono muy temprano en la bonita habitación de la pensión donde estaba tomando mi *petit déjeuner*, lo primero que pensé fue que era una algo avergonzada Aurélie que se había dado cuenta de que se había pasado de la raya. Me coloqué bien la almohada detrás de la cabeza y acerqué la taza de café con leche que me habían subido en una pequeña bandeja junto con *baguette*, mantequilla salada, un oloroso *croissant* y mermelada.

—Buenos días, *chérie* —dije con tono amable mientras mojaba el *croissant* en el café—. ¿Y? ¿Has dormido bien?

—Sí, sí. —Parecía muy contenta. Ni una palabra sobre nuestra pequeña desavenencia—. ¿Tú también?

—Ajá. —Mordí con deleite el *croissant*—. Estoy desayunando. —Sacudí unas migas de la cama.

—Adivina quién viene esta noche a cenar —comentó.

—¿Quién? —pregunté sin sospechar nada.

—El cocinero. —Su voz sonó triunfal.

—¿El cocinero? —No entendía nada. El sol brillaba entre las cortinas con los girasoles amarillos típicos de la Provenza; era todavía muy temprano.

—Sí, el cocinero, el de la estrella Michelin de Vétheuil.

—Ah —dije yo—. ¿Qué quiere ahora? ¿Seguir discutiendo? —Me incorporé para sentarme mejor.

—No, no, nada de eso. —Se rio—. Ha venido a París y le gustaría cenar esta noche conmigo en mi restaurante. La verdad es que estoy muy nerviosa. —Soltó una risita histérica—. Es una visita muy importante. No paro de pensar qué le voy a servir. Quiero demostrarle a ese Marronnier que soy una cocinera excelente.

—¿Cuál es el problema? —pregunté, y de algún modo sentí un leve malestar—. Tienes unos platos maravillosos en la carta. Que elija uno de ellos. No lo pienses tanto, Aurélie.

—Sí, es verdad. —No sonaba muy convencida—. Pero debe ser algo especial. Al fin y al cabo, él tiene una estrella.

—Sí, sí —repuse—. Lo sé de sobra. —No podía entender bien tantos nervios por aquel cocinero. Estaba claro que había una cierta competencia entre ese tal Marronnier y ella—. Ya se te ocurrirá algo.

A mediodía volvió a llamar. Yo estaba comiendo en un pequeño restaurante cerca del anfiteatro, hacía tanto calor que se podía estar fuera, y un *filet mignon* con salsa de pimienta me esperaba en el plato cuando sonó el teléfono.

—Ya sé lo que voy a preparar —dijo.

—Bien, eso es genial —contesté, y me metí en la boca un trozo de carne tierna y rosada que se me deshizo en la lengua. Mordí un grano de pimienta verde y un fuerte sabor me inundó la boca. Absolutamente delicioso—. ¿Qué habrá para el gran *maître*?

—Bueno, prepararé el mejor plato que tengo en mi repertorio. El de papá. Cocinaré el *Menu d'amour*.

—¡¿Qué?! —A punto estuve de atragantarme—. ¿Quieres preparar el *Menu d'amour*? ¿Nuestro *Menu d'amour*? ¿Para ese arrogante de Vétheuil? ¿Para un perfecto desconocido? ¡Dime que no es verdad!

Noté una ola caliente de irritación, mientras Aurélie se reía sorprendida y me reprochaba mi falsa sensibilidad.

—Dios mío, ¿qué te ha pasado de pronto, André? Te comportas como un pachá. Es solo un menú, ¿no?

Sus palabras fueron como una mecha encendida. Furioso, tiré los cubiertos sobre el plato. El *Menu d'amour* no era un menú cualquiera. Era el menú con el que el padre ya fallecido de Aurélie conquistó en su momento el corazón de su madre. Era el menú que Aurélie me había cocinado la noche en que nos besamos por primera vez. Siempre había tenido un significado muy especial. Era sagrado. Bueno, al menos para mí. Y ahora ella lo sacrificaba tan contenta en el altar de las vanidades. Para lucirse ante ese cocinero. Sacudí la cabeza. ¿Acaso no había deseado yo unas semanas antes que me preparara precisamente ese menú? Le supliqué que lo hiciera para nosotros. En vez de eso se marchó a Vétheuil a posar para la prensa junto a ese Marronnier. Y ahora le preparaba nuestro menú de amor. ¡Qué mal gusto! ¡Qué falta de tacto tan increíble! Apreté el móvil contra mi oreja ya caliente para oír lo que ella tenía que decir.

—En primer lugar, no es un perfecto desconocido. En segundo lugar, se trata de un cocinero con una estrella Michelin. Y, en tercer lugar, me parece algo muy profesional —aseguró, y su voz sonó irritada—. Y ahora tranquilízate, André.

—No, no me tranquilizo —respondí—. Para serte sincero, todo esto me parece bastante raro. Quiero decir que podrías preparar cualquier otro plato. ¿Por qué precisamente el *Menu d'amour*?

Recordé cómo tuve que consolarla el día de San Valentín porque ese tipo arrogante la había dejado hecha polvo. Así me lo agradecía. Estupendo.

—No seas ridículo, André. Es mi mejor menú. Por eso lo he elegido y no por otro motivo. Actúas como si fuera a recibir a Marronnier en un reservado. Solo va a venir una noche a cenar para probar mi cocina. Es algo muy normal entre cocineros.

—Si tú lo dices...

Di por finalizada la conversación. Mi ánimo estaba por los suelos.

Pagué la cuenta y paseé furioso por el mercadillo de Arlés para calmarme. Pero ni las bonitas piezas de cerámica ni las telas pintadas a mano expuestas en mesas alargadas consiguieron alegrarme la vista. Recorrí la pequeña callejuela donde está el famoso café con terraza que un día pintara Van Gogh: me dio igual. Mi día en Arlés transcurrió de forma muy diferente a como había imaginado. Finalmente me senté en uno de los escalones de piedra de la arena medieval y traté de ver también el asunto desde una perspectiva «profesional». Estaba dolido, pero quizá sin motivo alguno. Aurélie quería impresionar a ese cocinero, algo fácil de entender después de todo lo que había pasado.

Por la tarde hice un esfuerzo y la llamé para desearle un gran éxito por la noche. Estaba ya en el restaurante. De fondo se oía el ruido de las ollas y a Jacquie gritando.

—Si ese cocinero con una estrella Michelin no sabe apreciar tu menú es que no tiene ni idea de lo que es bueno —traté de bromear. Pero Aurélie no estaba para bromas.

—Ahora estoy muy liada, André. Hablamos más tarde, ¿vale? O si no, mejor mañana. Mucho éxito también con tu lectura.

Colgó y yo me quedé con una amarga sensación.

Poco antes del evento intenté llamar otra vez a Aurélie al móvil. Luego al restaurante. Jacquie Berton se deshizo de mí con su voz de rallador como si yo fuera una mosca molesta. No me podía soportar, probablemente porque le había robado a su «pequeña».

—No, Aurélie no se puede poner —dijo—. Sí, monsieur Marronnier ya está aquí.

La lectura en público de la pequeña librería que se encontraba en el casco antiguo de Arlés no salió tan bien. Yo estaba fuera de onda, leí como un autómata los fragmentos seleccionados, mientras mi cabeza estaba en Le Temps des Cerises, donde estaban disfrutando del *Menu d'amour*. Luego firmé con una sonrisa distraída los libros que los lectores me presentaban. Era como un príncipe melancólico, y cuando tras la lectura una oyente me preguntó si yo creía también en el amor a primera vista como el protagonista de mi novela, la miré pensativo y respondí:

—El amor a primera vista es una ilusión. A veces incluso una ilusión peligrosa. ¿Cómo se va a captar en una sola mirada cómo es una persona realmente?

El público, confundido, guardó silencio.

—A veces la vida es complicada —añadí—. ¡Bueno, qué más da! ¡Menos mal que existen las novelas!

Forcé una sonrisa y la gente aplaudió. Había triunfado otra vez.

La librera, una amable mujer de pelo canoso, se esforzaba mucho por su autor llegado de París y que aquella noche estaba tan desanimado. Me regaló una lata grande de *calissons,* esos delicados dulces de mazapán que son una especialidad de la Provenza, y cuando más tarde fuimos a cenar me convenció para que probara el *gardianne de taureau,* un sabroso estofado de toro guisado durante horas en vino tinto, según me explicó. A Aurélie le habría encantado. Pero no contestaba al teléfono. Traté de contactar con ella justo después de la lectura. Fue inútil. También esta vez me disculpé y salí un momento al exterior. El aire era frío y claro, y encendí un cigarrillo y volví a intentarlo en el restaurante. Esta vez no contestó nadie, ni siquiera Jacquie. Llamé al móvil de Aurélie y saltó el contestador.

Una hora después me despedí de la librera agradeciéndole la cena, y de camino al hotel volví a intentarlo otra vez.

Y otra.

Y otra.

Dejé un mensaje, luego otro. Y no entendía nada.

Aunque ese tal Marronnier estuviera cenando en Le Temps des Cerises ella podía contestar brevemente una llamada. ¿Cuánto duraba esa cena? El restaurante solía cerrar a medianoche.

«Ya estoy en el hotel. He intentado hablar contigo varias veces. ¿Dónde te has metido?», escribí.

Cuando poco después de la una volví a probar otra vez, el móvil de Aurélie de pronto estaba apagado y una voz automática me indicó que el número no estaba disponible pero que se informaba por SMS de mi llamada.

De pronto tuve la sensación de encontrarme delante de una puerta cerrada tras la que había alguien que sencillamente no quería abrirme. Yo aporreaba la puerta y pedía una y otra vez que me dejaran entrar. Pero la puerta seguía cerrada.

Antes de apagar la luz le mandé un último mensaje a Aurélie.

«¿Sigues en el restaurante? Espero que la cena con el cocinero haya salido bien. Llámame cuando estés en casa, ¿vale? *Bisou*, André».

Dormí intranquilo toda la noche. Cada poco me despertaba sobresaltado porque creía haber oído el zumbido del móvil. Lo buscaba a tientas en la mesilla, pero Aurélie no había dado señales de vida. El corazón me latía a cien por los celos, y cuando de madrugada me sumí por fin en un profundo sopor rondaron por mis sueños imágenes inquietantes que estaban relacionadas con el *Menu d'amour* y sus devastadores efectos.

10

Jean-Marie Marronnier era un caballero de la vieja escuela. Pero aquella noche llegó media hora tarde. Como en nuestro primer encuentro. Debo reconocer que me puse algo nerviosa cuando vi que eran las ocho y no había aparecido. Me había quitado el delantal y me había arreglado el pelo. No paraba de mirar a la puerta y preguntarme si el gran cocinero iba a anular la cita en el último momento.

Habría sido una pena, pues me había llevado un tiempo preparar el *Menu d'amour*, por el que me había decidido al final. Hacía mucho que no lo cocinaba, y tampoco estaba en la carta, era un viejo plato familiar que solo servía en ocasiones especiales. Admito que para mí era muy importante impresionar al cocinero distinguido con una estrella Michelin.

El cordero con cebollas y granada cocía a fuego lento desde hacía horas en la cacerola y desprendía un delicioso olor cada vez que yo abría la puerta del horno para regarlo con vino tinto y probarlo. La carne estaba tierna como la mantequilla. El *parfait* de naranja sanguina, que reposaba en el frigorífico, lo había preparado a mediodía, lo mismo que el pequeño *gâteaux au chocolat* que había que calentar brevemente antes de servirlo. La ensalada con roquefort, nueces y pera se preparaba al momento. Había tardado horas en elegir el vino tinto adecuado. No quería dejar nada a la casualidad. Estaba tan nerviosa que hasta al propio Jacquie le llamó la atención.

—Vaya, ¿vienen otra vez los inspectores de la Guía Michelin? —gruñó haciéndome un guiño—. ¿O haces todo este esfuerzo solo por ese cocinero que nos quitó la estrella?

—Bueno, no fue exactamente así, Jacquie —repliqué sonriendo, y le mostré una botella de Pinot Noir de Borgoña—. Qué piensas, este no está mal, ¿no?

Jacquie encogió los hombros y suspiró.

—¿Cómo puede estar mal un Pinot Noir? —dijo—. Pero sí, es perfecto para el cordero. —Luego se acercó a mí y me pasó el brazo por el hombro en un gesto paternal—. ¡Eh, *ma petite,* le va a gustar mucho a ese supercocinero! Se va a chupar los dedos después de la cena, créeme.

—¿Lo dices de verdad? —Reí nerviosa—. Y, Jacquie, ¿te acuerdas de que antes del entrante hay que blanquear un poco las peras en agua con azúcar? Si no, están muy duras.

—No hay razón para alarmarse —contestó Jacquie y volvió a su sitio en la cocina andando como un oso grizzly—. Lo tengo todo controlado, tú puedes dedicarte por completo al señor de Vétheuil. Estará encantado.

—Pero tú me entiendes, ¿no, Jacquie? —Le lancé una mirada suplicante por encima de la isla de la cocina—. Con semejante despliegue solo quiero que Marronnier no pueda poner ningún reparo a nada. Esta cena debe superar hasta la última de sus expectativas... Quiero decir que tiene que ser perfecta.

—Claro que lo entiendo —respondió Jacquie—. Es una cuestión de honor. —Se dio unos golpecitos en el gorro de cocinero y sonrió.

André no lo entendía, por desgracia. No entendía por qué era tan importante todo el asunto de Marronnier. Se lo tomaba a mal y se enfadó mucho cuando le dije que pensaba preparar el *Menu d'amour.* A mí me parecía una idea excelente, pero André estaba obsesionado con que ese era nuestro plato y yo no podía cocinarlo para nadie más en el mundo... ¡Qué absurdo! Se puso furioso porque yo se lo iba a ofrecer al cocinero de la estrella Michelin..., un «completo desconocido». Me trató como si yo estuviera cometiendo un delito de alta traición. Cuando todo el asunto no tenía mayor importancia..., salvo, tal vez, que yo sabía que esa comida era una de mis recetas originales, con la que esperaba convencer al fino paladar de monsieur Marronnier.

Pero André estaba como loco. Me colgó en medio de una frase, lo que no me pareció nada elegante. Luego volvió a llamar otra vez para mostrarse más transigente. Incluso me deseó mucho éxito para esa noche, pero entonces yo ya no tenía tiempo para una larga conversación..., ni tampoco ganas, la verdad.

Los primeros clientes ya estaban en el restaurante disfrutando de los platos anunciados en la pizarra cuando Marronnier por fin apareció. Llegó poco después de las ocho y media. Se dirigió hacia mí con el abrigo ondeando y un ramo de flores en la mano y se disculpó por el retraso. Lamentablemente había tenido que mantener una conversación muy desagradable y estaba profundamente desconsolado por haberme hecho esperar.

Me dio las flores y yo las olí.

—No se preocupe, monsieur Marronnier —dije—. Yo estoy aquí de todas maneras. —Le conduje hasta su mesa en un rincón—. Espero que lograra resolver sus asuntos.

Hizo un gesto de rechazo con la mano y asintió.

—Eso no va a estropearnos la velada, mademoiselle Bredin. En fin... —Se sentó, dejó vagar la mirada por las mesas preparadas con manteles de cuadros rojos y una sencilla vajilla blanca—. Debo admitir que siento mucha curiosidad.

—Bueno, esto no es tan lujoso como su restaurante —contesté sonriendo—. Pero ya verá cómo mi cocina también tiene su encanto.

—De eso no me cabe duda —replicó—, este sitio es muy acogedor. —Observó con interés la pizarra de la pared y estudió los platos del día.

Sonó el teléfono, y por el rabillo del ojo vi que Jacquie me hacía una seña y formaba con los labios la palabra «André».

Negué con la cabeza. André y su malhumor no me servían de mucho en ese momento.

—Oh, rape con pimienta rosa —dijo Marronnier, y chasqueó la lengua—. No suena mal.

—No, no suena mal, pero he preparado para usted algo muy especial que no encontrará en la carta. Un plato que cocino muy pocas veces, mi especialidad, podemos decir. Déjese sorprender, monsieur Marronnier. —Le sonreí confiando en haber sonado segura de mí misma—. Le gusta la carne, ¿verdad?

—Por supuesto. —Asintió—. ¿Ha cocinado su mejor receta para mí? Me siento muy halagado —añadió muy galante.

—Así es —respondí satisfecha. La velada empezaba a gustarme—. ¿Le apetece tomar antes un aperitivo para entrar en situación? ¿Una copa de *crémant* tal vez?

Él rio.

—No le digo que no. ¿Me acompaña? Solo si pueden prescindir de usted, naturalmente.

—Se puede arreglar —respondí—. Enseguida estoy con usted.

Volví a la cocina y hablé con los demás.

—Es muy importante para mí que esta noche salga todo bien —advertí en tono severo.

—No te preocupes. No somos bobos —contestó Paul—. Le vamos a enseñar a ese cocinero, ¿verdad? —Naturalmente, todos sabían quién era el hombre que se acababa de sentar en una pequeña mesa junto a la pared—. Ya verás, Le Temps des Cerises va a ser el nuevo restaurante favorito de monsieur Marronnier —bromeó, y todo el personal se rio.

—¡Eso espero! —Cogí mi bolso y volví al restaurante.

Cuando llegué a la mesa de Marronnier él se levantó educadamente y esperó a que yo me sentara. Dejé el bolso en el antepecho de la ventana y me senté. Marronnier también tomó asiento. Poco después Suzette llenó nuestras copas con un *crémant de Loire* y brindamos.

—¿Quién iba a pensar que estaría alguna vez aquí sentado con usted en su restaurante? —dijo Marronnier.

—Sí, ¿quién lo iba a pensar? —contesté—. Nunca digas nunca jamás.

Fue una velada sumamente agradable. Marronnier me contó con toda naturalidad sus comienzos como cocinero, cuando algunas cosas no le salieron del todo bien. No tenía ningún problema en reírse de sí mismo, lo que me resultó muy simpático..., si bien su risa era más bien una sonrisa satisfecha. Mantenía una elegante discreción. Provenía de una conocida familia que residía desde hacía generaciones en Vétheuil y sus alrededores. Un tío suyo incluso vivía en un pequeño palacio. En realidad él debería haber sido médico o abogado como la mayoría de los Marronnier varones. Por deseo de sus padres llegó a cursar algunos semestres de derecho, pero tras los primeros exámenes tiró la toalla. Su pasión era cocinar. Ya desde muy pequeño merodeaba por la cocina y le preguntaba al ama de llaves cómo se preparaba una salsa. La transformación de los ingredientes era para él pura magia, y al igual que un músico podía tener un oído perfecto, él poseía el don de reconocer todas las especias empleadas en un plato.

—Eso no se puede aprender —me explicó cuando le sirvieron el cordero. Probó todo con el respeto necesario y alabó el borgoña tinto y mi comida, que pareció gustarle mucho. Después del plato principal se limpió los labios con la servilleta—. Tengo que decir que me ha sorprendido usted, mademoiselle Bredin. *Chapeau!* No esperaba comer aquí un cordero tan bueno. Magnífica idea los granos de granada, ¿cómo no se me había ocurrido a mí? —Sonrió satisfecho.

—¿Quiere que le cuente un secreto? —dije inclinándome hacia delante.

—Oh, sí..., por favor, adoro los secretos —respondió en tono conspirativo.

Oí cómo el teléfono móvil vibraba en mi bolso y decidí ignorarlo. Eché una mirada furtiva al reloj. Las diez y cuarto. Probablemente fuera André, que quería contarme lo bien que había salido su lectura en público. Pero, excepcionalmente, la música sonaba hoy aquí.

—La idea de la granada no es mía —le confesé.

—No me diga que se la ha robado a alguien.

—No, mucho mejor..., la he heredado. De mi padre.

—El cocinero —añadió Marronnier asintiendo.

—Exacto, aunque papá tampoco fue siempre cocinero. —Jugueteé con la servilleta en las manos—. Antes estudió literatura, en la Sorbona. Allí conoció también a mi madre, la bella Valérie Castel, que un día se presentó en su clase y a él le pareció inalcanzable como la luna. Por desgracia, yo no he heredado el amor por la literatura que a ellos los unió.

Di un sorbo de vino y lo dejé rodar por la lengua. Ese Pinot Noir, con su aroma suavemente afrutado y ligeramente terroso, era todo un poema.

Marronnier arqueó las cejas.

—Pero ¿qué más quiere, mademoiselle Bredin? Está claro que usted ha heredado la belleza de su madre y el don para la cocina de su padre. Ha nacido con un pan debajo del brazo, se podría decir. Otros deben conformarse con mucho menos.

—Sí, tiene usted razón, no debería ser tan inmodesta —repliqué riendo y me recliné relajada en la silla—. Aunque curiosamente ahora estoy con un hombre de libros. Mi novio trabaja en una editorial y se pasa día y noche leyendo.

—Bueno, entonces está todo bien —bromeó el cocinero—. También entiendo que usted prefiera la cocina a los libros. Cada uno tiene que reconocer sus talentos, ¿no?

La velada estaba siendo todo un éxito. Suzette se acercó a la mesa y sirvió el *parfait* de naranja sanguina con el bizcochito de chocolate caliente.

—*Bon appétit* —dijo con corrección y observando a Marronnier con curiosidad.

Mi invitado hundió la cuchara en el *parfait*. Luego se detuvo extasiado.

—Mmm —dijo—. ¡Esto es..., esto está realmente exquisito! ¡Estoy impresionado! —Cogió un trozo de bizcocho de chocolate templado, cuyo interior líquido goteó en el plato—. Y la combinación del chocolate amargo con este *parfait* afrutado... Magnífico, absolutamente magnífico, mademoiselle Bredin. Solo por esto ya se merece usted una estrella.

Yo me puse roja de alegría. El elogio de Marronnier y el vino se me subieron a la vez a la cabeza.

—Gracias —tartamudeé sobrecogida. Volví a oír el callado zumbido en mi bolso. «Ahora no», pensé.

—El postre encaja mucho con usted —comentó Marronnier—. Suave y amargo a la vez. —Dejó la cuchara y me miró—. ¿Puedo pedirle una cosa?

—Sí..., ¿qué? —pregunté confusa. El zumbido había parado.

—Me gustaría incluir este postre en mi carta..., si puedo —añadió con modestia—. Naturalmente, indicaría su nombre y el de su restaurante y mencionaría que la receta es suya. ¿Qué le parece *parfait d'orange à la belle Aurélie*?

—¡Oh, monsieur Marronnier, me parece maravilloso! —exclamé encantada. Que aquel hombre considerara uno de mis platos tan maravilloso que quisiera ofrecerlo en su exclusivo templo gourmet compensó todo el asunto de la estrella Michelin. Era el reconocimiento de Marronnier, su disculpa ante mí. La velada no podría haber tenido un final mejor.

Me sentía muy halagada. El restaurante se fue vaciando, y mientras nos tomábamos el café le conté la historia del *Menu d'amour*. Cómo papá lo preparó por primera vez para mi madre cuando todavía vivía en una habitación de estudiante en la rue Mouffetard. Que aquella noche, que era una suave noche de verano, había vencido su timidez. Que su bella compañera de clase, de la que estaba enamorado, había llevado una cesta de cerezas.

—Tampoco sé muy bien lo que ocurrió aquella noche. Papá siempre la envolvió en un gran misterio —aseguré riendo—. Y a mi madre no se lo pude preguntar nunca, estaba muerta.

Marronnier asintió emocionado.

—Debió de ser una historia alucinante. —Sonreí—. En todo caso, aquella noche mi padre conquistó el corazón de mi madre cocinando. Y después de que ella probara el *Menu d'amour* se volvieron inseparables, como Tristán e Isolda.

—Sí, el amor entra por el estómago —convino Marronnier. Añadió una cucharadita de azúcar a su café y me hizo un guiño—. Los cocineros lo sabemos desde hace mucho tiempo.

—Sí, es verdad. —Asentí pensativa—. Los dos fueron muy felices juntos. Por un tiempo, al menos. *Maman* murió cuando yo tenía cuatro años. Apenas me acuerdo de ella. Si no tuviera fotos ni siquiera podría decir cómo era. A veces creo recordar su voz. Era una persona muy alegre y le gustaba cantar. Y tenía el pelo rubio y brillante. De eso me acuerdo muy bien. —Sacudí la cabeza. Recordar a mi madre siempre me ponía un poco sentimental—. Pero, bueno, ella terminó sus estudios de literatura y mi padre abrió su restaurante: Le Temps des Cerises.

Marronnier dio un sorbo a su café y me miró por encima de la taza.

—Y qué suerte que usted pudiera seguir con el restaurante. Tiene que ser muy bonito sentir que todo ha permanecido en la familia.

—Sí, es un poco mi hogar —confirmé.

Guardamos silencio un momento. Luego Marronnier se reclinó en su silla y dejó vagar la mirada por las mesas vacías.

—Este sitio tiene buena aura. Se nota enseguida al entrar. Se siente uno tan..., ¿cómo lo diría?... Es tan acogedor.

El cocinero era un hombre chapado a la antigua y utilizaba palabras antiguas. Sonaba de algún modo elegante.

—Ah, ¿sí? ¿Le parece? —Sonreí contenta, y traté de ignorar el insistente zumbido que salía de mi bolso.

Dios mío, ¿qué podía ser tan importante? ¿Un asunto de vida o muerte? André sabía que monsieur Marronnier cenaba esa noche en mi restaurante y que yo no tenía tiempo para nada. Hacía poco él había olvidado llamarme tras su evento y le había parecido de lo más normal. Pero yo tenía que saltar cuando a él le venía bien. Ahora le tocaba esperar. Aparté un poco mi taza y le sonreí al cocinero con decisión.

A Marronnier no le había pasado desapercibido el incesante zumbido que salía de mi bolso.

—Conteste tranquilamente —dijo sonriendo—. Al parecer alguien quiere algo urgente de usted.

Me sonrojé.

—No, no, no es nada importante —aseguré mientras sacaba el móvil y echaba un rápido vistazo a la pantalla.

«Ya estoy en el hotel. He intentado hablar contigo varias veces. ¿Dónde te has metido?».

Sonaba a reproche, y en ese momento yo no tenía ganas de oír ningún reproche. La situación era muy especial. Apagué el móvil sin vacilar y lo volví a guardar en el bolso.

—Puede esperar hasta mañana —dije, y me sentí como una traidora—. ¿Qué tal un digestivo?

—Gracias por la invitación. Ha sido una velada realmente muy especial —dijo Jean-Marie Marronnier cuando una hora más tarde se puso de pie y se despidió de mí—. He disfrutado mucho de la cena y también de nuestra agradable conversación, naturalmente. Espero poder corresponder pronto a sus atenciones con mi *celle de chevreuil aux griottes.* No tiene una historia tan original como la de su *Menu d'amour,* pero sí merece hacer una parada para probarlo.

—No me diga —bromeé.

Él miró brevemente mi bolso, que seguía en la repisa de la ventana, y luego volvió a mirarme a mí.

—Tal vez pueda traer a su novio cuando venga usted a Vétheuil. —Se inclinó y me besó la mano, mientras yo me sonrojaba—. Me encantaría conocer a ese hombre de libros.

Luego me quedé mirando cómo Marronnier bajaba por la rue Princesse sin prisas. No se giró ni una sola vez.

11

Me despertó el timbre del teléfono. El sol entraba en la habitación entre las cortinas provenzales. Estaba claro que en algún momento me había quedado dormido, pero me sentía como si me hubieran dado una paliza. Aturdido, busqué el aparato.

Aurélie estaba al otro lado de la línea. Me saludó como si no hubiera pasado nada.

—*Bonjour, chéri* —gorjeó por el auricular—. ¿Has dormido bien?

—No, he dormido mal —gruñí—. ¿Tú miras el móvil alguna vez? Anoche te dejé varios mensajes.

—Sí, lo sé —repuso ella—. Pero... acabo de verlos ahora.

No le creí una sola palabra.

—Mientes peor que cocinas, querida —le dije.

—No, de verdad —aseguró ella—. Con los nervios olvidé cargar el móvil. Y en algún momento se apagó. Por eso no he visto todos tus mensajes y llamadas hasta ahora. Además, quedamos en hablar hoy, ¿no?

—Tú quedaste —la corregí. Me senté en la cama. Estaba rendido de cansancio. Y de mal humor. Lo único que me interesaba era saber qué había pasado con ese cocinero. Pero me callé. No quería mostrar debilidad. Estaba por encima de eso.

Por un momento reinó el silencio en la línea.

—Y... ¿qué tal el evento de ayer? —preguntó por fin dubitativa.

—Bien —me limité a responder—. Todo muy bien. La gente cayó rendida a mis pies. Como siempre.

—Me alegro, *chéri.* —Gorjeo, gorjeo—. ¿Fuisteis luego a cenar?

Ni una sola palabra sobre el cocinero.

—Sí.

—¿Y tomaste algo rico?

—Estofado de toro.

—Oh, es una especialidad de allí, ¿no?

—Sí.

—Parece que te gustó. ¿Y te gustó también Arlés?

—Sí.

—¡Ay, André! —Se rio—. ¿Vas a decir más de una palabra? ¿Qué te pasa ahora?

—Nada —contesté—. ¿Qué me va a pasar? Solo que ayer me habría gustado darte las buenas noches.

—Sí. Lo siento mucho, André. —Sonaba arrepentida—. Pero esta noche ya estás de vuelta. ¿A qué hora llegas? ¿Vas a pasar por el restaurante?

—No, prefiero ir a casa y esperarte allí.

—Está bien.

—¿Y? ¿Qué tal con el gran cocinero? —pregunté como si nada a pesar de que estaba a punto de explotar de curiosidad—. ¡Cuenta! ¿Hasta qué hora estuvo contigo?

Noté que mi voz adquiría un tono desconfiado. Y Aurélie también lo notó.

—Ay, de verdad, André, ¿es esto un interrogatorio? —preguntó—. Marronnier llegó casi una hora tarde. No miré el reloj, tal vez hasta la una, ¿la una y media? En cualquier caso, la velada fue todo un éxito. Y Marronnier estaba impresionado.

—Ajá. ¿Por tu cocina? ¿O por ti?

—Por mi cocina y por mí, André. ¡¿Puedes parar de una vez?! Si no, no te cuento nada más.

—Sí, sí, cuenta, cuenta. Así que el *Menu d'amour* tuvo mucho éxito. —Me tragué una observación amarga.

—Sí. —Parecía satisfecha—. Mucho. ¿Sabes una cosa?

—¿Qué?

—No te lo vas a creer, pero Marronnier me preguntó si podía incluir en su carta mi..., ¡palabras textuales!, «magnífico *parfait* de naranja sanguina». Quiere llamarlo *Le parfait d'orange à la belle Aurélie.* ¿No es increíble?

—¿Increíble? —Me estaba pidiendo demasiado—. ¡Dios mío, Aurélie, qué ingenua eres! El magnífico *parfait* de naranja sanguina *à la belle Aurélie,* sí, sí. Está claro. ¡Ese tipo quiere llevarte a la cama, eso es todo!

De pronto se hizo tal silencio que se habría oído caer un alfiler.

—Muchas gracias, eres muy amable, André —dijo—. ¿No tienes imaginación? ¿Acaso no puedes imaginar que existen personas que saben apreciar mi *parfait* de naranja sanguina?

—No —contesté.

—¡¿No?! —gritó indignada.

—El *parfait* de naranja sanguina es solo un pretexto, Aurélie. Hasta ahí llega mi imaginación. Sé muy bien lo que buscan los hombres. No olvides que soy uno de ellos.

—Ah, ¿sí? Entonces explícame por qué te ha invitado también a ti a ir a Vétheuil.

—¡¿Qué?! ¿Vas a ver otra vez a ese tipo? —Estaba fuera de mí.

—Sí, ¿por qué no? ¿Tengo que pedirte permiso para ver a alguien? Soy un ser libre, André.

En ese momento me invadió la duda. ¿Qué era eso? ¿Le importaba más ese cocinero que yo?

—Exacto —dije—. Eres un ser libre. Y yo también soy un ser libre. ¡En el futuro veremos a quien nos dé la gana! En todo caso, no voy a ir contigo a Vétheuil, ya puedes ir quitándotelo de la cabeza.

Di por finalizada la conversación, y en ese mismo instante sentí haber sido tan desagradable. Estaba ya completamente despierto y muy furioso. Era la segunda vez en veinticuatro horas que le colgaba a Aurélie. ¿Qué me estaba pasando? ¿Estaba paranoico? ¿O era esa la reacción adecuada? Aunque no le había visto nunca, no me fiaba nada de ese cocinero. *La belle Aurélie!* Se creía muy listo con esa bobada. Y Aurélie se lo había tomado en serio. Empezaba a dudar de su inteligencia. Los elogios la habían deslumbrado. Había aparecido un cocinero Michelin en su vida y yo había perdido interés para ella. ¡Que ese tipo tuviera encima la desfachatez de invitarme hipócritamente a su paraíso gourmet era el colmo! Solo para poder seguir brillando mientras yo estaba de más y tenía que oír cómo los dos charlaban entusiasmados... sobre recetas cuya excelencia culinaria yo jamás podría descubrir.

Me levanté de un salto y, nervioso, empecé a dar vueltas por la habitación. ¿Qué aspecto tenía ese tipo? Hasta entonces me lo había imaginado como Louis de Funès, ese payaso de la película *Muslo o pechuga*. Pero la vaga descripción de Aurélie de un hombre culto no encajaba con esa imagen. Quizá fuera un hombre mayor y ella veía en él algo así como un padre, pensé intentando tranquilizarme. Entonces caí en la cuenta de que yo no había visto nunca el artículo del *Parisien*. ¿Se había publicado ya? O quizá al final habían decidido no publicarlo, pensé con maldad.

Me senté en mi estrecho escritorio y abrí el ordenador portátil. Enseguida encontré la página web del Le Temps des Cerises de Vétheuil. Había algunas fotos de la mansión rosa y de un jardín de cerezos en flor. Y también de un sonriente Marronnier en su impoluta cocina.

Un hombre alto y delgado, con el pelo rubio oscuro peinado hacia atrás y unos penetrantes ojos azules. Rostro anguloso, frente ancha. Calculé que estaba al final de los cuarenta. No se parecía a Louis de Funès ni en el gorro de cocinero, y tampoco era un anciano. Tenía los brazos cruzados delante de la chaqueta de cocinero blanca y mostraba una sonrisa contenida. No daba risa verle. Era más bien un tipo serio. Probablemente corroído por la ambición. No respondía a mi tipo, aunque yo no era una mujer. Le faltaba pimienta, lo vi enseguida. Pero estaba claro que Aurélie sentía que él la apoyaba. Tal vez yo no le había prestado suficiente atención últimamente.

Algo más tranquilo, cerré el ordenador y empecé a recoger mis cosas. Cuando guardé la lata de *calissons* en la maleta decidí regalarle a Aurélie las pequeñas y dulces barquitas de almendra y hacer las paces. Y cuando por la noche llamó al timbre y nos volvimos a encontrar, nos sentimos felices y nos fundimos en un abrazo.

—Hablar por teléfono no nos sienta nada bien —dijo Aurélie poco después, cuando estábamos en la cama probando los *calissons*.

Nos dormimos abrazados y todo parecía estar bien de nuevo. Pero la semilla de la duda estaba sembrada y Marronnier seguía ahí.

El *Salon du livre* estaba a punto de empezar, Adam Goldberg había anunciado su visita, por suerte mi novela seguía subiendo en la lista de los libros más vendidos, y Aurélie no paraba de hablar de la pequeña localidad de Vétheuil y del restaurante de Marronnier. El cocinero había reiterado su invitación varias veces y Aurélie quería aceptarla con gusto.

—No iré sin ti —dijo sentándose en mis rodillas—. Pero ven conmigo, por favor, André, me encantaría comer allí. Estoy segura de que te gustará mucho el restaurante. Seguro que ya está todo en flor. Es realmente precioso, es como si estuvieras en otro siglo. —Me apartó un rizo de la frente—. Hazme ese favor. Me muero de curiosidad por ese famoso *celle de chevreuil aux griottes.* Tiene una recomendación especial en la página web de la Guía Michelin.

Dejé caer el manuscrito. ¿Se puede estar tan loco por un plato?

—Bueno, no sé, Aurélie. ¿Qué hago yo allí?

—¡Comer! —Me miró con ojos radiantes—. Te gusta comer. Tómatelo como una pequeña escapada romántica. Y de camino podríamos ver los jardines de Giverny, siempre has querido verlos.

—Siempre has querido verlos tú —precisé en tono conciliador.

—¿Eso quiere decir que irás?

Solté un suspiro y asentí con sentimientos encontrados.

—No me queda otro remedio. No me vas a dejar tranquilo. Pero después se acabó para mí ese cocinero, eso te lo digo ya. Y solo puedo ir el domingo, después estoy en el *Salon,* tengo una agenda muy apretada. Una cita cada media hora.

Me pasó los brazos por el cuello y me besó.

—¡El domingo es perfecto! —exclamó feliz—. ¡Qué bien que vengas conmigo! Cuando conozcas a Marronnier en persona te gustará.

Yo lo dudaba, pero puse al mal tiempo buena cara y confié en que todo aquel asunto acabaría en cuanto Aurélie hubiera probado el maldito corzo con cerezas.

Al final Aurélie fue a Vétheuil sin mí.

En el último segundo tuve que hacerme cargo de la presentación de un evento de la editorial en sustitución de mi compañera Gabrielle Mercier, que estaba en la cama con gripe.

Casi sentí cierto alivio. Causa de fuerza mayor. Sencillamente no debía ser así.

—No puedo hacer nada —dije.

Aurélie estaba decepcionada, al menos en apariencia. Indecisa, estuvo un rato dando vueltas por la casa.

—¿Por qué tienes que ser precisamente tú, André? —preguntó—. ¿No puede hacerlo otro?

Negué con la cabeza.

—Me temo que no. Madame Bonvin es una frágil plantita. Antes me encargaba yo de ella. Es esa escritora que sigue usando la máquina de escribir y que una vez quiso quemar su manuscrito en los baños de la editorial, ¿te acuerdas? Ha dicho que no acudirá al evento si no estoy yo. ¿Qué le voy a hacer?

—¿Y qué hago yo?

—Ir, naturalmente —respondí con gran generosidad.

Aurélie suspiró y desapareció en el dormitorio. Yo la seguí y vi cómo sacaba del armario su vestido negro.

—Está bien —dijo enfundándose el vestido—. Me habría gustado que vinieras conmigo. ¿Me ayudas con la cremallera? —Se puso unos pendientes de perlas y unos zapatos de tacón negros. Luego la oí revolver un rato en el cuarto de baño. Poco después cogió las llaves del coche, me dio un beso y me prometió informarme con todo detalle del gran acontecimiento culinario cuando volviera por la noche—. Es una pena que te lo pierdas, André.

—Sí, una pena —repuse. Miré por la ventana. Se había levantado viento y se movían las hojas del viejo castaño del patio—. ¡Conduce con cuidado!

Se marchó, y yo recogí mis cosas. En el fondo me alegraba de poder ver a mi amigo Adam después del evento y tomar con él una copa de vino en La Palette. Me apetecía un *croque-monsieur*. ¿Quién necesitaba un lomo de corzo para ser feliz?

Yo, en todo caso, no.

12

Unas nubes negras empezaron a cubrir el cielo cuando tomé la carretera comarcal hacia Vétheuil, y al llegar a la casa, un cuarto de hora más tarde, ya caían las primeras gotas.

Madame Camara estaba en la entrada esperándome. Esta vez había cambiado la chaqueta de punto por un elegante blazer azul oscuro.

—Monsieur Marronnier viene enseguida —dijo sin mover un músculo de la cara—. ¿Me permite su abrigo?

Me examinó sin disimulo mientras yo me quitaba la gabardina mojada, y me pregunté si la especialidad de Marronnier sería ser impuntual.

Diez minutos más tarde bajó por la escalera y me saludó.

—¡Mademoiselle Bredin! Qué alegría que haya venido. Por favor, disculpe que la haya hecho esperar. Una llamada telefónica... —Se apartó el pelo con la mano—. ¿Ha tenido un buen viaje?

Yo asentí.

—Espero que esta vez no fuera también una llamada desagradable.

—Según se mire —contestó—. Era mi mujer. A veces puede ser algo... complicada. Desde que tengo este restaurante discutimos a menudo. En fin... —Mostró una sonrisa indefinida.

—Oh —dije. Prefería no inmiscuirme en sus líos con su mujer, y él también cambió de tema enseguida.

—¿Ha venido sola? ¿Dónde está el hombre de los libros?

—Ha tenido que hacer una sustitución de última hora en un evento. Le manda saludos —añadí, aunque André no le mandaba ningún saludo, evidentemente.

Marronnier sonrió satisfecho.

—Una lástima —repuso.

Yo sonreí.

—Bueno, al parecer va a tener que conformarse usted conmigo.

—Puedo imaginar cosas mucho peores. —Hizo una leve reverencia—. Entonces cenaremos solos. Dos cocineros cara a cara. —Me miró—. ¿Qué le parece una pequeña visita a la casa antes de ir al restaurante?

Le seguí. Primero me enseñó las elegantes habitaciones de la planta superior, y cuando acabamos el recorrido en su sanctasanctórum, la cocina del restaurante, que estaba equipada con todos los detalles y era mucho más espaciosa que la mía en Le Temps des Cerises, noté lo orgulloso que estaba de la residencia familiar de su bisabuelo. Ese hombre no solo había plantado el jardín de cerezos, sino que además tenía cierto parentesco con una tal familia Morin de la Sablonnière, que era una de las más antiguas de Vétheuil. Una pena que madame Marronnier no apreciara aquel sitio.

En la cocina me presentó al *sous-chef* Alexandre Corday, un hombre delgado que me lanzó una mirada penetrante cuando se enteró de que yo era la cocinera del restaurante de París que unas semanas antes había obtenido una estrella Michelin por error.

—Ajá —se limitó a decir saludándome levemente con la cabeza.

Mientras Marronnier me hablaba de los selectos cursos de cocina que impartía cuatro veces al año en su sede, Corday trajinaba con sus ollas y sartenes y regañaba a sus ayudantes de cocina como si nosotros no estuviéramos. Era evidente que le molestaba mi visita.

—En cada curso hay solo ocho participantes. Tal vez le gustaría realizar uno de esos cursos... El de primavera se llamará «La cocina en tiempos de los impresionistas».

—Suena tentador. Es algo diferente.

En ese momento madame Camara asomó la cabeza por la puerta de la cocina.

—Monsieur Dufour acaba de llegar —dijo con expresión seria—. ¿Quiere usted saludarle personalmente, chef?

—Sí, naturalmente. —Marronnier me hizo un gesto de disculpa—. Enseguida vuelvo con usted.

Madame Camara me miró.

—¿He oído que le interesaría hacer un curso con el *maître?*

Sorprendida, levanté las cejas.

—Por desgracia está ya completo —añadió antes de que yo pudiera responder—. Monsieur Marronnier no está al tanto de todos los detalles. Él se ocupa de los asuntos importantes.

Con esas palabras abandonó la cocina.

Alexandre miró cómo se marchaba. Puso los ojos en blanco, y me sentí obligada a decir algo.

—¿Quién es ese tal monsieur Dufour? —pregunté, y pensé en las placas de latón sobre los bancos de cuero del restaurante—. ¿Es un actor?

—¿No conoce a Michel Dufour? Ha construido los yates de vela más famosos del mundo. —Corday sacudió la cabeza ante tanta ignorancia.

Me encogí de hombros.

—Lo siento, pero no entiendo demasiado de barcos. —Me acerqué e inspeccioné la gran olla de cobre en la que Corday estaba removiendo algo—. Pero imagino que desde la obtención de una estrella Michelin su restaurante ha ganado muchos clientes famosos, ¿no? —Trataba de ser amable—. En todo caso, estoy impaciente por probar la comida. Monsieur Marronnier no para de hablarme de su *celle de chevreuil aux griottes*. Tiene una recomendación especial en la Guía Michelin.

—¿De su *celle de chevreuil*? Interesante —replicó Corday. Se giró un poco hacia mí y sus ojos negros brillaron hostiles—. Típico de él apropiarse de los méritos ajenos. —Siguió removiendo el caldero. Estaba furioso—. ¿Quién cocina aquí realmente? Pues yo. Mientras Marronnier se deja adular y da sus absurdos cursos de cocina impresionista —volvió a poner los ojos en blanco—, yo hago aquí todo el trabajo. ¿Acaso es justo?

Cruzó la cocina a saltos como un gnomo furioso y cortó unos puerros con un cuchillo. Era evidente que a Corday le corroía la envidia. No tenía en gran estima a su jefe.

—Bueno —respondí—. Monsieur Marronnier es un cocinero muy apreciado que ha trabajado con gran éxito en otros restaurantes con estrellas Michelin, por lo que yo sé.

—Ah, ¿sí? De Plume tuvo que irse...

—Pensaba que él quiso irse.

—¡Qué más da! Algunas personas pueden permitirse el lujo de largarse de su trabajo —replicó Corday muy serio—. Cuando se tiene la suerte de heredar una gran mansión resulta muy fácil reinventarse, ¿verdad? Y luego basta con hacer los honores al final de la jornada. En eso es muy bueno Marronnier..., sobre todo entre las damas. —Me miró de arriba abajo—. Aunque eso no le afecta mucho a su mujer, eso se lo puedo asegurar.

—¡Ya está bien, Corday! —Marronnier había entrado en la cocina de forma inadvertida. Había oído las últimas palabras y puso fin a la horrible perorata de su *sous-chef* con un rápido movimiento de manos. Corday cerró la boca sorprendido y volvió a concentrarse en sus ollas.

—Es cierto —gruñó en voz baja.

Marronnier cogió una cuchara, la hundió en la salsa y la probó.

—Le falta nuez moscada —dijo—. Y pimienta.

—Pero...

—Nuez moscada y pimienta —repitió Marronnier en un tono que no admitía réplica alguna—. ¿Es que no lo nota? —Levantó las cejas y miró a Alexandre Corday con gesto burlón—. ¿Sabe cuál es su problema, Corday? —añadió—. Que podría heredar tres grandes mansiones y a pesar de todo no obtendría nunca una estrella. Le falta inteligencia culinaria.

Alexandre Corday se sonrojó. Había dolido. Nos miró con odio cuando abandonamos la cocina.

—Discúlpele, a veces Corday se comporta de un modo extraño. —Marronnier me condujo hasta una mesa junto a la chimenea, en la que ardía el fuego. Los primeros clientes ya estaban sentados a las mesas vestidas con manteles blancos y vajilla noble y bebían en copas de cristal tallado. Las lámparas de bola estaban encendidas y un leve murmullo llenaba la sala, mientras en el exterior empezaba a oscurecer y la lluvia chocaba contra los cristales.

—Su *sous-chef* no habla demasiado bien de usted, ¿a qué se debe?

Marronnier suspiró.

—Me temo que Corday es una de esas personas que están siempre insatisfechas. Cuando se presentó para este puesto me causó una buena impresión, pero debió hacerme sospechar el hecho de que hubiera cambiado tanto de trabajo. Corday es un auténtico TM.

—¿Un TM? —Me reí, y arqueé las cejas en un gesto interrogante.

—Sí, un *trouble maker*. Alguien que suelta veneno por todas partes y provoca malestar. —El *maître* llamó al camarero y pidió champán—. Necesito algo que me levante un poco el ánimo —dijo—. Espero que tome usted una copa de champán conmigo. Ese vestido le sienta estupendamente.

Sonreí. Yo también me sentía muy elegante con ese vestido negro de cuello redondo y mangas tres cuartos que encajaba tan bien con ese exclusivo restaurante.

Poco después apareció el camarero con una botella de Veuve Clicquot en un perfecto ángulo de cuarenta y cinco grados.

Marronnier asintió, y el camarero colocó una copa de champán delante de cada uno. Luego retiró hábilmente el papel de aluminio y el alambre del cuello de la botella antes de situar el pulgar en el corcho y dejar que este saliera con un suave plop. Era mucho más divertido dejar que el corcho saliera con una explosión, pero todo buen profesional sabe que abrir la botella con mucho ruido o también las duchas con champán típicas de las carreras de coches merman el sabor de un buen champán. Todo lo que oye el oído se lo pierde el paladar. Eso me había explicado Jacquie una vez. El camarero dejó el corcho junto al bajoplato de Marronnier. Luego nos sirvió con una leve reverencia, primero a mí, después a su jefe, que alzó su copa.

—Me alegro de que haya venido a Vétheuil, mademoiselle Bredin. Aunque el tiempo no invite mucho a disfrutar.

Yo levanté mi copa.

—La comida se encargará de eso —repuse, y di un sorbo. El champán burbujeaba dorado en las copas abombadas.

Marronnier notó mi mirada.

—No sé lo que opinará..., yo prefiero la copa tulipa. Es ideal para que el *bouquet* se pueda desarrollar. El champán precisa espacio para la nariz.

Dio un trago.

—Y yo que pensaba que utilizaría usted esas anticuadas copas bajas de champán... Son las que más pegan aquí —dije—. Con esta maravillosa porcelana de... ¿Limoges?

Marronnier asintió.

—Veo que es usted una experta. De hecho, es la vajilla azul y verde de los domingos de Monet. La diseñó él mismo cuando vivía en su casa de Giverny y luego se la fabricaron en Limoges.

Yo asentí impresionada.

—Entonces la gente tenía más tiempo para las cosas bellas. Diseñar su propia vajilla...

—Es verdad. Por eso me gusta tanto esa época. Todo era más... tranquilo que ahora, y también se tomaban más tiempo para comer. En mis cursos de fin de semana intento recuperar algo de ese modo de vida. —Me miró pensativo—. Estoy seguro de que le gustarían.

—Pero sus cursos de cocina ya están completos para este año, según me ha dicho madame Camara.

—¿Ha dicho eso? Qué raro. Creo haber oído que anteayer alguien anuló su inscripción en el curso de primavera.

A mí no me pareció tan raro. Yo no parecía gustarle mucho a madame Camara. Probablemente no me consideraba digna de estar bajo el techo del santuario culinario de su patrón.

—Bueno, si le interesa... puedo arreglarlo... —Marronnier acarició la copa con el dedo—. Debe de pensar usted que soy un anticuado. Valoro los privilegios ópticos del champán. Apenas uso las copas bajas, y las pirámides de copas que se hacían en los años veinte ya se han pasado de moda.

—Sí, una lástima en realidad —repliqué—. Entonces la gente sabía celebrar. —Las pirámides de copas de champán desbordadas, que parecían ir acompañadas siempre de una desbordante alegría de vivir, solo las había visto en las películas, pero me habría gustado probar a hacer una alguna vez—. Yo uso copas de champán normales en mi restaurante. Pero ¿qué le parece tan mal de las copas bajas? —quise saber.

—Bueno... Las copas bajas son las más antiguas..., ya se utilizaban en la corte de Versalles, y se cuenta que su forma se inspiró en los hermosos pechos de María Antonieta, lo que sin duda dio alas a la fantasía de los nobles caballeros. —Sus labios mostraron una sonrisa divertida—. Pero su forma no es la ideal. Por un lado, la boca ancha hace que el champán se caliente demasiado deprisa; por otro lado, el carbónico se disipa demasiado rápido y se pierde su efecto.

Dejó la copa en la mesa.

—Por otra parte, la flauta es demasiado fina para que el *bouquet* se pueda desarrollar correctamente. Por eso tampoco es apropiada para un buen champán. La copa tulipa, en cambio...

—Veo que es usted todo un experto, monsieur Marronnier —le interrumpí preguntándome por qué tenía que convertir cualquier tema de conversación en una conferencia.

Pareció adivinarme el pensamiento.

—¿La aburro con mi pequeña disertación, mademoiselle Bredin?

—No, en absoluto. Me gusta aprender. —Di un trago de la muy alabada copa tulipa—. Pero debo admitir que se me está abriendo el apetito al ver a los demás clientes comiendo y al oler los tentadores aromas que se desprenden de los platos cada vez que retiran las campanas de plata. —Le miré con una sonrisa burlona—. ¿No me había dicho algo de una cena que se servía aquí esta noche? —bromeé.

—Así es, tiene usted razón. Hablo demasiado. Hay que beberse el champán rápido. Para evitar agarrarse durante horas a una copa de champán y aburrir a los demás. *Santé!* —Levantó su copa y la apuró de un trago. Yo hice lo mismo y enseguida noté el efecto estimulante.

Marronnier cogió el corcho y jugueteó con él.

—¿Quiere quedárselo? —me preguntó.

—¿Para qué? —Levanté las cejas—. ¿Quiere decir como recuerdo de esta velada?

Ignoró mi pregunta.

—¿No sabe lo que se dice de los corchos de las botellas de champán?

—No, pero seguro que usted me lo desvelará enseguida.

Giró el corcho entre los dedos.

—Cuando una joven pone el corcho de una botella de champán debajo de su almohada sueña con el hombre con el que se va a casar.

Sonreí.

—Usted conoce todas las historias y leyendas relacionadas con el champán, ¿no?

—Todas no, pero sí muchas. —Levantó la mirada—. ¿Y bien? ¿Qué dice ahora? ¿Quiere el corcho? —Hizo un gesto de complicidad—. Tal vez le preste un buen servicio, mademoiselle.

—Tal vez. —Pensé sin querer en André y sonreí con timidez—. Parece usted el Ded Moroz de los cuentos rusos, pero sí, démelo, mal no me va a hacer. —Guardé el corcho en mi pequeño bolso de noche negro—. Y ahora me gustaría echar un vistazo a su fabulosa carta, monsieur Marronnier.

—Cuando quiera, mademoiselle Bredin. Pero, al igual que usted, yo también me he permitido elegir el menú.

Hizo una seña al camarero, que al momento me tendió una carta con tapas de piel abierta.

Hojeé las páginas, en las que aparecían selectos platos..., y en los postres descubrí con gran alegría el *parfait d'orange à la belle Aurélie,* con una nota en la que aparecía mi nombre y el del mi restaurante.

Marronnier había seguido mi mirada.

—Su postre recibe muchos elogios —dijo—. Gracias otra vez por regalarme la receta. Queda bien en mi carta, ¿no?

—Muy bien. Ya me siento como en casa —respondí sonriendo—. ¿Tiene usted también un regalo para mí?

—Tal vez tenga para usted algo mejor que una receta, mademoiselle Bredin.

—Oh, ahora siento curiosidad.

—Disfrutemos antes de la cena con tranquilidad. Los temas importantes los trataremos con el postre —repuso.

Poco después se sirvió el *amuse-gueule.* El pequeño aperitivo estaba presentado en una pequeña cuchara de porcelana en la que había caviar de trucha con mus de higo y un toque de rábano picante y eneldo. Luego los camareros trajeron los distintos platos, cada uno con su vino correspondiente. Como *hors d'oeuvre* había un delicado paté de venado con cebolla caramelizada, luego un *consommé* claro con minialbóndigas de caza y a continuación la especialidad de la casa: *celle de chevreuil aux griottes.*

Las lonchas rosadas de lomo de corzo estaban servidas sobre un puré de patatas y perejil con mantequilla, y sobre esa encantadora pirámide brillaba una salsa oscura en la que se reconocían las *griottes.*

—Un día, paseando en verano por el jardín, se me ocurrió sustituir los clásicos arándanos por guindas... Las tenía delante de las narices, literalmente —me explicó Marronnier mientras yo me llevaba el tenedor a la boca para probarlo—. Naturalmente, el plato sale mejor en temporada de cerezas, pero estas frutas también son de nuestro propio jardín, las hemos plantado nosotros —añadió—. Bueno..., ¿qué me dice? —Me miró con atención.

Yo cerré los ojos y dejé que el sabor agridulce se deshiciera en mi boca.

—Algo fuera de lo común —dije pensativa—. Pero combinan bien. Mejor de lo que pensaba. —Mastiqué despacio saboreando la carne—. No, es maravilloso, absolutamente exquisito —añadí. Luego miré al cocinero sorprendida—. Dígame, ¿lleva clavo?

Marronnier sonrió.

—Veo que tiene usted un paladar casi tan fino como el mío.

—¿Qué significa casi? —protesté.

Cuando sirvieron el postre —unos melocotones gratinados que estaban espectaculares—, volvió a surgir Alexandre Corday en la conversación. Marronnier se quejó de que cada vez le resultaba más difícil trabajar con él y dejó entrever que estaba buscando un nuevo *sous-chef*.

—También podría ser una *sous-chef*, naturalmente —dijo, y me dirigió una prolongada mirada. Sus ojos azules brillaban, y noté que el corazón me daba un salto. ¿Se estaba refiriendo a mí? ¿Me acababa de hacer una oferta? Sonrojada, dejé la pequeña cucharilla de plata sobre el plato de postre.

—¿Le gusta Vétheuil, mademoiselle Bredin? —prosiguió—. ¿Acaso no es un sitio maravilloso? ¿Qué decía mi viejo amigo Monet? —Me hizo un guiño—. No está lejos de París, pero sí en el fin del mundo...

Carraspeé.

—Me gusta mucho Vétheuil, y si eso..., o sea, si me acaba de proponer que trabaje en su restaurante como *souschef,* valoro mucho su oferta, monsieur Marronnier. En realidad, no sé qué decir, pero...

—No diga ahora nada —me interrumpió—. Piénselo con tranquilidad. Usted también podría beneficiarse al trabajar durante un tiempo en un restaurante con una estrella Michelin. En todo caso, yo no puedo imaginar nada mejor que crear nuevos platos con usted. Juntos podríamos alcanzar el cielo y quizá conseguir una estrella más... ¿Qué opina? ¿No sería absolutamente genial?

—Sí, lo sería. Colaborar con usted sería un sueño desde el punto de vista culinario, monsieur Marronnier, pero... ya sabe el gran apego que le tengo al restaurante de mi padre... Jamás lo dejaría.

—Lo entiendo perfectamente, mademoiselle Bredin. —Asintió y se llevó la mano a la barbilla—. Pero tal vez no tuviera que hacerlo. A diferencia de mí, usted tiene un cocinero magnífico a su lado en París. No quiero convencerla de nada que no desee hacer. Pero prométame que lo pensará.

—Bien. Se lo prometo. En cualquier caso, muchas gracias por su confianza.

Después de tomarnos, para finalizar, un exquisito plato de quesos con una copa de oporto, al que siguió un café solo con unas *tuiles* caseras, el famoso dulce de almendras del gran *patissier,* aparté el plato sobre la mesa. No habría podido comer ni una miga de pan más.

—Ha sido un auténtico banquete, monsieur Marronnier. —Suspiré feliz—. No exageraba en sus promesas.

Pensé que había merecido la pena ir hasta Vétheuil, aunque en ese momento me habría gustado estar ya en casa. Los últimos clientes abandonaban el restaurante cuando Jean-Marie Marronnier me acompañó a la salida. Fuera llovía a cántaros.

—Me permite, mademoiselle —dijo el cocinero. Sacó mi paraguas del paragüero del pasillo de entrada y me lo abrió—. La acompañaré hasta el coche. Hace un tiempo de perros. Espero que tenga un buen viaje de vuelta.

—Seguro que sí —contesté—. Pensaré en todas las cosas inspiradoras de las que hemos hablado.

Él asintió.

—Hágalo. Y... ¿mademoiselle Bredin? —Puso la mano en el picaporte de la puerta y me miró—. Por favor, piénsese mi oferta. Sería una magnífica *sous-chef* para Le Temps des Cerises..., la mejor que puedo imaginar.

Me reí halagada, y al girarme creí ver por un momento una sombra al final del pasillo. Pero entonces Marronnier abrió la puerta y entró una ráfaga húmeda que me sacudió el abrigo. Me subí el cuello y miré hacia los castaños, cuyas copas oscilaban con el viento.

—¡Pues vamos! —grité, y echamos a correr por el camino de gravilla hasta mi viejo Renault.

Poco tiempo después había dejado atrás Vétheuil, ese pueblo que estaba al lado de París, pero parecía estar en el fin del mundo. La carretera comarcal se difuminaba con la lluvia, y a mi alrededor estaba todo oscuro. Yo miraba fijamente a través del cristal; los limpiaparabrisas se movían inquietos de un lado a otro sin poder controlar la masa de agua. Tendría que haber cambiado las escobillas la última vez que llevé el coche al taller.

Pasé varias veces la manga por el interior del parabrisas, que se empañaba continuamente. La lluvia me obligaba a ir despacio, y de pronto noté un gran cansancio. La humedad se me incrustaba en los huesos. Dentro del coche hacía frío, y tenía ganas de estar ya en la cama y de contarle a André los detalles de aquella velada tan excepcional. Seguro que hacía tiempo que él había vuelto de su evento.

Había recorrido unos tres kilómetros y estaba cruzando un bosque, cuando el coche hizo de pronto un ruido extraño. Reduje una marcha y volví a pisar el acelerador, pero, en vez de acelerar, el motor empezó a traquetear. Finalmente se paró y el coche siguió avanzando por inercia. Conseguí desviarlo hacia el borde de la carretera.

—¡Maldita sea, no puede ser!

Esperé un momento. ¡Lo que me faltaba, quedarme allí tirada! Respiré hondo, luego giré la llave tratando de arrancar, pero el motor ni se inmutó. ¡Genial! Estaba en medio de la nada, la lluvia caía del cielo como si se fuera a acabar el mundo y todo estaba oscuro como la boca del lobo. Puse las luces de emergencia. Al menos eso funcionaba.

—¡Vaya mierda! —Saqué el móvil del bolso y marqué el número de André.

Sonó un par de veces, luego saltó el buzón de voz.

—André, he tenido una avería —dije nerviosa—. El coche ha reventado y llueve a mares. Estoy cerca de Vétheuil, en el quinto pino, no hay nadie en kilómetros a la redonda. Voy a intentar llamar al restaurante, lo mismo puede venir alguien a ayudarme. ¡Por favor, llámame!

Luego probé suerte con Marronnier. También saltó el buzón de voz, y dejé mi mensaje desesperado. Dios mío, ¿dónde se habían metido todos? Sentí que empezaba a entrarme el pánico. No tenía ganas de pasar la noche en medio de aquel bosque. Finalmente marqué el número de Le Temps des Cerises que aparecía en el folleto de los cursos de cocina que me había dado Marronnier. Dejé que sonara hasta que también saltó el contestador. Podría haber hecho una reserva. Pero eso ahora no me servía de nada. Colgué. «Auxilio en carretera», pensé. Entonces tendría que venir una grúa a ayudarme. Aunque yo no era socia, no me iban a dejar tirada en aquella carretera. Marqué el número. Una voz saludó y luego de repente se cortó.

—Hola —grité desesperada—. ¿Hola?

Estaba claro que había mala cobertura. Sacudí el móvil, lo dirigí en todas direcciones para activar las rayitas del signo de la pantalla. Pero no hubo suerte. ¡Genial, ahora no tenía línea! Nerviosa, golpeé el volante y me dejé caer hacia atrás en el asiento. La lluvia martilleaba el techo del coche y apenas se veía a través del parabrisas.

Maldiciendo, cogí el paraguas del asiento del acompañante y abrí la puerta. El viento hizo lo que quiso con el paraguas, y la lluvia me golpeó la cara. Me incorporé tratando de mantener el paraguas medio encima, medio por delante de mí. Volví a sacar el móvil, intenté llamar de nuevo. Sin cobertura. En ningún sitio. Miré a través de la lluvia, a izquierda y derecha, busqué en vano unos faros acercándose por la carretera.

Y luego eché a andar de vuelta a Vétheuil.

Para una persona deportista normal tres kilómetros no son una distancia considerable. Es un paseo agradable. Pero quien haya recorrido alguna vez tres kilómetros bajo una lluvia torrencial y con zapatos de tacón comprenderá por qué a mí me pareció una eternidad.

Cuando por fin llegué a la entrada de la gran casa solariega tenía los zapatos calados y el pelo mojado pegado a la cara.

Todas las ventanas estaban oscuras.

—¡Oh, no! —exclamé—. ¡Oh, no! —Me veía volviendo al coche. Pero entonces descubrí algo que brillaba entre los árboles bajo la lluvia. Era el viejo Citroën Tiburón de Marronnier.

Aliviada, estuve a punto de echarme a llorar. Avancé por la gravilla tropezando y empecé a golpear la puerta de la casa.

—¡Hola! —grité—. ¿Hola? ¿Es que no me oye nadie?

Esperé y llamé y llamé y grité.

Y entonces se encendió una luz en el piso superior y se oyeron unos pasos en la escalera. Alguien corrió un cerrojo y abrió la puerta.

Jean-Marie Marronnier apareció en bata y me miró como si yo fuera un fantasma.

—*Eh bien*, mademoiselle Bredin, ¿qué hace usted aquí?

—Se me ha quedado el coche parado —sollocé—. He vuelto andando. ¿No ha recibido mi mensaje?

Una hora más tarde estaba en una cama con dosel entre unas perfumadas y suaves sábanas de color rosa. Me bebí un té caliente que me trajeron con una magdalena como la de Proust, y me sentí feliz de poder estar seca y caliente.

Jean-Marie Marronnier me había ofrecido enseguida pasar la noche en una de las habitaciones de invitados de su casa, hasta que a la mañana siguiente viniera un mecánico de un pueblo vecino a poner mi coche otra vez en marcha.

—Esta noche ya no puede hacer nada. Tiene que cambiarse de ropa. Va a coger un resfriado de muerte —dijo. Agradecida, acepté su invitación. Estaba helada y ya había pasado bastante tiempo bajo la lluvia aquella noche—. Yo la llevaría a París —añadió Marronnier mientras me entregaba un pijama, un albornoz y dos toallas—. Pero me temo que he bebido demasiado, y no queremos arriesgarnos. Es mejor que se quede aquí esta noche.

Sí, era mejor, definitivamente.

El cocinero me deseó buenas noches, y yo entré tambaleándome en mi habitación, cerré la puerta y me deslicé en la cama mullida. Antes de cerrar los ojos le envié un mensaje a André.

«Me quedo esta noche en Vétheuil», escribí. «¿Has escuchado tu buzón de voz? He tenido una avería, mi coche está en algún punto de la maldita carretera comarcal, y Marronnier ha tenido la amabilidad de invitarme a dormir en su casa esta noche. ¡Qué excitante! Estoy rendida y me voy a dormir. Hasta mañana, mil besos, Aurélie».

13

Se suponía que iba a ser una auténtica noche de chicos. Cuando nos encontramos delante de La Palette bajo una lluvia torrencial, yo estaba de buen humor. El evento con la exigente Hélène Bonvin había ido bien, y ahora llegaba la parte más agradable de la noche.

Adam Goldberg y yo éramos amigos desde hacía muchos años, diría incluso que era mi mejor amigo, y me alegraba mucho de verlo y poder charlar con él para ponernos al día. «*To catch up a little*», como solía decir él. Dado que Adam vivía en Londres con su mujer y sus tres hijos y estaba siempre muy ocupado con su agencia literaria, que estaba cerca de Covent Garden y marchaba tan bien que incluso se estaba planteando abrir una filial en París, no nos veíamos con demasiada frecuencia. Pero era inevitable que coincidiéramos en cada feria del libro que se celebraba, y cuando él venía a París o yo iba a Londres siempre encontrábamos un momento para vernos. Entonces no hablábamos solo de temas profesionales, sino también de las cosas de la vida.

Adam era bueno en ambos aspectos: tenía buen olfato para los libros y los proyectos interesantes y además era un tipo de lo más familiar. Ese hombre delgado y ágil, que siempre iba elegante aunque de un modo desenfadado con su camisa de rayas azules, su chaqueta *tweed* y su chaleco, cogía aviones como otros cogen el autobús, recorría la historia universal, encontraba aquí un volumen de poemas de una poeta rusa ya desaparecida, allí un explosivo libro de divulgación política, descubría la novela debut de una joven escritora inglesa que después aparecería en la lista de preseleccionados para el Man Booker Prize, o las memorias de un librero que serían un éxito internacional. Adam era culto y parecía muy serio con esas gafas redondas de concha que le daban un aire despierto a su mirada, pero no había que dejarse engañar. Podía ser muy duro negociando. Como un tiburón, le gustaba decir a él. «*Be sharky*» era su lema cuando se trataba de vender libros y hacer subir el precio de los derechos de publicación. Y, cuando en la editorial yo proponía un proyecto de la agencia literaria de Adam Goldberg, Monsignac siempre exclamaba:

—¿Qué? ¿De la Goldberg Agency? Será muy caro.

A mí me gustaba mucho su sentido del humor, que era «*very british*», como todo en él. Adam hablaba varios idiomas, aunque jamás presumía de ello, y había comprado en un sitio apartado de la Provenza una pequeña casa de campo en un momento en el que los precios todavía eran asequibles. Todos los años viajaba allí con su familia, armado con un pavo de Navidad que se llevaba desde Londres a Francia para asarlo.

En otras palabras: Adam Goldberg era un tipo sorprendente. Él fue también quien me convenció para que escribiera mi primera novela y quien se inventó el seudónimo de Robert Miller aquella noche memorable en la Feria del Libro de Fráncfort en que estuvimos en el Jimmys Bar hasta altas horas de la madrugada bebiendo whisky y comiendo almendras saladas.

Y, naturalmente, también conocía a Aurélie.

—Venid a la Provenza —solía decir cada vez que nos veíamos. Hasta entonces no se había producido ese encuentro, pero ahora que estaba con mi amigo en La Palette hacer un viaje a su casa de campo era el menor de mis problemas.

Me había costado mucho conseguir una mesa junto a la ventana y llevaba ya una hora dándole la tabarra a Adam y bebiendo una copa de vino tras otra.

Tras el evento había escuchado el mensaje de voz de Aurélie. Su coche se había quedado parado en la carretera, un fastidio con ese tiempo. Su voz se oía entrecortada, y yo intenté llamarla enseguida, pero curiosamente no pude contactar con ella ni dejarle un mensaje. El usuario no estaba disponible, dijo una voz. Yo confiaba en que ya hubiera recibido ayuda y puesto en marcha su viejo cacharro. Llevaba tiempo advirtiéndole de que el R4 iba a dejar de funcionar en cualquier momento y aconsejándole que se comprara un coche nuevo, pero ¿quién me hacía caso? Aurélie, en todo caso, no. «Sí, sí», me decía siempre sonriendo. Mi novia odiaba los cambios. Y al final siempre hacía lo que quería.

Estaba un poco preocupado porque no había logrado hablar con ella. Era evidente que su móvil se había quedado sin batería, pero, cuando quise volver a llamarla, vi el mensaje en el que me decía que Marronnier la había invitado amablemente a pasar la noche en su mansión y que se quedaría en Vétheuil.

Miré con furia el móvil y sentí cómo me iba calentando. No sabía qué pensar de esta nueva evolución de los hechos, es decir, no lo sabía muy bien. ¡Ese maldito cocinero! Aprovechaba cualquier oportunidad de forma descarada. ¡Aurélie iba a pasar la noche en su casa! Probablemente en la habitación de al lado. ¿No me había contado ella que el cocinero solía dormir en Vétheuil en las habitaciones que había encima de su restaurante y que además su matrimonio no marchaba muy bien? No me atreví ni a imaginar todo lo que podía ocurrir en una noche de lluvia. Ya podía ver al cocinero llamar a la puerta de Aurélie sonriendo seguro de su triunfo. Y luego... *Les portes claquent, claquent.* Puertas que se abren y cierran. Lo había vivido muchas veces en los hoteles durante las distintas ferias cuando la situación se va calentando y el alcohol entra en juego. Nadie deja pasar la oportunidad. Aparte de que ella admiraba claramente a ese cocinero. El corazón me latía con fuerza. Volví a darle a la rellamada. Pero el móvil de Aurélie seguía apagado.

—¡Maldita sea! —Dejé el teléfono sobre la mesa con un golpe, y Adam, que siempre mantenía la calma, me miró sorprendido.

—¿Qué ocurre? —preguntó—. Parece que has visto un fantasma. ¿Ha pasado algo malo? ¿Con tu madre?

—Peor. —Nervioso, me pasé la mano por el pelo y le miré con cara triste—. Es Aurélie. —Aparté el *croque-monsieur* a medio comer, había perdido el apetito.

Y entonces le conté a mi viejo amigo la desagradable historia del cocinero con una estrella Michelin que le estaba tirando los tejos a mi novia. Todos mis temores fueron saliendo a la luz, y yo no paraba de hablar mientras Adam me escuchaba con atención y tomaba de vez en cuando una cucharada de su sopa de cebolla.

—Tengo miedo, Adam —dije agarrándome a la copa de vino—. Tengo mucho miedo de que se enamore de ese tipo. —Mis ojos titilaban inquietos.

—*Bullshit.* Eso son chorradas —repuso Adam haciendo un gesto negativo con la mano y lanzándome una sonrisa tranquilizadora—. ¿Por qué iba a enamorarse de él?

—Porque... Ya sabes cómo es, Adam, ya lo viste una vez. Aurélie tiene a veces sus manías. De pronto se obsesiona con cualquier cosa. ¿Te acuerdas de cuando quería conocer a Robert Miller a toda costa y creía que su libro —o sea, mi libro— le había salvado la vida? ¿Y que ese escritor marcaba su destino? Y eso que nunca lee. Y ahora está obsesionada con ese cocinero, y no paran de hablar todo el rato de comida... de *crème double* y ostras y aromas. Se van calentando mutuamente y se invitan a cenar para probar todas sus exquisiteces culinarias. Prueban y saborean y al final se lamen uno a otro. Cocinar y besar es lo mismo para Aurélie, ¿entiendes? Entra totalmente en éxtasis. —Me hundí en la silla—. ¡Es aterrador! No sé qué hacer, Adam.

Mi amigo reflexionó.

—Tal vez su interés sea solo profesional.

—¿Profesional? —repliqué furioso.

—Sí. Es una cocinera muy apasionada.

Solté un grito desesperado.

—Pero ¿me estás escuchando? Eso es precisamente lo peligroso, que es una cocinera. Para ella él es el gran chef estrella. El maestro. Ese Marronnier me amarga la vida igual que hace Lord Voldemort con Harry Potter.

Adam no perdió la calma.

—Creo que le das demasiada importancia al asunto, André. —Sonrió—. No exageres. Tampoco ha pasado nada.

—Eso dijiste la otra vez.

—Y... ¿no salió todo bien? ¿Al final?

Yo suspiré. Adam no tenía ni idea. «No exageres» era siempre su frase favorita. Pero la otra vez mi rival era un escritor inglés que ni siquiera existía. Ahora tenía que competir con un hombre de carne y hueso que encima cocinaba de maravilla. Y que tenía una mansión en la que Aurélie estaba ahora metida en la cama. Me ponía malo solo de pensarlo.

—Adam. Está pasando la noche con ese tipo.

—Porque el coche la ha dejado tirada, ¿qué iba a hacer? ¿Volver a París andando? Tú no tienes coche porque eres muy ecologista.

—Sí, yo no tengo coche, pero ese cocinero sí. Un clásico carísimo. Podría haberla traído. Si fuera realmente un caballero la habría traído a casa —insistí—. En vez de eso la atrae a su trampa de amor.

Yo por mi parte dudaba mucho de la distinguida contención del tipo. Marronnier tenía previsto desde el principio tirarse a Aurélie. Era evidente. Estaba que me tiraba de los pelos.

Adam se rio.

—André, estás exagerando. Tendrías que oírte. *You are crazy, man.* Loco completamente.

Paré al camarero que pasaba junto a nuestra mesa y levanté dos dedos. Cada vez había más ruido en el bistró. La mayor parte de la gente se sentía alegre. Yo no.

—El tipo ha estado todo el día trabajando. Lo mismo es que ha bebido demasiado y no quería conducir —supuso André mientras el camarero nos dejaba otras dos copas de vino en la mesa—. No podía contar con que Aurélie volvería a presentarse en su casa.

—Eso no mejora el asunto —dije apático—. En ese caso estará más desinhibido.

—¡Para ya, André! Lo mismo el que ha bebido demasiado eres tú.

—No. —Di un trago largo.

—*Okay,* resumiendo —prosiguió Adam—. Aurélie acepta una invitación a cenar para probar la especialidad de ese restaurante..., una cena a la que el cocinero con una estrella Michelin te había invitado a ti expresamente...

—Sí, para hacerme parecer más ridículo —le interrumpí.

—Eres ridículo, André, y ahora contrólate, ¿de acuerdo? —Adam siguió dando su versión de la historia—. Se marcha sola porque en el último momento tú tienes que quedarte aquí, no porque se tratara de una conspiración. Empieza a llover. Ella quiere volver a París, pero su coche se queda parado en medio de la Pampa. Te llama, no logra contactar contigo. Te informa de que quiere pedirle ayuda a Marronnier. Luego su móvil se queda sin cobertura. Tiene que volver a Vétheuil a pie bajo la lluvia. Se hace tarde. Muy tarde. Está rendida de cansancio. Hasta el día siguiente no pueden reparar el coche. No logra contactar contigo, pero tú tampoco habrías podido ayudarla en ese momento. Estás en París, en un evento, tampoco tienes coche. En esa horrible situación Marronnier le ofrece un techo bajo el que dormir, algo muy amable por su parte. Ella está agotada, según te escribe. Pero con sus últimas fuerzas te envía un SMS, mil besos. Y mientras tanto tú estás sentado conmigo en un sitio seco y haciendo un drama de todo esto.

Se inclinó hacia delante y me lanzó una mirada penetrante.

—Por favor, no lo estropees todo. Aurélie te quiere, y tú la quieres a ella. Hace tiempo que deberías haberte casado con ella, siempre te lo digo. Sienta de una vez la cabeza, André, toma las riendas de tu vida y deja de ir quejándote por todos lados. Aurélie es una chica estupenda. Es una cocinera estupenda. Y perfecta para ti, eso es lo que pensé entonces. La mujer que querías tener a toda costa...

—Y sigo queriéndolo. Precisamente quería preguntarle... Llevo mucho tiempo queriendo preguntárselo. Pero siempre se cruza algo por medio —le expliqué, y noté cómo el rostro de Adam empezaba a desdibujarse.

—No te sigo del todo, amigo mío —se limitó a decir.

—Sí, sí, tienes razón. Pero al principio no sabía si una pedida así le iba a parecer algo demasiado anticuado. Es una mujer muy independiente. Quiero decir que lo mismo ni siquiera quiere casarse.

—A ninguna mujer le parece anticuado que le pidan matrimonio, créeme. Todas quieren que les hagan esa pregunta. —Adam se subió las gafas y sonrió—. Deja que sea ella la que decida. Siempre puede decir que no.

—Bueno, la próxima vez le pondré el maldito anillo en el dedo directamente. Ya lo he comprado. —Todo el restaurante empezó a volverse hacia mí.

—También podrías ser algo más galante. Creo que necesitas que te dé un poco el aire.

Adam era un amigo de verdad. Me pasó el brazo por el hombro y me llevó a casa.

—Yo no le daría más vueltas —me aconsejó al despedirse—. No ha pasado nada mientras no se demuestre lo contrario, ¿de acuerdo? Nada de reproches. *Play it cool*, afróntalo con tranquilidad.

Hablar con Adam me había calmado bastante. Pero apenas desapareció volvieron los celos con sus mil dedos pegajosos. Traté de deshacerme de ellos, pero me sentía demasiado inseguro. «No ha pasado nada», me dije a mí mismo, «no seas ridículo, André».

A la mañana siguiente me llamó Aurélie. Me contó su aventura nocturna y cómo había tenido que echar a andar con los tacones bajo la lluvia y había llegado totalmente empapada a Vétheuil. Pero, por mucho que escuchaba por el auricular tratando de descubrir un tono falso en su voz, no noté nada.

Me contó aliviada que un mecánico del pueblo vecino, al que Marronnier había llamado a primera hora, había arrancado ya el coche, y que ahora salía hacia París. También me preguntó si podríamos vernos en algún momento antes de que ella tuviera que volver al restaurante.

Miré mi agenda, por la tarde tenía una cita con dos tipos de una editorial alemana y a lo largo del día varios encuentros, aunque a mediodía tenía un hueco porque se había aplazado una cita.

Aurélie prometió que se pasaría por la editorial, y yo sentí que me relajaba. Cuando llegó traía unos *chaussons aux pommes* de Poilâne y me habló con entusiasmo de la magnífica velada que había pasado en el restaurante y lo delicioso que estaba el lomo de corzo.

—Ha sido realmente maravilloso..., quitando el tiempo y la avería del coche, claro —dijo—. Y también he conocido al *sous-chef,* pero es un tipo odioso. —Me habló entre risas del duro diálogo entre Marronnier y Corday y de la oferta que el gran cocinero Michelin le había hecho al final de la velada.

Cuando oí lo de la oferta de trabajo apenas pude ocultar mi espanto. Aurélie en Vétheuil, donde la acechaba el cocinero, y yo hecho polvo en París... Una idea horrible. Pero Aurélie me tranquilizó enseguida.

—No te preocupes, André, jamás renunciaría a mi restaurante. Además, quiero estar a tu lado. Pero me siento muy halagada. Cocinera en un restaurante con una estrella Michelin, eso suena muy bien, ¿verdad?

—Eh..., sí..., claro —contesté. Reconozco que me sentí aliviado, a pesar de que las verdaderas intenciones que creía ver tras la oferta de ese cocinero me seguían preocupando. ¿Qué era lo próximo que se le iba a ocurrir? ¿Cuánto tiempo me quedaba? Ese tipo tan refinado y astuto trataba de quitarme a mi chica. Le cogí la mano a Aurélie instintivamente.

—Aurélie..., tengo que decirte algo...

—Yo también tengo que decirte algo...

—¿Sí?

—¡No, tú primero!

—¡No, tú!

—Está bien. He pensado que tal vez mi cocina podría ser algo más innovadora. Marronnier organiza unos cursos de fin de semana. Son grupos pequeños, solo ocho personas. Y los da cuatro veces al año. Normalmente se cubren las plazas enseguida...

Me miró con franqueza y yo fingí interés.

—Vaya —me limité a decir.

—Pero casualmente ahora ha quedado una plaza libre porque alguien no puede asistir. Es una gran oportunidad para mí. Seguro que aprendo mucho.

—Sí..., seguro. —Estaba confuso. Otra vez ese murmullo en mi cabeza—. ¿Y cuándo tendrá lugar ese gran evento culinario? —pregunté.

—Oh, a finales de marzo. He tenido mucha suerte. —Me miró con ojos radiantes, y notó mi irritación—. Es solo un fin de semana, André. Y el día de tu cumpleaños ya estaré aquí.

¿Mi cumpleaños? Ah, sí, cierto. El 2 de abril era mi cumpleaños, y esta vez caía en lunes, lo que estaba muy bien porque el restaurante de Aurélie estaría cerrado. Noté que me invadía un cierto malestar. O sea, ¿acababa de volver de Vétheuil y ya estaba pensando en irse allí otra vez?

Me mostró un estúpido folleto desde el que el cocinero me sonrió junto a su mansión rosa.

—Toma, mira.

Miré el folleto con desconfianza a la vez que oía las palabras de Adam en mi cerebro. *Play it cool.*

—Sí, genial. Me alegro por ti —solté, y di un mordisco a mi *chausson.*

Aurélie se puso de puntillas y me dio un beso.

—¿Y tú? ¿Qué querías decirme?

Pensé en el anillo con las tres estrellas, que seguía en el bolsillo de mi chaqueta azul, y guardé silencio.

—Oh, nada. Nada importante. Dime, ¿sigue mi chaqueta en tu casa?

Me miró sorprendida.

—¿Es eso lo que me querías decir? No te preocupes, la llevaré a limpiar.

—No, no, déjalo, no corre prisa. Ya la llevaré yo —me apresuré a responder.

—Como quieras.

Había pasado una hora, y madame Petit llamó a la puerta para avisarme de que mi cita acababa de llegar.

La semana del *Salon du livre* pasó volando. Me reuní con muchos editores y también con varios agentes. La misma panda se volvería a reunir unas semanas más tarde en la Feria del Libro de Londres.

Repasé los catálogos de otras editoriales y discutí las listas de derechos y licencias con los agentes literarios, quedé en recibir los PDF de varios libros y proyectos prometedores, pero sobre todo traté de vender en el extranjero los títulos de Éditions Opale de cuyos derechos disponíamos. También ofrecí *La sonrisa de las mujeres* de Robert Miller, y me resultó bastante curioso recomendar mi propio libro. Una gran editorial española consideró que el libro era muy divertido y enseguida hizo una oferta; la editorial italiana que ya había comprado los derechos del primer libro de

Robert Miller y lo había editado con mucho éxito quería presentarnos una oferta después de la feria; una editorial estadounidense se mostró interesada, lo que fue una pequeña sensación, ya que normalmente las editoriales europeas compraban muchos derechos de libros en Estados Unidos, pero no solía ocurrir lo mismo a la inversa. Vender derechos de traducción en países de habla inglesa era la prueba de fuego. Los americanos y los británicos tenían tantos autores y títulos propios que en realidad no necesitaban el mercado europeo. Solo en casos excepcionales hacían alguna oferta, y luego había siempre duras negociaciones y complicados contratos entre treinta partes en los que se regulaba hasta el más mínimo detalle. Los japoneses se interesaban en general solo por los thrillers, entre los chinos se podía ganar puntos con libros infantiles y libros sobre la cultura europea, y la agente coreana que siempre me encontraba en el *Salon* sacudió la cabeza con una sonrisa de disculpa cuando le aseguré que el nuevo libro de Robert Miller era una historia de amor realmente deliciosa. «A los coreanos no nos gusta hablar del amor», me explicó antes de preguntarme por los libros de divulgación ilustrados que teníamos en nuestro catálogo.

La mayoría de mis citas tenían lugar en la editorial. Los editores y agentes extranjeros preferían pasear por Saint-Germain y acudir allí a las editoriales o reunirse en cafés y restaurantes en vez de tener que ir hasta el recinto ferial de Porte de Versailles. Yo todavía echaba de menos los tiempos en los que el *Salon du livre* se celebraba en el Grand Palais. A ese viejo pabellón de exposiciones en la otra orilla del Sena se podía llegar a pie, y, tras un agradable paseo matutino que desde el final de la rue de l'Université continuaba por el Pont Alexandre, le esperaba a uno el luminoso y suntuoso edificio con su cúpula de cristal sostenida por vigas de hierro de color verde claro. El Grand Palais fue el orgullo de la Exposición Universal de París de 1900, y siempre resultaba emocionante reunirse en ese maravilloso edificio y pasear entre los stands viendo las novedades.

Pero los tiempos gloriosos del Grand Palais habían quedado atrás. En algún momento se dijo que debido al peligro de derrumbe no se podía seguir usando para la feria, y esta se tuvo que trasladar a los menos glamurosos pabellones de la periferia sur de París.

Aquí se reunían editoriales de todos los países, aunque naturalmente la feria era más importante para los franceses porque en el *Salon* no solo se presentaban las novedades de primavera, sino que también se celebraban numerosas presentaciones con los autores y otros eventos relacionados con los libros. A diferencia de otras ferias, el *Salon du livre* siempre había sido una feria para el público, todos los interesados tenían acceso, hordas de estudiantes se apretujaban en los pasillos, y esos días los visitantes podían comprar los libros que quisieran, asistir a lecturas, participar en debates y entrar en contacto con sus escritores favoritos.

Tuve que ir dos días a la feria para acudir a varias citas. En la puerta del baño me encontré con Adam. Con paso ligero, la carpeta de cuero debajo del brazo y exquisitamente vestido desde la corbata de cachemira burdeos a los zapatos de cordones de ante marrón, se acercó a mí y bromeó con el hecho de que su agenda era tan apretada que apenas tenía tiempo para ir al baño.

—Mejor quedamos después de la feria —me dijo—. La próxima semana estaré en París porque quiero ver un par de oficinas. Encontraremos un hueco.

—Genial. —Asentí, y luego intercambiamos brevemente los últimos rumores (quién con quién, dónde y cuándo, fusiones secretas de editoriales que todos conocían desde hacía tiempo, alianzas privadas que hacían volar la imaginación, los típicos cotilleos), y Adam mencionó algunos «títulos calientes» que había oído. La propaganda boca a boca funcionaba siempre muy bien en las ferias. Probablemente porque todas las personas que estaban allí amaban las historias y además les gustaba mucho hablar.

—¿No somos un sector muy hablador? —bromeó Adam.

—Por supuesto —respondí—. Pero así no nos aburrimos, ¿no? Seguro que en una feria de informática no se lo pasan tan bien.

—¡Y que lo digas! —Adam se rio—. Tengo que seguir —añadió—. Ya llego otra vez tarde. —Miró el reloj—. Dime rápidamente: ¿cómo van las cosas en el frente amoroso? Espero que lo tengas todo bajo control, André.

—Sí, claro, va todo bien —contesté, y suspiré—. Aurélie quiere hacer un curso de cocina en Vétheuil el próximo fin de semana, pero yo no digo nada.

—Muy bien —opinó Adam. Luego se marchó corriendo—. ¡Hablamos por teléfono! —gritó llevándose el pulgar y el meñique a la oreja—. *Play it cool.*

La semana posterior a la feria no resultó menos ajetreada, ya que estuve de la mañana a la noche leyendo manuscritos y participando en subastas. Pero cuando fui por fin a ver a Aurélie estaba lleno de buenos propósitos. Daba igual si ella quería hacer un curso con el gran cocinero o irse a la luna, yo no pensaba decir nada. «Lo más inteligente es quedarse callado», pensé. Sencillamente dejaría pasar el asunto, a pesar de que Aurélie llevaba días sin hablar de otra cosa que no fuera el maldito curso de cocina que iba a celebrarse ese fin de semana. Hasta ayer no había vuelto a ver a Adam, que en su búsqueda había encontrado por fin una oficina adecuada y al día siguiente iba a ir a verla con el agente inmobiliario. Al despedirnos mi amigo volvió a suplicarme que mantuviera la boca cerrada.

—Deja que haga el curso de cocina, y yo en tu lugar tampoco diría una sola palabra más sobre ese tal Marronnier. Cuanta más importancia le des, más haces crecer todo el asunto.

—¿Y crees que esa es la estrategia correcta?

—*Absolutely* —respondió—. Mantén la calma. Ya sabes, *keep calm and carry on.*

Pero él era inglés. No podía hacer otra cosa. Los ingleses se ponen en la cola de gente más larga sin refunfuñar y esperan pacientes hasta que les llega el turno. Yo, en cambio, soy un francés apasionado. La prudencia no es una de mis virtudes.

Aurélie estaba muy ocupada cuando llegué a su casa el viernes por la tarde. Estaba preparando una pequeña maleta para pasar el fin de semana en Vétheuil.

—*Bonsoir, chéri* —dijo distraída, y yo le di un beso. Sobre la cama había unos vestidos, en el suelo varios pares de zapatos.

—¿Ya estás haciendo la maleta? —pregunté levantando las cejas.

—Sí. Mañana tengo que salir muy temprano. El curso de cocina empieza a las nueve. La mayoría de los asistentes van a ir hoy. Pero no está tan lejos, y he pensado que así pasábamos juntos esta noche. ¿Qué tal te ha ido?

—Bien, bien —contesté, y salí al pasillo—. He preparado el contrato de Miller con los italianos. La subasta de la magnífica novela sobre un viaje a través del tiempo de la que te hablé la hemos perdido. Nuestra mejor oferta no ha sido suficiente. —Me quité el abrigo y lo colgué en el armario—. Monsignac estaba furioso porque una de las grandes editoriales ha ofrecido cien mil euros sobre la base de un esquema y una muestra del manuscrito de cinco páginas. Dice que no les va a rentar. Y que los viajes en el tiempo están pasados de moda. En eso tiene razón, aunque es una pena. A mí el libro me parecía genial.

Me agaché para desatarme los cordones de los zapatos. Luego volví en calcetines al dormitorio y cogí el periódico al pasar.

—Pero estoy contento de que sea viernes. Aunque las dos últimas semanas han sido muy movidas, ahora ya está todo más tranquilo. Una pena que tengas que irte justo ahora.

Con un suspiro, me dejé caer en la cama, que estaba cubierta con una colcha azul claro, como siempre. Me apoyé en el cabecero y estiré las piernas. Aurélie ni siquiera me miró. Estaba concentrada en su maleta y fruncía la frente, pensativa.

—Ya —murmuró metiendo una chaqueta de punto fina en la maleta—. ¿Crees que lloverá?

—Ni idea, pero diría que no. —Eché un vistazo al periódico—. Aquí pone que va a ser un fin de semana soleado.

Ella se acercó al armario y abrió un cajón.

—Uf, estoy KO —añadí y, bostezando, me dejé escurrir un poco en la cama—. Estos días he hablado mucho, creo que haré una cura de silencio este fin de semana que tú no estás.

Ella sonrió distraída.

—¡Ay, André! —exclamó luego—. ¿Puedes sentarte en otro sitio, por favor? Estás arrugando mis cosas.

—Oh..., sí, claro. —Miré sus vestidos—. Cualquiera diría que vas a dar la vuelta al mundo —señalé sorprendido—. Son solo dos días. —Luego me cambié a la butaca que estaba en una esquina junto a la cómoda y la observé celoso mientras ella hacía la maleta. Daba igual lo que metiera, yo tenía que hacer un comentario—. ¿Para qué necesitas un vestido tan elegante? Creía que ibais a cocinar —pregunté cuando se acercó al espejo con su vestido de terciopelo rojo un poco por encima y luego lo añadió a las demás cosas.

—Sí, pero no solo vamos a cocinar, André. Por la noche hay una cena para todos los participantes en el curso. —Sonrió algo impaciente y siguió con lo suyo.

—Y los zapatos de charol rojos... ¿son nuevos? No los conocía.

Ella puso los ojos en blanco.

—Sí, son nuevos. En las últimas semanas no has tenido mucho tiempo para desfiles de moda.

—Hummm —musité, y volví a hundirme en el periódico—. En cualquier caso, son muy bonitos.

—Gracias. —Guardó los zapatos en una bolsa de tela, y yo miré por encima del periódico y pude ver cómo metía en la maleta una delicada pieza de lencería negra.

—*Oh, là, là!* —Guiñé los ojos—. ¿A quién quieres seducir? —Me reí. Mi risa sonó falsa.

—Dios mío, André, es un sujetador negro de lo más normal.

—Ah, ¿sí? ¿A eso lo llamas normal?

—Sí. —Se incorporó y me miró nerviosa—. No llevo camisetas de tirantes de algodón blanco como los tíos, André. Tú deberías saberlo mejor que nadie.

Lo que decía era verdad. Aurélie sentía debilidad por la ropa interior bonita. Tenía el cajón lleno de delicadas piezas que compraba en Princesse tam.tam, su tienda favorita. Guardé silencio algo avergonzado y dejé que terminara de hacer la maleta tranquila. Todavía me acordaba de la seductora ropa interior de encaje que llevaba la primera noche que pasé con ella.

Entonces surgió una nueva idea inquietante en mi cabeza. Dejé el periódico a un lado.

—Dime..., ¿dónde vas a pasar la noche realmente? —le pregunté—. ¿Otra vez en las habitaciones privadas del gran *maître?*

—No, no voy a dormir en las habitaciones privadas del gran *maître* —repitió irritada—. Todos los participantes, y yo también, se alojan en Escale chez un Impressionniste.

—¿Escale chez un Impressionniste? ¿Qué es eso?

—Es la casa en la que vivió Claude Monet. De ahí lo de «impressionniste». Hoy es un Bed & Breakfast. Y está muy cerca del restaurante de Marronnier. ¿Satisfecho? —Cerró la maleta con un golpe.

—Parece que no se puede preguntar —protesté. No podía sermonearme así—. Es solo por si no consigo contactar contigo —añadí—. Últimamente tu móvil parece funcionar solo cuando quiere.

Lanzó una mirada furibunda hacia donde yo estaba.

—¿Qué quieres decir con eso?

—Nada —contesté—. ¿Tal vez hay algo que tú quieras decirme?

Arqueó las cejas.

—¿Sabes lo que sería realmente de gran ayuda, André?

—No, ¿qué sería realmente de gran ayuda? —respondí.

—Que dejaras de una vez de atribuirme falsas intenciones. Voy a Vétheuil a hacer un curso de cocina, ¿entiendes? Casi podría pensarse que quieres que me enrolle con Marronnier.

—Pero algo debe de pasar con ese cocinero, ¿no? —insistí—. Quiero decir que estás siempre con él. Aprovechas cualquier pretexto para estar con él. Primero la cena en París, luego en Vétheuil, y ahora en el curso de cocina. Me pregunto qué va a ser lo próximo. —Mi corazón era pequeño y mordaz—. ¿Estás enamorada de él? ¡Admítelo con toda tranquilidad! ¡Simplemente dilo!

Aurélie guardó silencio... Demasiado tiempo, en mi opinión.

—Bien, ¿y ahora qué? ¿Lo encuentras atractivo o no?

—¡Dios mío, André, para de una vez, por favor! Me estás volviendo loca. —Fue de un lado a otro de la habitación.

—¿Lo encuentras atractivo o no? —Me puse de pie de un salto y la seguí.

—Sí... No... No sé. —Se sujetó un mechón de pelo detrás de la oreja—. Claro que es atractivo. Es guapo y no me está hostigando todo el tiempo, que ya es algo. —Era evidente que había decidido pasar al ataque—. Tú también estás con mujeres atractivas en el trabajo. Escritoras. Lectoras. Libreras que te encuentran fascinante.

—Puede ser, pero no las persigo.

Lo mismo me había pasado.

Aurélie se detuvo de golpe. Se giró hacia mí, y sus ojos verdes soltaron chispas.

—Está bien, André. ¿Sabes una cosa? No tengo ganas de seguir con este teatro. Me iré esta misma noche. Ahora mismo.

—¡Pues vete! —grité indignado—. ¡Y pásalo bien en Vétheuil!

—Gracias —se limitó a decir ella. Estaba tan furioso que ni siquiera me reconocía a mí mismo.

—¡De nada! Seguro que pasas una velada más agradable con Marronnier que conmigo —aullé furioso.

—Puede que tengas razón, André. ¡Hasta el domingo!

Agarró la maleta y el abrigo y salió a toda prisa por la puerta sin dirigirme una sola mirada.

Aquella noche apenas pude dormir. Los celos se aferraban a mi pecho como un sapo asqueroso que me miraba con sus

EL TIEMPO DE LAS CEREZAS

ojos tornasolados. «Has perdido», croaba con maldad, «tú aquí tumbado y ella divirtiéndose con ese cocinero. ¿Qué te pensabas?». Solté un gemido y me tapé los oídos con la almohada. No quería oír nada más, pero nadie puede huir de sus propios pensamientos.

Desesperado, pensé qué podía hacer. Estaba muy confuso. Y mientras daba vueltas en la cama los fantasmas de mi cerebro fueron dando forma a una idea. Una idea que cada vez me parecía mejor. Y Adam tenía que ayudarme a ponerla en práctica.

—¿Qué pretendes? —dijo Adam cuando le llamé muy nervioso al día siguiente. En ese momento estaba con el agente inmobiliario viendo su nueva oficina en París.

—Por favor, Adam —supliqué—. Eres mi amigo.

—Claro que soy tu amigo, pero todo esto suena un tanto alocado. Suena un poco a tus novelas, André. Existe la ficción, y existe la realidad, no hay que confundir la una con la otra.

—Y a veces la vida es una novela —repliqué—. ¿Es que no te atreves? ¿No me irás a dejar ahora en la estacada?

—No es una buena idea, André, créeme.

—Sí lo es —insistí—. ¿Entonces qué? ¿Vienes conmigo a Vétheuil o no?

—¿Hay un tren directo? ¿Dónde está ese pueblucho? No vamos a poder volver. No tengo ganas de pasar la noche en una estación de provincias porque ya no haya más trenes.

—No te preocupes, ya he hablado con Florence Mirabeau. Nos deja su coche.

—¿Quién es Florence Mirabeau?

—Una compañera de trabajo encantadora.

—No sé. —Adam suspiró—. No me gusta mucho este asunto.

Hacía tiempo que a mí tampoco me gustaba ese asunto. Desde que Aurélie se había marchado la noche anterior sin despedirse no paraba de hacerme reproches a mí mismo e imaginar cosas absurdas. Estaba furioso, luego me arrepentía de lo que le había dicho.

Aurélie seguía guardando silencio. Otra vez más. Lógicamente, no me había llamado la noche anterior ni me había dejado ningún mensaje. Entre nosotros siempre había regido la norma no escrita de que el que estaba de viaje era el que llamaba al otro. Pero eso era agua pasada. Había cogido el móvil varias veces para llamarla, pero luego había desistido. En realidad yo no había cometido ningún delito. Era ella la que debía llamarme. Era ella la que había cogido la puerta y se había largado dejándome plantado. Sabía lo testaruda que podía llegar a ser. Pero yo también podía serlo.

—No tienes nada aparte de tus ridículas teorías conspiratorias —me dijo Adam.

—Y tú no tienes ni idea —repliqué—. Mientras discutía con ella no paraba de preguntarme si mis acusaciones eran realmente tan rebuscadas. ¿Acaso no tenía todos los motivos para estar celoso? ¿O es que estaba a punto de convertirme en un teórico de la conspiración como tú dices?

Iba dando bandazos de un lado a otro. Pero al final fueron más fuertes las neuronas que alimentaban los pensamientos celosos. Había algo entre Aurélie y ese cocinero, estaba completamente seguro.

Solo quería cerciorarme.

Y al final convencí a mi amigo de que viniera a Vétheuil conmigo a indagar.

—Vaya, vaya, vaya. Nunca había imaginado así mi trabajo como agente tuyo —bromeó Adam cuando por la tarde cogimos la carretera hacia Vétheuil en el Mini Cooper rojo de mademoiselle Mirabeau—. ¿Tienes ya un plan?

—Claro que sí, ¿piensas que soy un idiota o qué?

Agarré más fuerte el volante y aceleré. Había sido un día luminoso y primaveral. Ahora se estaba poniendo el sol sobre los campos y prados verdes, tiñendo todo el cielo de un delicado tono rosa. Cuando la bola roja desapareció en el horizonte y empezó a oscurecer cruzamos un tramo de bosque. Y luego llegamos por fin al pequeño pueblo que dormía pacíficamente en una curva del Sena con sus casas apiñadas y la torre de la iglesia.

Mi plan era el siguiente: primero echaríamos una ojeada al Bed & Breakfast donde se alojaban los participantes en el curso de cocina. El Escale chez un Impressionniste estaba, lógicamente, en la rue Claude Monet y era bastante pequeño. Una puerta llevaba desde la calle a la casa amarilla que limitaba a un lado con un jardín en el que había unas sombrillas. Todo muy previsible.

Tomamos algo en un bistró diminuto que había en la calle principal y esperamos un rato. Cuando pensamos que seguro que ya había comenzado la cena en Le Temps des Cerises, aparcamos el Mini en el camino que llevaba hasta la casa, que se alzaba solitaria al final de una entrada de gravilla. Todas las ventanas estaban iluminadas y nos deslizamos entre los arbustos al abrigo de la oscuridad. Bajo unos árboles altos descubrí un Citroën Tiburón blanco. La carroza sagrada del gran *maître*. Seguimos avanzando y yo me pregunté fugazmente cómo sería pasar la llave por el lateral del coche y dejar un bonito y grueso arañazo.

Adam me miró con gesto severo.

—Ni se te ocurra —se limitó a decir, y yo bajé la llave—. ¡Arañar un coche! ¡Qué primitivo eres!

Tenía razón. Debíamos concentrarnos en lo importante.

Nos aproximamos a la casa sin hacer ruido. El restaurante estaba en la planta baja. A través de una ventana abierta se oyeron risas. Una voz de hombre propuso un brindis. Una mujer soltó un grito de alegría.

—Ahí están, divirtiéndose —farfullé—. Parece que la fiesta ya se está animando.

—¡Qué más da! —opinó Adam.

Le hice una seña de que me siguiera y rodeamos la casa con cuidado de no hacer ruido. En la parte posterior del restaurante había una terraza que estaba iluminada por un par de farolas de bola pasadas de moda. El jardín también estaba iluminado. Bajo algunos árboles había unos focos que daban un aspecto mágico a las ramas de los cerezos en flor. Un agradable aroma llegó hasta nosotros.

—*How very lovely* —dijo Adam—. De verdad es encantador. A mí también me gustaría cenar aquí.

—¡Olvídalo! —gruñí—. Venga, vámonos de este paraíso de algodón de azúcar y tomemos posiciones delante de la casa. La velada no puede durar mucho.

Tras la cena los invitados abandonarían la casa y se dirigirían hacia la rue Claude Monet, donde estaba su alojamiento. Y entonces ya veríamos.

Nos habíamos escondido detrás de unos arbustos. Desde allí se veía muy bien la mansión. En algún momento empezó a haber movimiento en el restaurante, sillas que se arrastraban sobre el parqué, voces que subían y bajaban.

Miré el reloj. Las once y cuarto. La cena había terminado, sin duda.

—Ha llegado la hora de la verdad —dije en un tono algo melodramático, y Adam se rio.

—Me siento como uno de esos ridículos personajes de una obra de Molière —comentó.

—Psst —repuse—. ¡Ahora estate callado!

La puerta de la casa se abrió.

Los invitados fueron saliendo uno tras otro, y como la entrada estaba iluminada por una farola se podían reconocer muy bien sus rostros. El gran cocinero se despedía de sus alumnos, les daba la mano y tenía unas palabras de elogio para cada uno.

—*Bonne nuit! À demain* —exclamó mientras los demás bajaban por la escalera. Sus voces apagadas llenaron el ambiente y la gravilla crujió bajo sus pasos. Jean-Marie Marronnier se quedó un rato viendo cómo se alejaban sus invitados, luego entró en la casa y cerró la puerta tras de sí. Poco después se apagaron las luces del restaurante.

Miré a Adam horrorizado.

Aurélie no había salido. Noté que empezaba a sentirme mal.

—Lo sabía —susurré con voz ronca.

—¿Y qué? Lo mismo están comentando alguna receta o algo así —señaló Adam tratando de quitarle hierro al asunto.

—¿Comentar? ¿Una receta? Venga, Adam, qué valor tienes. ¿Ese tipo le está metiendo mano a Aurélie y tú dices no sé qué tonterías de comentar recetas? Tengo que ver qué está pasando.

Cuando nos acercamos de nuevo a la casa notaba el corazón palpitándome en el cuello. Dos ventanas que sobresalían en la fachada y cuya parte baja era de cristal esmerilado seguían todavía iluminadas. Detrás debía de encontrarse la cocina. Estaba en la misma planta que el restaurante, pero desde fuera no se podía ver el interior. Aunque sí se veían claramente dos sombras que se movían tras el cristal.

—Ahí están —susurré—. ¿Qué hacen ahí?

Miré alrededor buscando algo en lo que poder subirme. Junto a la casa descubrí una vieja bañera de cinc. Le hice una seña a Adam y juntos arrastramos la bañera hasta la ventana y le dimos la vuelta sin hacer ruido.

Los celos me proporcionaban una energía inesperada. Mi cerebro trabajaba a pleno rendimiento.

—Yo me pongo encima y hago un estribo con las manos para que puedas subir tú.

Vi que Adam observaba todo con mirada crítica, pero no nos quedaba otra solución. Adam era el más bajo y delgado de los dos, tenía que subir más alto.

—Bien, agente Goldberg, *allez-hopp!* —dije en voz baja—. ¿No irás a dejarme colgado ahora?

Me subí con agilidad a la bañera, que se tambaleó un poco. Encontré el equilibrio, crucé las manos, y luego Adam trepó, se apoyó en el estribo que formaban mis manos y se agarró a la repisa de la ventana.

—¿Y bien? ¿Qué ves..., qué ves? —Apreté con fuerza los dedos, que soportaban todo su peso. Pesaba más de lo que había pensado—. *Mon Dieu*, ¿cuánto pesas, Adam?

—¡Espera un poco y no te muevas tanto! —Adam se apoyó en la repisa, lo que me proporcionó un momento de alivio—. *Oh boy!* No me lo puedo creer —dijo luego. Se agarró a un resalte del muro.

—¿Qué pasa? ¿Qué está pasando ahí dentro, Adam? Mierda, no voy a poder aguantar mucho más —susurré.

Nervioso, me balanceé sobre la bañera, que se inclinó peligrosamente hacia un lado. Lo vi venir, y luego ocurrió. Perdí el equilibrio y los dos caímos al suelo entre el estruendo que hizo la bañera al volcarse. Sentí un dolor punzante en el tobillo y no pude evitar soltar un gemido. Adam cayó de espaldas. Cogió aire y enseguida se levantó.

—¡Vámonos de aquí, André, corre, vámonos!

El hombre bajito me levantó con una fuerza inusitada y yo volví a gemir al intentar dar unos pasos.

—¡No puedo..., mi tobillo! —Cogí aire.

—¡Pamplinas! ¡Claro que puedes! *Come on!* —Me pasó un brazo bajo los hombros y me arrastró. Fuimos hasta los arbustos cojeando lo más deprisa que pudimos. Un monstruo nocturno de cuatro patas.

Se abrió una ventana de golpe.

—¿Hola? ¿Hay alguien ahí?

Era el cocinero el que estaba en la ventana gritando. A su lado apareció Aurélie. Los dos miraban a la oscuridad desconcertados.

El agente Goldberg había tomado el mando. Estaba sentado al volante y conducía en la noche mientras yo iba en el asiento del acompañante con un gesto de dolor en la cara.

—Vaya, vaya, vaya —dijo—. Ha estado la cosa muy justa.

Asentí y traté de mover con cuidado el pie que me había torcido en nuestra temeraria maniobra.

Habíamos conseguido llegar hasta el coche de milagro. Cuando se abrió la ventana y nos lanzamos con el corazón a cien sobre los arbustos, de pronto tuve la angustiosa visión de los perros de caza de Marronnier abalanzándose ladrando sobre nosotros. Pero por suerte el *maître* no tenía ningún perro. Yo apenas me podía mover, pero Adam me había ayudado a llegar hasta el coche, y luego salimos de allí con las ruedas chirriando.

—*Good Lord* —gimió—. ¡Vaya aventura!

—¿Has podido ver algo? —le pregunté.

Él guardó silencio un momento.

—*Well* —dijo luego—. Lo siento, viejo amigo. Pero me temo que la cosa no pinta muy bien para ti.

—¡¿Qué?! —grité—. ¡Dime de una vez lo que has visto, Adam!

—No mucho —respondió él—. Ha sido solo un segundo, luego nos hemos caído, pero…

—¡¿Pero?! ¿Qué, qué? ¿Le ha metido mano? ¡Tienes que decirme la verdad, Adam, por favor!

—No, eso no, tranquilízate. —Adam vaciló—. Bueno, está bien, no te quiero mentir. Cuando miré por la ventana parecía como si esos dos estuvieran a punto de besarse. Aunque a lo mejor solo lo parecía. ¿Qué sé yo? Solo pude ver un segundo la cocina…

—¡Ese cerdo! ¡Le voy a matar!

—Buena idea. ¿Tienes alguna otra estrategia?

—Le voy a matar.

—Bueno, pues mátale, y luego escribes una novela negra. *Muerte en Vétheuil. Un crimen en la cocina.* La novela negra se vende muy bien.

—Ja, ja, ja. Siempre *tan* gracioso, Adam. —Me eché hacia atrás en el asiento y pulsé el elevalunas. Necesitaba aire fresco con urgencia.

—¿Y qué hacemos ahora?

—Ahora vamos a ese Bed & Breakfast y comprobamos si me he equivocado. —Me lanzó una mirada de ánimo—. No te rajes ahora, André. Lo conseguiremos.

Pocos minutos después aparcó el coche delante de la pequeña casa amarilla y apagó las luces.

—¿Y ahora qué? —dije con voz lúgubre. Aurélie estaría ya con ese cocinero en una cama con dosel.

—Ya veremos.

No tuvimos que esperar mucho. Al cabo de un cuarto de hora aparecieron dos siluetas por la calle. Iban juntas en silencio. Eran Aurélie y el cocinero. Estuve a punto de aplastarme la nariz contra el cristal. Y cuando Marronnier acompañó a Aurélie hasta la entrada contuve la respiración de forma involuntaria. Como la besara o entrara en la casa con ella pensaba salir del coche y darle un buen puñetazo en toda la cara. Pero no pasó nada. Aurélie hizo un gesto de despedida al cocinero y él levantó la mano y siguió su camino.

—¡Ves! —dijo Adam.

Yo solté todo el aire y tuve que toser. Me puse la mano delante de la boca y me quedé mirando a Aurélie, que no podía saber que a pocos metros de ella estaba Otelo sentado en un Mini Cooper rojo.

Antes de entrar en la casa, Aurélie de pronto se giró y miró hacia donde estábamos nosotros. Tuve la sensación de que me miraba directamente a los ojos desde el otro lado de la calle y se me detuvo el corazón.

Un instante después desapareció dentro de la casa.

—Te voy a decir una cosa, André. Podemos estar contentos de que no nos hayan descubierto. —Estábamos volviendo a París. Adam puso el intermitente y salió de la carretera comarcal para coger la A14—. Quiero decir que... ¿no habría sido penoso? El novio celoso se cae de una bañera de cinc mientras está espiando a su novia junto a un amigo. ¡Vaya historia! ¡No quiero ni imaginarlo! Aurélie no volvería a tomarte en serio nunca más.

—Bueno, tú también tienes parte de culpa. Tú mismo dijiste que la situación de la cocina te pareció embarazosa. No me fío nada de ese cocinero. ¿Y por qué ella no se fue del restaurante con los demás? Resulta muy sospechoso.

—Por otro lado, ella ha vuelto a dormir al hotel. Sin el cocinero —reflexionó Adam.

—Sí, pero ¿por qué? Porque nosotros les cortamos el rollo. —Torcí el gesto y me toqué el tobillo gimiendo—. ¡Vaya mierda! Espero no habérmelo roto.

—Si te lo hubieras roto no podrías andar —señaló Adam hecho un experto—. Se te pasará enseguida. Ponte una venda con alguna crema para el dolor y mañana estarás bien.

—Vaya, ¿ahora eres un maldito médico o qué?

—¡El castigo te pisa los talones... literalmente! Ja, ja, ja. —Adam se echó a reír y no podía parar—. ¡Cómo saltamos sobre los arbustos..., fue muy gracioso!

—Sí, graciosísimo —repuse—. Venderías a tu abuela por un buen chiste, ¿verdad?

—Definitivamente —dijo Adam—. Hay muy pocas ocasiones para reírse. Y ahora escúchame bien, amigo. —Se puso otra vez serio—. Aurélie no debe enterarse de que has estado en Vétheuil, jamás... ¿Me has entendido?

—Pero me gustaría cantarle las cuarenta a esa traidora.

—No sabes si es una traidora. Pero una cosa es segura: si se lo cuentas te vas a poner en ridículo y el cocinero ganará más puntos. Créeme, André..., los hombres que pierden la cabeza por amor solo son atractivos en las películas. En la vida real quedan los últimos siempre. Las mujeres quieren un hombre que sea superior. Un hombre que controle cualquier situación.

—Se te da bien hablar.

—Es mi trabajo. Soy agente literario. Pero tú sabes escribir, André. ¡Eres el autor de un best seller!

—Sí, sí, regalado.

—No te quites méritos de forma innecesaria.

—¡Bah!

—Las mujeres te admiran.

—Hummm...

—Escucha, no te vas a dejar ganar por un prepara-tortillas.

—¡Jamás! —Noté que me volvía a invadir la rabia—. Tienes toda la razón, Adam. Le diré que debe decidir: entre ese rey de la campana extractora que se la habría tirado allí mismo en la cocina, o yo, un poeta que la ama de verdad.

—No, no le vas a decir eso, idiota. Se piraría al momento. Tienes que ser agradable, André. *Cool!* ¿Entiendes el significado de esa palabra? —André miró fijamente la autopista que nos llevaba a la periferia de París—. Además, tú no has estado nunca en Vétheuil. ¡Dilo!

—No he estado nunca en Vétheuil —repetí de forma mecánica—. Pero a pesar de todo podría decirle...

—No. ¡Contente! No vas a montar ninguna escena, ¿entendido? ¿Quieres arriesgar tu felicidad por un breve instante de venganza? Quédate quieto de una vez.

Suspiré.

—Está bien. —Miré hacia abajo—. No me va a resultar difícil, apenas puedo andar. ¿Y qué le digo del tobillo?

—Ya se te ocurrirá una bonita historia.

Cuando llegamos a París ya habíamos acordado que, primero, yo no había estado nunca en Vétheuil; segundo, por desgracia me había resbalado en el baño y había pasado el fin de semana en casa completamente solo y con un tobillo dolorido, y, tercero, lamentaba mi horrible comportamiento del viernes.

Aplicamos frío a mi tobillo, que al cabo de un rato ya estaba mucho mejor. A pesar de todo Adam fue a buscar unas viejas muletas que yo tenía en el fondo del armario porque tres años antes me había hecho una rotura de ligamentos corriendo.

—Puedes dramatizar un poco con lo del pie tranquilamente. Deja volar tu imaginación. Puedes mentir todo lo que quieras. Excepto en lo relacionado con nuestra pequeña excursión a Vétheuil... —Hizo el gesto de cerrarse la cremallera de la boca y me acercó las muletas.

—¡Qué gracia me haces! Nada es verdad.

—¿Y qué es la verdad? Lo importante es que la historia encaje —dijo guiñándome un ojo—. Ya sabes lo que digo siempre: nunca dejes que la verdad te estropee una buena historia.

14

Anochecía cuando el domingo tomé la carretera comarcal en dirección a Mantes-la-Jolie. El curso de cocina había terminado y yo estaba regresando a París. Al pasar por el pequeño tramo de bosque tuve que pensar en cómo dos semanas antes el coche se me había parado allí en medio de una fuerte lluvia. Pero ahora el motor del Renault rugía con regularidad y, relajada, apoyé la cabeza en el reposacabezas mientras a ambos lados de la carretera los bosques y prados se perdían en la creciente oscuridad. Pronto vi solo la banda solitaria del asfalto a la luz de los faros delante de mí. No iba muy deprisa y busqué una emisora de música clásica en la radio. Mientras avanzaba en la oscuridad con los acordes de los *Nocturnes* de Chopin de fondo y me acercaba kilómetro a kilómetro a París mis pensamientos volvieron a Vétheuil. Qué diferente había sido ese fin de semana..., tan divertido, primaveral y lleno de sensaciones que enseguida dejaron mi pequeño desencuentro con André en un segundo plano.

Había aprendido mucho aquel fin de semana... sobre la inspiradora cocina de Marronnier, sobre Claude Monet y los jardines de Giverny y también sobre mí misma. La pequeña habitación en la que me instalé en el Escale chez un Impressioniste el viernes por la noche era bonita y confortable, sobre la cama colgaba una lámina de un cuadro de Monet. Los demás participantes en el curso también eran agradables y abiertos, la terraza del restaurante con vistas sobre el jardín de cerezos, donde nos sentábamos durante las pausas, un sueño. El curso de cocina me había gustado mucho, y la cena que compartimos al final todos juntos en el restaurante, en la que a la luz de las velas y con champán nos sirvieron todas las exquisiteces que habíamos cocinado nosotros mismos, resultó muy agradable. La mesa que montaron en el restaurante con una tabla larga vestida con un mantel blanco y la porcelana amarilla y azul estuvo a punto de ceder por el peso de tantos platos. Jean-Marie Marronnier tenía estilo, había que reconocerlo, y cuando todos nos hubimos cambiado de ropa y aparecimos en el comedor, fuimos ocupando nuestros sitios en la mesa entre muchos «Oooh» y «Aaah».

Mientras avanzaba ahora por la carretera fui repasando otra vez los maravillosos platos que habíamos preparado. Solo de pensarlo se me hacía la boca agua.

Las *coquilles Saint-Jacques* gratinadas iban acompañadas de un *potage aux pommes de terre,* y en la sopa de patata y nata nadaban unos berros verdes que le daban al plato un toque de sabor. El delicado *potage Germiny,* una sopa de acedera, estaba en una bonita terrina sobre la mesa junto a las *oignons blancs farcis,* cebollas blancas rellenas con una sabrosa mezcla de pollo con cebollino y gruyer rallado, y la *bécasse rôtie,* becada asada, un plato que supuestamente

Claude Monet se hacía servir siempre el día de su cumpleaños y que yo no había probado nunca porque ya estaba algo pasado de moda. Había también *chevreuil aux fruits d'églantine,* un asado de corzo con confitura de escaramujo que estaba tan bueno como el que se servía con guindas, y pollo asado en el horno con estragón fresco y albahaca, que fue una auténtica revelación. Para los postres el gran cocinero había elegido una maravillosa charlota de albaricoques y también la famosa *Vert-Vert,* una tarta verde con crema de pistachos que obtenía su intenso color de las hojas de espinaca trituradas y que en casa de Monet era una especialidad y nunca podía faltar. Yo había preparado las *îles flottantes,* un postre que siempre había evitado hacer, pero que con las indicaciones de Marronnier, que me reveló algún que otro truco para conseguir que las pequeñas islas de claras batidas con azúcar flotaran en la crema de vainilla, me salieron tan bien que mi compañero de mesa dijo que sabían como un pequeño trozo del paraíso.

Hacía mucho tiempo que no había pasado una velada tan divertida y a la vez tan elegante. Uno se sentía transportado a un tiempo en el que no había ni televisión ni teléfonos móviles —Marronnier nos había pedido expresamente que dejáramos los móviles en el hotel—, mientras sobre nosotros se vaciaba el cuerno de la abundancia. Los exquisitos platos iban acompañados de los selectos vinos correspondientes, que el chef había elegido cuidadosamente, y cuando la velada se acercaba a su fin y tanto yo como los demás comensales nos levantamos de la mesa noté que el alcohol se me había subido un poco a la cabeza. No lograba encontrar mi bolso, así que lo busqué por todo el restaurante mientras el grupo se dirigía hacia la salida, y después, cuando Marronnier regresó, fuimos juntos a la cocina para seguir buscándolo.

«Dónde puede estar, si lo tenía hace un rato. Un bolso no se desvanece sin más en el aire», me dije riéndome para mis adentros. Mientras algo achispada daba vueltas por la cocina, mirando aquí y allá, y comentaba lo impresionante que había sido la velada —«Ha sido realmente *très impressionant,* una auténtica fiesta de los sentidos, me inclino ante el gran *maître*»—, Marronnier había tomado posiciones delante de la ventana y me miraba sonriendo satisfecho. Estaba apoyado en la repisa y me observaba en silencio. En ese momento recordé vagamente que había dejado el bolso en un aparador junto a la puerta. Durante la cena había aprovechado una visita a los baños para echar un vistazo a la cocina, donde estuve hablando con el *sous-chef.* Corday no parecía muy contento de verme otra vez por allí.

«¿Y bien, mademoiselle Bredin? ¿Está probando ya su nuevo puesto?», me había preguntado en tono mordaz.

«¿Qué tonterías está usted diciendo, monsieur Corday?», le había respondido sorprendida mientras dejaba el bolso sobre el aparador.

«¿Es una tontería?», había replicado él, y luego me había dejado allí plantada. Yo le había seguido, y tras una breve discusión que él dio por finalizada diciéndome que tuviera cuidado con Marronnier, que tenía un carácter horrible, y que no es oro todo lo que reluce, se me había olvidado coger otra vez el bolso. Era evidente que Corday nos había oído hablar en el pasillo y ahora temía por su puesto de trabajo. Pero como a mí me parecía que el hecho de que estuviera siempre enfrentándose a su jefe no era la estrategia adecuada, que era una actitud cuestionable y poco inteligente, al final se lo dije.

Así que volví junto al mueble y descubrí allí mi bolso, que alguien debió de haber empujado sin querer y se había caído al suelo. Se habían salido algunas cosas; las recogí echando pestes y me volví a incorporar.

—Bien, ya tengo todo —exclamé—. Es lo malo de estos bolsos, no encuentras nada dentro, pero es fácil perder lo que llevas. Aun así los adoro.

Marronnier sonrió. Entonces me di cuenta de que llevaba un rato sin decir nada.

—Su *sous-chef* me ha prevenido contra usted. Piensa que tiene usted un carácter horrible. —Me reí.

—¿Y qué piensa usted? —preguntó Marronnier mirándome atentamente.

—No le creo una sola palabra. —Me aparté un mechón de la frente—. Yo tampoco le gusto. Cree que quiero quitarle su puesto.

Marronnier sonrió en silencio e inclinó la cabeza un poco hacia un lado. De pronto fui consciente de que estábamos completamente solos en la cocina. Fuera, tras las ventanas, estaba todo oscuro y callado. Estábamos como en una pequeña nave espacial que nos llevaba por el universo, y me sentí extrañamente irreal entre las brillantes sartenes y ollas de cobre sobre las que de pronto se había posado una leve timidez. Hice un esfuerzo.

—*Bon,* gracias de nuevo por esta velada tan inspiradora. La comida estaba increíble y he aprendido mucho. —Me colgué el bolso del hombro—. Será mejor que me vaya a mi hotel.

EL TIEMPO DE LAS CEREZAS

—Nunca se deja de aprender. —Marronnier volvió a sonreír de un modo extraño, y yo noté una sensación desagradable—. ¿Puedo invitarla a una copita de *punch*, mademoiselle Bredin?

—Gracias, pero no. Es ya muy tarde y debo irme a la cama. En una próxima ocasión, tal vez.

—¿Es que habrá una próxima ocasión? —Marronnier se apartó de la ventana y me miró pensativo—. Está bien..., permítame al menos que la acompañe. No me gustaría dejar que se marchara sola en la oscuridad.

—Pero si son solo unos pocos pasos, monsieur Marronnier. ¿Qué me va a pasar... en el fin del mundo? —repliqué.

—Sé muchas cosas que pueden pasar en el fin del mundo. —Me dirigió una mirada muy elocuente—. Es usted una magnífica cocinera. Y, si me permite decirlo, una mujer maravillosa. ¿No querría pensárselo otra vez?

—¿Qué... quiere decir? —El corazón me latía como loco—. No he cambiado de opinión con respecto al restaurante.

—No estoy hablando de eso. Aunque me gustaría mucho tenerla aquí como *sous-chef*. Su presencia resulta siempre muy enriquecedora, mademoiselle Bredin. Y yo podría... imaginar muchas cosas. Ya sabe...

—Sí, ya sé... —me apresuré a interrumpirle. Por un instante apareció ante mí la cabeza llena de rizos de André—. Pero en casa me espera un estúpido celoso que también está imaginando todas las cosas posibles y al que... de algún modo... estoy muy unida..., y por eso... —Me encogí de hombros.

Sin decir una palabra, Marronnier se acercó más y sujetó mis hombros con suavidad. Me miró con ojos penetrantes y yo me sentí como hipnotizada por su mirada. Tenía unos bonitos ojos azules. El mundo entero desapareció de repente, solo existía su mirada descansando sobre mí, turbándome, e intuí que a esa mirada le iba a seguir un beso. Estaba a punto de dejar caer la cabeza sobre su hombro, cuando mis ojos se dirigieron a la ventana. Por un momento creí ver tras el cristal una cara conocida que desapareció enseguida.

De pronto me sentí completamente despejada.

Y en ese mismo instante un estruendo atronador rompió el silencio. Luego se oyó un golpe sordo y un fuerte gemido.

Asustados, nos separamos.

—Cielos, ¿qué ha sido eso? —pregunté en voz baja.

Marronnier abrió la ventana de golpe y miró en la oscuridad.

—¿Hola? ¿Hay alguien ahí? —gritó. Esperó un momento—. ¿Hola? —volvió a gritar, pero nadie respondió.

Oímos ruido de arrastrar algo y un quejido apagado, y luego vimos dos siluetas que se alejaban corriendo y desaparecían entre los arbustos del jardín. Segundos después se oyó el ruido del motor de un coche que escapaba a toda prisa.

—¡Qué cosa! ¡Dios mío, vaya susto! —dije.

—¿Serían unos ladrones? —Marronnier parecía intranquilo. Miró hacia abajo y descubrió bajo la ventana una bañera de cinc volcada—. Bueno, si eran unos ladrones no parecían demasiado listos —comentó sorprendido—. Nadie entra a robar en un sitio donde todavía hay luz. Parece más bien una gamberrada. —Sacudiendo la cabeza, volvió a cerrar la ventana.

—¿Tal vez fuera Corday? —aventuré.

—Pero ¿por qué? Él tiene llave.

Nos miramos desconcertados.

La nave espacial había puesto de nuevo rumbo a la tierra, la magia se había roto de golpe, y yo solo quería volver a mi hotel lo antes posible.

Marronnier insistió en acompañarme. Avanzamos uno junto al otro por la calle desierta, preguntándonos quién habría intentado entrar en la casa. Luego me deseó buenas noches, y cuando entré por la puerta de la antigua vivienda de Monet y me giré por última vez tuve de pronto la sensación de que alguien me observaba.

Cuando me metí en la cama estaba algo confusa. ¡Qué final tan curioso para una noche tan maravillosa! Mientras trataba de dormirme intenté identificar de qué conocía la cara que había surgido tras el cristal como una aparición para desaparecer un segundo después. Y de pronto supe a quién me recordaba... A Adam Goldberg, el viejo amigo de André. ¡Pero era totalmente imposible! ¿Qué iba a hacer un agente literario de Londres allí, en Vétheuil?

El tráfico fue haciéndose más denso a medida que me aproximaba a París. Los faros me deslumbraban cuando crucé la place de la Concorde ya iluminada, en cuyo centro destacaba el obelisco que Napoleón se trajo de su campaña en Egipto. Miré por el retrovisor y cambié de carril. Quedaba poco para las ocho, y en realidad podría haber estado de vuelta mucho antes. El curso de cocina había terminado a mediodía con un aperitivo conjunto. La mañana había estado dedicada a sopas y tortillas, tartas y bizcochos. Yo había cogido para casa un pequeño *gâteau à l'orange,* para el cumpleaños de André. Pensé con cierta mala conciencia en el SMS que le había mandado por la tarde, pero para entonces ya estaba sentada en el Citroën blanco de Marronnier en dirección a Giverny.

André no había considerado necesario dar señales de vida en todo el fin de semana, y eso después de aquella discusión totalmente absurda del viernes. Ahora me escribía que lo sentía mucho, que esperaba que el curso de cocina hubiera sido interesante y que me esperaba en la rue des Beaux-Arts. «Tómate todo el tiempo que quieras, yo ya estoy aquí», me escribió, y entonces supe que lo sentía de verdad. Le contesté brevemente que llegaría por la noche y que iría directa a su casa.

Una vez que el curso hubo finalizado, poco antes del mediodía, nos sentamos en la terraza a tomar café. Marronnier me hizo entonces una propuesta irresistible: ¿me apetecía una visita guiada por los famosos jardines de Monet? Estaban cerrados unos días por obras, pero el administrador, que era amigo suyo, le había dejado la llave para el domingo. De este modo tendríamos la oportunidad única de poder pasear por los maravillosos jardines en Giverny sin las habituales hordas de turistas.

Marronnier no había vuelto a decir una sola palabra sobre la velada del sábado, y yo tampoco lo hice. Contemplé los cerezos en flor, que llegaban hasta la orilla del Sena, y suspiré.

—Suena muy bien, pero en realidad tengo que irme a casa.

—¿Con el estúpido celoso al que está tan unida?
Yo sonreí.

—Ha tomado buena nota, monsieur Marronnier.

—Cómo no..., ese hombre es digno de envidia.
Me hizo reír.

—Vamos, mademoiselle Bredin. Están a dos pasos de aquí, y podríamos acercarnos en mi coche. Así iremos más seguros. No volverá a tener nunca una oportunidad así.

Reflexioné mientras me terminaba el café. Llevaba años queriendo ir a Giverny para ver los jardines donde están los famosos nenúfares y el precioso puente japonés que aparecen en tantos cuadros de Monet. Los jardines que el pintor cuidó durante años debían de ser una maravilla. Pero las aglomeraciones de gente que había siempre allí me habían echado atrás y me había quedado sin ver ese pequeño paraíso. La invitación de Marronnier era muy tentadora, y qué eran tres horas más o menos... André no se iba a morir por eso.

Volví la cabeza y miré al cocinero con determinación.

—Tiene usted razón. Una oportunidad así es única. ¿Sabe una cosa? Acepto su invitación. Aunque...

—¿Aunque...?

—Debe prometerme que no tratará de aprovecharse de la situación, monsieur Marronnier.

Me miró con franqueza.

—Tiene usted mi palabra. Aunque no me resulta fácil hacerle esa promesa. Pero bueno. Usted pone las reglas.

Y yo soy un hombre que sabe comportarse. Paseemos por los jardines como dos personas que aman la belleza. Pero podré cogerla del brazo, ¿no? Como amigos.

Puse el intermitente y giré en dirección a Saint-Germain. La pirámide de cristal que brillaba en la entrada del Musée du Louvre con un aspecto mágico en la oscuridad me hechizaba cada vez que pasaba por delante de ella. Segundos después atravesé el arco del Louvre, iluminado con una suave luz dorada, y crucé el Sena.

Mis pensamientos volaron entonces hasta André, que me esperaba en su casa y celebraba mañana su cumpleaños. Aunque él siempre aseguraba que no le daba ninguna importancia a los cumpleaños, yo estaba contenta de haber encontrado un regalo tan apropiado para él. Seguro que mi celoso escritor favorito se alegraría al recibir la pequeña caja alargada que llevaba en mi bolsa de viaje.

A pesar de que André siempre se pasaba de la raya, no había andado tan descaminado en sus suposiciones. Marronnier era un hombre fascinante, no solo por su cocina, que también. Era muy agradable hablar con él sobre cocina. Pero yo tenía claro que su interés por mí podía ir más allá de lo meramente profesional. Aunque finalmente no había pasado nada. Un pequeño coqueteo y un casi-beso. Y un maravilloso paseo por los jardines de Monet del que no me arrepentía. Me habría gustado contárselo a André y compartir mis impresiones con él, pero intuía que era mejor no mencionar la pequeña escapada a Giverny. Con ello solo habría alimentado su desconfianza.

Jean-Marie Marronnier demostró ser no solo un experto guía privado, sino también todo un caballero. Y los jardines superaron ampliamente todas mis expectativas.

Cuando Marronnier abrió la puerta y entramos en el jardín, que era como un parque en el que ahora en primavera la capuchina lo invadía todo, tomé aire con fuerza y absorbí con todos mis sentidos la vista de las aromáticas flores y los árboles en flor. Mirara donde mirara, por todos lados veía el esplendor derrochador de flores y colores. El jardín era enorme, y aunque seguro que estaba organizado siguiendo un orden determinado —con sus macizos de flores y sus arcos de rosas—, a pesar de todo tenía algo salvaje y primitivo a cuya magia se sucumbía enseguida. Sobre todo cuando se disfrutaba del increíble privilegio de estar ahí solo. Paseamos por los pequeños caminos sinuosos, y Marronnier me mostró la vivienda alargada pintada de rosa con sus altas ventanas y las contraventanas verdes, y yo contemplé admirada el porche de madera verde cubierto de flores y plantas trepadoras. Monet vivió allí hasta el final con su segunda mujer, Alice, que tenía fama de haber sido no solo una buena anfitriona, sino también una magnífica cocinera. Allí les visitaban los amigos de París, se celebraban bodas y se desayunaba en el jardín bajo los manzanos. La casa y el jardín fueron una fuente inagotable de inspiración para Monet, quien además disfrutaba comiendo y siempre reunía a sus invitados en la mesa alargada de la inmensa cocina, con sus azulejos azules y su enorme fogón de hierro fundido. El salón amarillo solo se utilizaba en ocasiones especiales. El pintor se había creado todo un universo en un pequeño pueblo. La vida en el campo era tranquila, pero sin renunciar a la vida social.

—Una vida así me parece ideal —dijo Marronnier, que seguía soñando con trasladarse definitivamente a Vétheuil.

Hablaba y hablaba, y, mientras rodeábamos los lagos de nenúfares a la suave luz de la tarde, no paraba de señalarme detalles y contarme historias divertidas y conmovedoras de la vida de Claude Monet. Cuando finalmente nos detuvimos uno al lado del otro en el puente japonés, cuyo brillante color ahora sabía que recibe el nombre de «verde Veronés», Marronnier de pronto citó una frase que parecía resumir a la perfección el ambiente de aquel día primaveral.

«Todo es movimiento. Aire. Luz. Sol. Las nubes pasan, el río fluye, los árboles oscilan, el aire tiembla. Todo es imparable...».

Yo guardé silencio impresionada. Era exactamente así. Miré la superficie del agua, donde flotaban los nenúfares y una vieja barca se mecía suavemente. Vi la luz que se reflejaba y los innumerables tonos de verde que se apreciaban en torno al pequeño lago en las cañas, arbustos y plantas. Las flores de colores que destacaban como pequeños toques entre todo aquel verdor, los árboles cuyas ramas se movían con suavidad, el cielo claro, el centelleo ilusionado que había en el aire.

—Qué bonito es eso que ha dicho, monsieur Marronnier.

Él se rio.

—No quiero adornarme con los méritos de otros. Eso lo dijo un hombre más listo que yo, una especie de coleccionista de arte. Pero piense en esas palabras la próxima vez que esté ante un cuadro de Monet. Porque eso es el impresionismo.

Poco después encontré un sitio donde aparcar en la rue des Beaux-Arts, y cuando llamé al timbre de la casa de André me encontré, para mi sorpresa, con un valiente héroe que se me acercó con un par de muletas y la cara desfigurada por el dolor.

—Ay Dios mío, pero ¿qué has hecho? —le pregunté estupefacta. Se me había pasado el enfado y abracé a André con cariño.

—¡Cuidado! —dijo él—. Me alegro de verte, Aurélie.

Fue cojeando hasta el cuarto de estar y se dejó caer en su enorme sofá entre quejidos. Luego me contó que después de mi precipitada estampida se había escurrido en el baño.

—Fue horrible. Estaba muy nervioso y no presté atención —me explicó—. No me di cuenta de que la alfombrilla tenía una esquina doblada y me tropecé y luego, por desgracia, me caí. Estuve un buen rato allí tirado y sin poder levantarme de lo mucho que me dolía.

—¡Oh, Dios mío, eso es terrible! —Me invadió una ola de compasión—. ¿Por qué no me llamaste?

—No quería molestarte, estabas en tu curso de cocina —contestó con aire ingenuo, y dejó las muletas a un lado—. Sabía lo importante que era ese curso para ti. Y además acabábamos de tener esa estúpida pelea. Me sentía fatal.

—Pero, André, cuando ocurra algo así puedes llamarme —repliqué algo consternada.

—Estaba completamente solo. —Me miró con ojos afligidos—. Pero ahora ya estás aquí. —Parecía tremendamente aliviado.

—Sí, ya estoy aquí —repetí afectada. Me senté a su lado, le acaricié el pelo y pensé con cierta mala conciencia

que había pasado la mitad del domingo con Jean-Marie Marronnier en Giverny.

—¿En qué piensas? —quiso saber André.

—Siento haber vuelto tan tarde. —No podía contarle
nada de Giverny.

—Bueno, tenías que terminar tu curso. Espero que este
fin de semana haya merecido la pena.

—Por supuesto —dije—. Y además te he traído una
cosa, pero te la daré más tarde. —Me incliné sobre él y le
besé en los labios—. ¿Has comido algo, querido?

—No, y, sinceramente, estoy muerto de hambre. No
es tan fácil hacerse algo con estas muletas.

—Vaya, ¿quieres que prepare algo rápido? —pregunté.

—Oh, sería maravilloso, *chérie* —suspiró agradecido.
Se acomodó en el sofá—. Me basta con cualquier cosa. ¿Qué
tal una tortilla con jamón? Te sale tan bien... ¿Y un poco de
ensalada? ¿Con la vinagreta de patata?

Me reí para mis adentros y desaparecí en la cocina.
Y así fue como, después de una cena ligera y una botella de
vino tinto que compartimos como buenos hermanos, nos
metimos en la cama. Le conté a André todos los platos exquisitos que habíamos preparado en la cocina de Marronnier
y le prometí que algún día le haría alguno.

André me escuchaba pacientemente, pero no preguntó
demasiado por el cocinero o los demás participantes en el
curso.

—Y luego pasó algo muy raro —dije para concluir mi
relato.

Él se incorporó.

—Ah, ¿sí? ¿Qué pasó?

—Alguien intentó entrar a robar en casa de Marronnier. Por suerte todavía estábamos en la cocina porque a mí se me había olvidado el bolso allí y lo estaba buscando. Los ladrones intentaron trepar por la fachada, pero se cayeron y salieron corriendo. Solo pudimos ver cómo huían.

—¡No me digas! —André levantó las cejas—. Vétheuil parece ser un sitio muy peligroso. Pero ¿qué iban a robar en un restaurante? ¿La cubertería de plata? —Pensó un instante—. Lo mismo alguien quería robar el falso Monet —añadió.

—¡Oh, sí, eso es! —exclamé—. No se me había ocurrido. Es posible que sea un Monet auténtico.

André sonrió.

—¿Qué es auténtico en este mundo? —Se dejó caer sobre la almohada y me atrajo hacia él—. Aparte de nosotros dos, naturalmente.

Y así fue como aquella noche celebramos no solo el cumpleaños de André, sino también nuestra reconciliación. Tomamos juntos la pequeña tarta de naranja y picoteamos las migas de la colcha entre risas, nos besamos y no podíamos tener suficiente el uno del otro. Y cuando poco antes de medianoche André abrió mi regalo y encontró en la pequeña caja la pluma Waterman verde oscuro me miró emocionado.

—Para mi escritor favorito —le dije—. *Bon anniversaire, chéri!*

Nuestra noche de amor animó tanto al paciente que al día siguiente apenas necesitaba ya las muletas. Me sorprendió un poco esa curación espontánea, y le observé sonriendo cuando se marchó a la editorial cojeando ligeramente. Poco después abandoné yo también la casa para llevarme la maleta. Cuando llegué a la puerta de mi casa busqué la llave en el bolso, pero no la encontré. Ya me había pasado otras veces, aunque al final siempre aparecía en una esquina escondida del bolso. Finalmente vacié todo el contenido, pero la llave no estaba allí. Debía de haberla perdido en Vétheuil; tal vez cuando encontré el bolso en la cocina no recogí todas las cosas del suelo. Por suerte mi vecina tenía una llave de mi casa. Me la dio y por fin pude entrar. Luego llamé a Marronnier y él me prometió que la buscaría y me llamaría más tarde.

Pero la llave no estaba ni en su casa ni en el Escale chez un Impressionniste, donde me había alojado. Fue imposible encontrarla.

15

Las cosas habían salido bien. Yo estaba de buen humor y había vuelto a reconciliarme con la vida.

—Ya te lo dije —comentó Adam, con el que quedé por la tarde en el Vieux Colombier para celebrar mi cumpleaños mientras Aurélie trabajaba en el restaurante—. Tienes que hacer caso siempre a tu viejo amigo Adam.

Estábamos en un rincón al fondo del café, en un cómodo banco de cuero, tomando pan de centeno con gruyer gratinado y jamón, y yo le enseñé la pluma Waterman que me había regalado Aurélie.

—«Para mi escritor favorito», me dijo. —Le guiñé un ojo a Adam y él se rio.

—Es un verdadero tesoro. Me gustaría volver a verla. ¿Crees que podríamos quedar un día los tres?

—Demasiado peligroso. —Di un trago de vino—. Aurélie no sabe que estás todavía en París. Si no, seguro que me habría preguntado por qué no viniste a ayudarme. Pero cuando hayas abierto tu oficina aquí viajarás más a menudo a la ciudad.

—Entiendo —dijo Adam—. Tienes razón. Deberíamos echar tierra sobre el asunto. ¿Te ha contado algo?

—Sí, pero no sospecha nada —aseguré—. Piensa que fueron unos ladrones. Además, le he contado una historia muy creíble sobre mi caída en el baño. Estaba muy afectada y tenía mala conciencia. Pasamos una preciosa noche juntos.

—*Very good* —repuso Adam—. Entonces pronto seré tu padrino, ¿no? Me encantan las bodas.

—Es posible —contesté vaciando mi copa de un trago—. ¿Cuándo regresas a Londres?

—A finales de semana. Todavía tengo que arreglar unos papeles para la nueva oficina.

Cuando nos despedimos el mundo volvía a estar en orden. Aurélie y yo habíamos olvidado nuestra pequeña discusión. El odioso cocinero y el viaje de noche a Vétheuil eran ya cosa del pasado. En cualquier caso, Aurélie no volvió a decir una sola palabra más sobre Jean-Marie Marronnier. Y yo tampoco, naturalmente, no soy masoquista. La vida era otra vez como antes. Bella y tranquila. Como a mí me gustaba. Aurélie cocinaba en Le Temps des Cerises y yo hacía mi trabajo en la editorial. Fuimos a ver a mi madre a Neuilly y brindamos de nuevo por mi cumpleaños, nos reunimos un día con Bernadette y su marido en una comida que resultó muy distendida y divertida. Me llamó Artémise Belfond para la lectura en público de finales de abril y me dijo que la cantante de canción francesa había contestado afirmativamente. Pero eso fueron todos los grandes acontecimientos. Yo dormía en casa de Aurélie y por la mañana tomábamos juntos café con leche en las grandes tazas de desayuno azules antes de empezar el día. Todo iba bien, y mi nivel de adrenalina bajó a valores normales otra vez.

Pero pocos días después volvieron a torcerse las cosas.

Cuando Aurélie llegó a casa el viernes por la tarde —yo estaba cómodamente tumbado en el sofá de su casa, viendo la televisión y metiéndome en la boca un trozo de *baguette* con una generosa capa de queso Conté encima—, enseguida noté que algo iba mal.

Me saludó con un gruñido, empezó a ir de un lado a otro de la casa y a dar golpes mientras limpiaba las cosas del desayuno. Sonaba a reproche...; sí, claro, ya podía haberlas limpiado yo, llevaba toda la tarde en casa.

Luego volvió al cuarto de estar y se sentó en el sofá frente a mí. Me miró fijamente en silencio.

—¿Qué pasa? ¿Ha ocurrido algo en el restaurante? —Apagué la televisión, dejé el mando a un lado y me metí el último trozo de pan en la boca.

—No —respondió—. No ha ocurrido nada en el restaurante. Pero tenemos que hablar.

¿Tenemos que hablar? Me alarmé. No es una buena señal que una mujer te diga eso.

—¿Cómo que tenemos que hablar? ¿Qué ha pasado? —Seguí masticando la *baguette*.

—Esta tarde me he encontrado a tu amigo Adam Goldberg por casualidad.

—Bueno..., ¿y?

—¿No mencionaste que se había marchado a Londres después de la feria?

—Eh..., sí. Y se fue, por lo que yo sé —me apresuré a asegurar.

—No..., no se fue. —Su voz sonaba glacial. ¿Qué le había contado Adam? ¿No se habría ido de la lengua? Era demasiado listo para eso.

—Ah..., ¿no se fue? —repetí yo removiéndome incómodo en el sofá.

—No tienes que repetir todo lo que yo digo, André.

—No, no tengo que hacerlo. —Me reí. Mi inseguridad iba en aumento. ¿Qué sabía ella? ¿Se olía algo?—. Da igual si Adam está en París o no. No entiendo absolutamente nada, ¿a dónde quieres llegar, Aurélie?

—Ah, ¿sí? —se limitó a decir. Parecía furiosa. Me miró en silencio—. Y Adam no estaría contigo en Vétheuil por casualidad, ¿no?

—¿En Vétheuil? —Tal vez fuera solo una suposición. Adam jamás le habría contado nada. Lo mismo ella quería tenderme una trampa. No podía permitirme perder los nervios—. ¿Qué estás diciendo, Aurélie? ¿Qué iba a hacer Adam en Vétheuil?

Se puso de pie y cruzó los brazos.

—Mientes cada vez que abres la boca, André. Es lo único que sabes hacer, tendría que haberlo supuesto.

El resto de la noche fue espantoso. Espantoso para mí. Aurélie no paró de torturarme con sus reproches. Me contó que la noche en que estuvo con Marronnier en la cocina vio por un momento una cara en la ventana. Era igual que la cara de mi amigo. Al principio pensó que era una alucinación, en realidad Adam estaba en Londres. Pero cuando unos días después del incidente le vio por casualidad en la rue Bonaparte delante de la librería Assouline, tuvo una extraña sensación. Lo saludó y él le contó titubeando que estaba todavía en París porque había alquilado una oficina aquí. Parecía abochornado y de pronto le entraron prisas por marcharse.

—Y entonces le puse contra la pared —me explicó Aurélie.

Le dijo a Adam sin rodeos que había visto su cara aparecer por un momento en la ventana de la mansión de Marronnier. La caída, los gemidos de dolor, las dos figuras huyendo en la oscuridad y mi tobillo torcido... Eran demasiadas casualidades. Lo mismo debió de parecerle a Adam, que al final se rindió. Ese idiota podría haberme avisado al menos. ¿Qué clase de amigo era?

—Tal vez yo no lea libros eruditos como tú, pero no soy tonta. Fuiste a Vétheuil con tu superinteligente agente para espiarme. Es lo último, ¿sabes? ¿Confías tan poco en mí?

—Fue idea de Adam —grité desesperado.

—No, no fue idea de Adam. Algo tan idiota solo se te puede ocurrir a ti. ¡Cuando pienso que Marronnier podía haberos descubierto! ¿Sabes lo penoso que resulta todo esto? ¿Cuántos años tienes, André?

—Treinta y nueve —contesté, era la verdad.

—¡Ya lo sé, imbécil! —Estaba fuera de sí—. ¿Qué es lo próximo que tienes pensado? ¿Quieres controlar mi móvil o poner micrófonos ocultos en mi casa? ¡Adelante! Y encima me haces tener mala conciencia porque supuestamente te pasaste el fin de semana solo y con el tobillo roto, sin poder andar de lo mucho que te dolía. ¡Ha sido un numerito de lo más miserable, André!

Se fue al dormitorio y cerró la puerta de un portazo. Un instante después volvió a abrirla y me lanzó la ropa de cama.

—¡Estaba desesperado, Aurélie! —exclamé—. ¿Qué debía hacer? ¡Lo siento!

—¿Lo sientes? Oh. Dios. Mío. Puedes ahorrarte las disculpas. No digas nada más, ¿vale? —Volvió a cerrar la puerta del dormitorio de golpe.

¡Vaya, sí que estaba furiosa! Decidí que probablemente lo mejor fuera pasar la noche en el cuarto de estar, y observé con desconfianza el pequeño sofá, que estaba claro que era demasiado corto para mi estatura. Cuando poco después salí al pasillo y cogí el móvil, que seguía en el bolsillo de mi chaqueta, vi que Adam había intentado ponerse en contacto conmigo varias veces. Quería avisarme, pero yo tenía el teléfono en silencio. Mala suerte. No había oído sus llamadas. Y ahora ya era demasiado tarde.

Leí su mensaje con gesto serio.

«Aurélie lo sabe todo. Estás en un lío. ¡Saca la bandera blanca!».

Los días siguientes no fueron nada agradables. Yo me batí en retirada y ondeé la bandera blanca como un loco. Incluso me callé cualquier comentario acerca del hecho de que, según mi amigo inglés, Aurélie y el chef estaban sospechosamente juntos en la cocina cuando nosotros nos caímos. Pero Aurélie seguía furiosa. Consideraba que mi comportamiento había sido ridículo e inapropiado, aunque lo que más le molestó fue que al principio yo intentara negarlo todo. Aurélie no soportaba que nadie le mintiera. ¿Y quién no? Pero al final ganó su sentido del humor. Y de pronto pasó a reírse solo de imaginarnos a Adam y a mí rondando de puntillas alrededor de la casa y me dijo entre risas que Marronnier no debía enterarse nunca de que su propio novio estaba detrás del supuesto robo. Y entonces se abrió otro abismo en un nuevo frente.

El director de la editorial tuvo una idea.

Cuando Jean-Paul Monsignac anunció al final de una reunión que tenía una idea absolutamente genial, y lo hizo mirando hacia donde yo estaba, pensé que había tramado con Michelle Auteuil algo relacionado con mi nueva novela. Tal vez Robert Miller debería hacer una lectura en público en el restaurante de Aurélie Bredin. En el fondo habría sido una idea divertida, pero todavía no se le había ocurrido a nadie. El director editorial tenía otra cosa en mente.

Nos contó largo y tendido que durante una cena a la que había invitado a un buen amigo y a su mujer se le había ocurrido una idea brillante.

Se inclinó hacia delante y miró a su alrededor con sus despiertos ojos azules.

—Los franceses somos un pueblo amante de la literatura... —Hizo una pausa intencionada y levantó un dedo—. Y sabemos apreciar los placeres culinarios. —Se acarició la barriga—. He pensado que sería estúpido no tomarse un trozo del pastel. Por así decirlo, ja, ja, ja. En Éditions Opale podríamos publicar libros de cocina con gran éxito.

Los demás le miraron asombrados.

—¿Libros de cocina? —Michelle Auteuil frunció el ceño. La idea parecía gustarle tan poco como a mí.

—Sí. —Monsignac se rio—. No me lance una mirada tan crítica, madame Auteuil. Naturalmente, no me refiero a libros de cocina convencionales. Debe ser algo muy especial. Estoy pensando en un libro de cocina que combine cultura y arte culinario. Con bonitas imágenes, historias y recetas. —Se balanceó adelante y atrás en su silla entusiasmado—. ¿Se acuerdan de aquel libro de recetas de pasta de Maria Callas? Funcionó estupendamente.

—¿Quiere hacer un libro de cocina con una cantante? —preguntó Gabrielle Mercier mosqueada—. ¿Con Patricia Kaas tal vez? Me parece poco auténtico.

«Auténtico» era una de las palabras favoritas de Gabrielle Mercier. Una novela debía ser auténtica. De lo contrario no superaría la prueba de sus exigentes ojos de editora.

—Con lo delgada que era la Callas seguro que no cocinó un solo plato de pasta en toda su vida —dijo en tono de reproche—. Y no hablemos de comérselo.

—¡Bueno, qué más da! Además, era solo un ejemplo. ¿Por qué no me dejan hablar? —Monsignac apartó impaciente su comentario—. Yo pensaba más bien en un libro en el que se fusionen el arte y la cocina. —Se reclinó en su butaca—. En la cena antes mencionada conocí a un hombre muy interesante. Es cocinero, regenta un restaurante gourmet y ha estudiado la época impresionista en cuerpo y alma. Es un gran admirador de la pintura y el modo de vivir de esa época y además hace poco ha obtenido su primera estrella Michelin. Antes era jefe de cocina en otro restaurante con una estrella, ahora trabaja por su cuenta y parece tener mucho éxito. Este es nuestro hombre. —Levantó ambas manos en un gesto categórico—. Y ya tengo el título para ese libro genial... *Vivre comme Dieu en France. La bonne table des impressionnistes.* Y bien..., ¿qué les parece?

Volvió a mirar hacia donde yo estaba. Parecía interesarle mucho la opinión de su editor jefe, como es natural. En realidad, yo ya debía saberlo. Aunque probablemente no quisiera saber nada.

Miré al director con un mal presentimiento. Estaba ya harto de los cocineros con estrellas Michelin.

—Bueno, ese hombre no parece ser precisamente un Ducasse, ¿no? Ni siquiera un Jamie Oliver. ¿Quién iba a comprar un libro así y por qué? Si se trata de hacer un libro de cocina personalizado..., la gente quiere nombres. ¿Y qué es en realidad eso de... la cocina impresionista? Son pocos los pintores que cocinaban, ¿no? —observé en tono crítico—. Aparte de que nosotros no tenemos experiencia en el segmento de los libros de cocina.

—Venga, André, ¿dónde queda su fantasía? No piense de forma tan limitada. Es un proyecto magnífico. ¡Considérelo! Giverny, los jardines de Monet, *El almuerzo de los remeros, El bote en Giverny,* todas esas animadas pinturas y además las maravillosas recetas y algunas anécdotas. Serán auténticos volúmenes de lujo con los que el lector disfrutará en cuanto empiece a hojearlos. No solo el sector del libro valorará estas ediciones, las tiendas de los museos también las recibirán encantados. No serán libros de cocina normales. Son, si usted quiere, libros de cocina emocionales que narran historias. Que muestran un proyecto vital. Que dan vida a las pinturas. Y con las recetas se lleva uno esos estados de ánimo a casa. Es genial, es grandioso. Ya lo puedo ver todo ante mí.

Monsignac me miró como si se le hubiera aparecido la Virgen.

—¿Libros de cocina emocionales? —dije yo—. Es una broma, ¿no? —Miré alrededor esperando que alguien me apoyara.

—Bueno, a mí me parece una idea excelente —se atrevió a decir Florence Mirabeau—. Cocinar es siempre algo emocional cuando se hace con amor. A mí ya se me ocurren tres personas a las que podría regalar un libro así.

—Y exactamente así debería ser —exclamó el director entusiasmado.

—Podría funcionar —se sumó también Michelle Auteuil—. Sería algo original. Diferente. Al menos no se me ocurre que exista nada comparable en el mercado. —Se colocó bien las gafas y empezó a hacer anotaciones en su Filofax, señal inequívoca de que el proyecto le parecía interesante—. ¿Qué edad tiene el cocinero? ¿Se le puede sacar buen partido en la prensa?

—Alrededor de cincuenta, quizá algo menos. Tiene un aspecto serio. Un hombre culto con un gusto exquisito. Un bombón, para no salirnos del tema. En su restaurante también se pueden hacer unas magníficas fotos. Y, si la cosa marcha bien, podríamos sacar toda una colección. —Monsignac estaba lanzado. Adoraba los proyectos que podían convertirse en una colección.

—Aunque cada uno de esos libros debería ser *unique*, naturalmente —siguió tirando del hilo Gabrielle. Ya no parecía tener ningún inconveniente con la idea. Si entraba en juego el arte volvía a subirse al barco.

Monsignac asintió con benevolencia.

—¡Por supuesto!

Miré por la ventana y carraspeé sin disimulo. Al parecer, era el único que ponía barreras al entusiasmo del director editorial.

—Todas esas ideas están muy bien —dije—. Pero fracasarán al ponerlas en práctica. Pues si de algo estoy seguro es de que los cocineros no saben escribir.

—Es posible, pero tampoco tienen por qué saber escribir. El cocinero le entregará a usted sus recetas, usted le da forma a todo, añade algunas historias bonitas y elige unas imágenes. *Et voilà...*

Los ojos de Monsignac miraban por encima de sus gafas buscando aprobación.

—¿Por qué yo? Soy la persona equivocada. —Me eché hacia atrás y abrí los dedos sonriendo.

—No, André, es usted la persona indicada. En primer lugar, porque su novia es cocinera y así tiene usted a una experta a su lado y, en segundo lugar, porque usted ya conoce al cocinero... o al menos conoce su nombre. Se trata del dueño de ese restaurante que fue confundido con Le Temps des Cerises..., Jean-Marie Marronnier, de Vétheuil, ¿se acuerda?

¡Que si me acordaba! Noté que se me subía toda la sangre a la cara.

—¡Por encima de mi cadáver! —exclamé.

Me opuse con uñas y dientes a ese proyecto. El cocinero de Vétheuil me perseguía como una maldición. Primero en casa, ahora también en la editorial. Aurélie, que no creía en las casualidades, seguro que habría dicho que todo eso no podía ser una casualidad. Pero yo no le conté nada del nuevo acontecimiento, que me inquietaba y me sacaba de quicio al mismo tiempo. Ese tipo era realmente el azote de los Cárpatos. ¿Es que no podía desaparecer sin más de nuestro planeta e instalarse en la luna con su original cocina de una estrella? ¿Era realmente tan original?

—¿Por qué estás de tan mal humor, *chéri?* —quiso saber Aurélie.

—Bah, olvídalo —respondí—. Monsignac nos tortura ahora con otra de sus maravillosas ideas. Cree que la editorial debería publicar también libros de cocina. —Solté un profundo suspiro.

—¿Libros de cocina? ¡Oh, Dios mío! —Me dio un pequeño toque y se rio divertida—. Es una idea realmente genial. ¿Voy a tener ahora más competencia?

—No, si yo puedo evitarlo —contesté.

Pero no lo pude evitar.

Me pasé horas discutiendo el tema con el director y exponiéndole un argumento tras otro de por qué ese proyecto estaba abocado al fracaso. Como es lógico, no le confesé el verdadero motivo de mi escepticismo.

Pero Monsignac solo se rio de mí.

—No sea tonto, André. Una editorial también debe explorar nuevos caminos. Quedarse parado es retroceder, eso lo sabe usted tan bien como yo. ¿Qué le ocurre? ¿No tiene ganas de innovar un poco?

—Pero ¿por qué debe consistir la innovación en un libro de cocina precisamente? —objeté—. Quiero decir..., excepto en Vétheuil, ese jefe de cocina no le interesa a nadie.

—¿No ha entendido usted el proyecto o es que no quiere entenderlo, André? Si ese hombre es una celebridad o no es algo irrelevante para nuestro libro. Estamos creando un concepto totalmente nuevo. Y ya se me ha agotado la paciencia. *Terminé!* He invitado a Marronnier a la editorial a comienzos de la semana que viene para hablar con él. Puede anotar ya la cita en su agenda: el lunes, a las cuatro. Aquí, en mi despacho.

Me hizo un gesto de despedida con la cabeza. Yo me marché y me refugié en mi oficina. No me hacía demasiada ilusión reunirme con ese cocinero. Que tuviera que ocuparme precisamente yo de su libro era toda una ironía del destino. ¿Qué había hecho para merecer aquello? Marronnier ya me había complicado bastante la vida. En algún momento tenía que acabar.

Hojeé de mal humor en mi Rolodex y busqué el número de teléfono de la agencia de Adam para contarle mis penas.

—Monsignac quiere hacer un libro de cocina. Y adivina con quién.

—Ni idea. ¿Con Aurélie?

—Eso estaría muy bien. No, con nuestro amigo de la gran mansión.

—¿Marronnier?

—Acertaste. Y ahora viene la pregunta del millón de euros: ¿quién debe encargarse de hacer ese libro con el gran cocinero?

—¿Tú? —Adam se echó a reír—. ¡Oh, Dios mío! —exclamó—. *How very funny!* Es realmente divertido, André, tienes que reconocerlo. No puedes librarte de ese tipo. ¿Qué ha pasado? ¡Vamos, ríete un poco!

—Ja. Ja. Ja —contesté—. Cuando te hayas calmado te lo contaré.

Y eso hice, contárselo con todo detalle.

—Me horroriza la reunión del próximo lunes —dije—. No puedo hacer un libro con ese cocinero. ¡Odio a ese tipo! Saldrá todo mal. El lunes diré que estoy enfermo.

Adam me aconsejó que me tranquilizara. Yo ya no podía ni escucharle. Me sentía como en la Antártida.

—Hazme un favor *and be cool,* André —me suplicó, y puse los ojos en blanco—. Yo en tu lugar haría como que me interesa el asunto. Ve a la reunión. Habla con ese tal Marronnier. Obsérvalo. Escucha lo que tiene que decir. De ese modo podrás averiguar qué tipo de persona es. Y es él quien va a ir a la editorial. Tú tendrás la ventaja de jugar en casa. Eso está muy bien.

—Bueno, vale —repuse.

—Ya lo sabes: si no puedes vencer a tu enemigo, únete a él y abrázale.

—Una idea horrible —observé, y los dos nos reímos.

Colgué y decidí poner al mal tiempo buena cara. No me quedaba otra. Aunque tal vez hubiera una forma de ganar a ese experto en cucharas de palo. Le iba a hacer hincar la rodilla. Le demostraría quién tenía allí la última palabra. Yo sería el despiadado editor que se iba a ocupar de su libro, un libro que, según me juré a mí mismo, jamás vería la luz.

Para ir adelantando: el encuentro con Marronnier fue un desastre. Sobre todo porque ocurrieron algunos hechos imprevistos que solo empeoraron las cosas. Las empeoraron para mí, para ser más exactos.

Todos los demás estaban de acuerdo en que yo había mostrado un comportamiento inadmisible.

Para empezar, el cocinero llegó más de media hora tarde. Estábamos en el despacho del director comentando posibles opciones para el libro. Yo no paraba de mirar el reloj.

—Dios mío, ¿dónde se habrá metido?

Monsignac permanecía tranquilo.

—Estará en un atasco —supuso.

—Si se sale con tiempo se llega puntual a los sitios —señalé—. No es la primera vez que viene a París.

Después de veinte minutos me puse de pie.

—No tengo ganas de seguir esperando —declaré—. Donde yo me he criado la gente es puntual. Avísenme cuando llegue monsieur Marronnier.

Monsignac levantó las cejas sorprendido, y yo me marché a mi despacho y empecé a revisar mis correos electrónicos. La Feria del Libro de Londres se iba a celebrar pronto y tenía mucho trabajo.

Vi que tenía un mensaje de Aurélie en el móvil. Me proponía hacer algo juntos esa noche. Tenía ganas de salir. Estaba dando una vuelta por la ciudad y podía recogerme.

«Una idea genial», le contesté. «A las siete y media seguro que he terminado aquí. Luego hablamos».

Dejé el móvil a un lado y volví a centrarme en mi ordenador. Una editorial me había enviado un PDF, *La chica del vestido verde,* una novela iniciática de la que ya había oído hablar. Podía ser un gran éxito, según se decía. Ahora tenía el manuscrito, y una actriz inglesa que estaba de moda había dado su entusiasta opinión. «Una maravillosa novela que no querrías que acabara nunca». Sonreí. Había oído muchas veces esa frase. En realidad aparecía en una de cada dos cubiertas.

Pinché en el PDF y me sumergí en la lectura. La novela estaba bien escrita y empezaba de un modo prometedor. Enseguida quedé cautivado por la historia de la quinceañera Amy, que escucha en el metro de Londres una conversación que no está pensada para sus oídos.

Mi jefe me había enseñado que había que ser rápido y sacar enseguida del mercado un buen libro mediante una oferta atractiva. Solo en casos excepcionales hacíamos grandes ofertas, por eso me había acostumbrado a, en la medida de lo posible, revisar los manuscritos en cuanto entraban en mi correo. A menudo bastaban unas páginas para ver si un libro tenía potencial. Yo leía un poco del comienzo, de la parte central y, naturalmente, del final, y si las pruebas eran buenas examinaba el texto completo o se lo pasaba a nuestro experto. Este método de trabajo lo había aprendido del director editorial. Jean-Paul Monsignac estaba firmemente convencido de que un libro bueno debe serlo en todas sus páginas.

Cuando ya había leído los dos primeros capítulos sonó el teléfono. Era madame Petit, avisándome de que la visita había llegado.

—Aaah, entre, André, entre usted —exclamó Jean-Paul Monsignac cuando llegué a su despacho con una incómoda sensación.

Monsignac estaba sentado en su tresillo; frente a él, de espaldas a la puerta, estaba sentado el enemigo.

Jean-Marie Marronnier se levantó y se volvió hacia mí. Una ligera sonrisa se insinuó en su boca cuando me miró y se apartó el pelo con la mano.

Yo le observé fijamente. Así que aquel era el tipo a quien Aurélie había servido el *Menu d'amour* en su restaurante. Por desgracia, Marronnier tenía mejor aspecto en persona que en las fotos del folleto publicitario de sus cursos. Había cambiado la chaqueta blanca de cocinero por una combinación de pantalón de pana y americana. No parecía un cocinero.

—Le presento... a mi editor jefe, André Chabanais. Y este es Jean-Marie Marronnier, el magnífico cocinero de Vétheuil.

—Bueno, tan magnífico tampoco —dijo Marronnier haciendo un gesto de rechazo con la mano. Enseguida noté malas vibraciones.

—Encantado —saludé escuetamente, y nos dimos un breve apretón de manos.

Cuando ya estábamos todos sentados entró madame Petit. Traía una bandeja con unas tazas, café y un plato con pastas. Dejó todo sobre la mesa de tresillo y observó a Marronnier con abierta curiosidad y sin olvidarse de servir el café.

—¿Cómo toma el café, monsieur Marronnier?

—Con un poco de leche y azúcar —contestó el cocinero, y madame Petit sonrió encantada.

¡Dios mío, qué patético!

—Para mí, solo, como siempre —dije bruscamente.

—Gracias, madame Petit. —Monsignac cogió el azucarero y le hizo una seña a su secretaria. Madame Petit desapareció.

—Y bien, monsieur Marronnier, me alegro mucho de que podamos contar con usted para este bonito proyecto.

Marronnier dio un sorbo a su café.

—Yo también me alegro. Es mi primer libro de cocina y siento mucha curiosidad.

—Eso está bien, monsieur Marronnier. Como ya le conté por teléfono, tenemos pensado algo muy especial...

Mientras mi jefe describía con gran optimismo el libro de cocina que tenía en mente y le aseguraba a monsieur Marronnier que conmigo estaría en las mejores manos —«André Chabanais se ocupará de todo, solo necesitamos las recetas y un poco de *input* por su parte»—, yo observaba al cocinero de reojo. Tenía un bonito perfil y se expresaba con propiedad. Y parecía estar muy orgulloso de su restaurante. Y de ser el alma gemela de Claude Monet, por supuesto.

—Sabe, cuando se vive en Vétheuil es inevitable conectar con Monet y los impresionistas. Se los encuentra uno casi en cada esquina. —Su brazo colgaba con desenfado por el respaldo del sillón de terciopelo azul claro—. Su idea de juntar en un libro mis recetas y el impresionismo me parece absolutamente maravillosa. —Sonrió—. No es otra cosa que lo que yo hago en mis cursos de cocina.

—Quizá podría explicar usted también el concepto de su cocina —le animó Monsignac.

Marronnier empezó a desvariar sobre la cocina impresionista, que evidentemente consideraba que era una invención suya. Yo fingí interés, me aburrí como una ostra y me serví tres cafés más.

Una vez que hubimos hablado de la estructura del libro y el posible material gráfico llegó la hora de acordar el título.

—¿Qué le parece *Vivre comme Dieu en France. La bonne table des impressionnistes?* —preguntó Monsignac ansioso.

—Me parece francamente bien —respondió Marronnier.

—Pues a mí el título me parece algo equívoco —opiné yo—. Si lo he entendido bien, usted en su cocina solo hace referencia a Monet. ¿O son sus... conocimientos sobre otros impresionistas igual de amplios?

Marronnier me miró sorprendido.

El director se rio.

—Bueno, André, no vamos a ser ahora más papistas que el papa, ¿no? El título simplemente debe sonar bien.

—¿Qué les parece *El tiempo de las cerezas?* Así es como se llama también su restaurante, ¿no?

Marronnier asintió.

—Sí. Detrás del restaurante hay un gran jardín de cerezos. Lo plantó mi bisabuelo. De ahí el nombre.

Yo asentí. Hacía mucho que lo sabía.

—*Le Temps des Cerises.* Tampoco está mal —opinó Monsignac, que todavía seguía prefiriendo su título—. Tal vez demasiado general, ¿no? ¿No es en esa canción en lo primero que se piensa? —reflexionó un momento—. Bueno, el título podemos decidirlo más tarde. Irá saliendo durante el trabajo de edición.

—¿Y eso es lo que haré... con usted? —preguntó Marronnier mirándome.

—Eso parece —respondí. Parecía una amenaza.

—No podría encontrar mejor editor para su libro —intervino Monsignac—. André es, por así decirlo, un experto en la materia. Su novia también tiene un restaurante.

—Ah, ¿de verdad? —Marronnier levantó las cejas sorprendido. No tenía ni idea de a quién tenía delante. Todavía. Pero mi jefe iba a decírselo enseguida.

—Sí, y aún hay más: su novia es la propietaria del Le Temps des Cerises de París. —Sonrió satisfecho—. Vaya casualidad, ¿no? Siempre lo digo: el mundo es un pañuelo.

Miré fijamente a Marronnier, que apenas podía contener su sorpresa. Sus ojos titilaron brevemente.

—No puede ser —repuso al fin—. ¿Es usted el novio de Aurélie Bredin? ¿Por qué no me lo ha dicho antes?

—Porque no me lo ha preguntado.

Se echó a reír.

—¿Es usted el hombre de los libros?

—Así es. —Lo miré con dureza—. ¿Qué le resulta tan divertido?

—Discúlpeme, pero me lo había imaginado distinto. Mademoiselle Bredin me ha hablado mucho de usted.

—Ah, ¿sí? ¿Qué le ha contado Aurélie sobre mí?

—Me dijo que era usted escritor.

—Y lo soy —repliqué—. Soy escritor y editor. Bueno, puede resultar confuso para alguien que no conoce el sector del libro.

—Realmente sorprendente —opinó Marronnier—. Espero que pueda compaginar bien todo.

Pasé por alto la indirecta.

—Aurélie también me ha hablado mucho de usted —dije fríamente. Aunque me habría gustado decir: «Lo sé todo, canalla».

—Espero que solo le haya contado cosas buenas. —Sonrió con prepotencia—. Hace poco salvé a su encantadora novia de morir congelada.

—Sí, y al parecer no solo eso. Aurélie me ha contado que ha tenido usted la amabilidad de ofrecerle el puesto de *sous-chef* en su restaurante. —Sonreí con rabia—. Pero ya puede olvidarlo. Aurélie jamás dejaría su restaurante. Además, Vétheuil le gusta tan poco como a su mujer. París es siempre París.

—Bueno, creo que se equivoca, monsieur Chabanais. Vétheuil le parece a mademoiselle Bredin un lugar encantador.

Habíamos desenterrado el hacha de guerra, y Monsignac ya no nos seguía.

Nos miraba a uno y a otro irritado.

—¿Conoce usted ya a mademoiselle Bredin? —preguntó desconcertado.

—¡Oh, sí! —respondió Marronnier—. La conozco muy bien. Una persona totalmente encantadora. Y una cocinera fabulosa. Nos conocimos por el error en la concesión de la estrella Michelin y al final ha resultado todo muy divertido.

Volvió a sonreír, y a mí me habría gustado retorcerle el cuello. Todavía me acordaba perfectamente de sus gritos por teléfono.

—Bueno, en aquel momento no parecía usted tan contento.

Él ignoró mi comentario y se dirigió solo a Monsignac.

—Desde entonces mademoiselle Bredin ha venido varias veces a Vétheuil. Y yo también tuve el placer de cenar en su restaurante. Me gustaría mucho que pudiera colaborar con nosotros en el libro. Seguro que sería muy enriquecedor. Solo si monsieur Chabanais está de acuerdo, naturalmente.

—Me temo que tendrá que contentarse conmigo —dije—. Aurélie no tiene tiempo.

—Lástima.

La tensión que se había ido extendiendo por el despacho no le pasó desapercibida a monsieur Monsignac. Trató de calmar los ánimos y me lanzó una mirada de advertencia que quería decir que no ahuyentara a su nuevo autor.

—Bueno, ya encontraremos una solución. Está bien que todos se conozcan, eso hará mucho más fácil el trabajo en común —observó.

Pero nada estaba bien. La conversación posterior se vio salpicada de pullas e indirectas, y Monsignac acabó por no entender absolutamente nada. Intentaba mediar cada vez que Marronnier y yo discutíamos cualquier pequeño detalle. Las maneras frías y prepotentes del cocinero eran una provocación para mí, que cada vez me mostraba más intolerante y enojado. Marronnier y yo marcamos nuestros límites. En realidad se trataba de algo muy distinto a un libro de cocina. Pero eso no podía saberlo el pobre Monsignac.

—¿Qué le ocurre, André? Contrólese —susurró cuando Jean-Marie Marronnier recibió una llamada y se disculpó un momento. Yo guardé silencio ofendido. Y cuando el cocinero volvió al despacho, el director propuso algo que empeoró aún más las cosas.

—Creo que tras esta intensa discusión nos merecemos un pequeño refrigerio —dijo en un tono que no admitía negativa alguna—. Propondría que vayamos juntos a cenar. Al Au 35, está a unos pasos de aquí. ¿Y bien? ¿Nos hace el honor, monsieur Marronnier?

—Con mucho gusto. —Marronnier sonrió. Ese tipo era un buen actor. Seguro que tenía tantas ganas de prolongar la velada como yo. Todo cambió de golpe cuando abandonamos la editorial y una joven con el abrigo abierto vino corriendo a nuestro encuentro. Llevaba un vestido rojo y su larga melena color miel flotaba en el aire tras ella como la cola de un cometa. Me vio en la entrada de la editorial y nos saludó con la mano. Su boca esbozó una sonrisa.

Era Aurélie. ¡Lo que faltaba! Se me había olvidado por completo que había quedado en recogerme en la editorial.

—¡Mademoiselle Bredin! —El cocinero estaba visiblemente entusiasmado de volver a ver a su joven discípula—. ¿Qué hace usted aquí? ¡Qué maravillosa sorpresa!

¿Era una sorpresa? De pronto una malvada voz me susurró al oído que tal vez Aurélie ya sabía que el cocinero iba a ir a la editorial cuando me propuso pasar a recogerme.

Aurélie sonrió con timidez. Estaba muy guapa con ese vestido rojo.

—Venía a recoger a André. —Se apartó el pelo y sus pendientes de perla bailaron en el aire.

Yo le pasé el brazo por el hombro, dije «*Salut, chérie*» y le di un beso para marcar el territorio.

Aurélie dijo «*Bonsoir*» y miró alrededor sonriendo.

—Pero ¿qué hace usted aquí, monsieur Marronnier?

—Monsieur Marronnier va a publicar un libro de cocina con nosotros —le informó el director.

—Ah, vais a sacar un libro de cocina con él —dijo Aurélie. Me miró asombrada—. Vaya sorpresa. ¿Os conocéis?

—¿Cómo que sorpresa?

Y allí estábamos todos en la calle, cada uno sorprendido por una cosa, mirándonos confundidos.

Me encogí de hombros.

—Bueno, al parecer aquí se separan nuestros caminos —comenté—. Yo ya tenía una cita. —Les hice a los dos una seña con la cabeza y agarré a Aurélie. Que el jefe cenara con ese cocinero.

—¡No, no! —Monsignac alzó las manos pidiendo calma—. ¡Espere, André! —Se volvió hacia Aurélie—. Llevamos toda la tarde hablando sobre el proyecto del libro de cocina y ahora íbamos a tomar algo. Está usted cordialmente invitada a acompañarnos. —Miró a Marronnier, que observaba a Aurélie con admiración—. Seguro que monsieur Marronnier no tiene nada en contra, ¿verdad?

Era una pregunta retórica.

—¡Claro que no, al contrario! Estaremos, por así decir, *en petit comité*.

Marronnier se rio, y Monsignac también. Aurélie me cogió del brazo y mostró una sonrisa incierta. Yo torcí el gesto.

Mientras nuestro pequeño grupo recorría los pocos pasos que había hasta el restaurante de la rue Jacob, en el que siempre había una mesa para el director porque era amigo del chef desde hacía muchos años, me asaltaron los peores temores. No había que ser un profeta para saber que la noche no iba a acabar bien.

Dos horas después abandoné el restaurante indignado. Ni siquiera pude aguantar hasta el postre. Fue un desastre.

No solo me sentí enseguida al margen en los temas del arte y la cocina, sino que además Aurélie me dejó en la estacada al asegurarle a Marronnier que el libro de cocina era una idea maravillosa y que le encantaría colaborar en él si podía ayudar en algo.

Cuando la conversación llegó al supuesto Monet que el cocinero tenía colgado en su restaurante y Marronnier nos dio la charla de lo mucho que se parecía ese cuadro a una obra de juventud del famoso pintor, y todos escuchaban con atención a ese fanfarrón de Vétheuil, ya no aguanté más.

—Si está tan convencido de que ese cuadro es auténtico, ¿por qué no hace que lo estudien en vez de cansarnos con sus especulaciones?

Aurélie soltó los cubiertos y me miró enfadada, pero yo ignoré su mirada.

—En mi opinión no tiene ningún sentido hablar de un falso Monet durante horas, ¿no? —proseguí, y de pronto noté cómo Monsignac, que estaba sentado a mi lado, me ponía una mano en el muslo para prevenirme. ¿Qué les pasaba a todos? ¿No veían que ese tipo que se creía un coleccionista de arte no era más que un horrible fanfarrón?

Marronnier se reclinó en su silla.

—Veo que es usted un joven impaciente, monsieur Chabanais. Quiere saberlo todo con exactitud, ¿no? —Me miró y sonrió con displicencia—. A veces el encanto de una cosa reside precisamente en que oculta un misterio.

—Me temo que no comparto todas esas tonterías de sus misterios. Si yo tuviera un Monet colgado encima de mi sofá lo sabría —insistí.

—Bueno, cada uno puede hacer lo que quiera —intervino Monsignac con diplomacia, y volvió a apretarme el muslo en señal de aviso—. Cada persona es diferente, *chacun à son goût,* ¿no? —El director trataba de tender un puente—. Pero, si le interesa resolver el misterio, un buen amigo mío es experto en arte en Sotheby's aquí en París, vive como usted en Le Vésinet. Sébastien Fouroux, tal vez le conozca. Él podría echar un vistazo a su cuadro. Reconozco que ha conseguido usted que también yo sienta ahora curiosidad, monsieur Marronnier. Toda esta historia es sencillamente demasiado buena. ¡No quiero ni pensar si realmente tiene usted razón con sus suposiciones! ¡Volveríamos a brindar todos juntos!

Todos se rieron, y mi maniobra de perturbación quedó olvidada.

Marronnier habló entonces de su bisabuelo, el plantador de cerezos, y, por supuesto, la conversación recayó forzosamente en su legendaria creación, el corzo con *griottes* que todos los que estaban sentados a la mesa —menos yo— habían probado y que tenía que aparecer sin falta en el maravilloso libro de cocina.

Mostré abiertamente mi aburrimiento. Dios santo, a mí me gustaba comer, pero no había que convertir la comida en una religión. En algún momento me resigné, y mientras los demás charlaban animadamente me bebí una copa de vino tinto tras otra y me quedé cada vez más callado. Solo cuando la conversación se centró en las fotos que había que hacer no solo del Le Temps des Cerises de Vétheuil, sino también de la casa de Monet en Giverny, se me aguzó el oído.

—¡Oh, sí! —exclamó Aurélie. Tenía las mejillas rojas por el vino—. Sería perfecto. La casa de Monet es realmente preciosa con su porche verde y todas esas flores, y cuando estás en el puente japonés y ves todos los nenúfares es como si estuvieras en el paraíso. —Sus ojos brillaron y Marronnier asintió. Hablaba como si hubiera visto los jardines de Monet en persona. Algo no encajaba.

—Pero tú no has estado en Giverny —señalé.

Ella bajó la mirada.

—Sí que he estado —murmuró.

—Ah, ¿sí? —pregunté desconcertado—. ¿Cuándo?

Ella carraspeó.

—El domingo, cuando hice el curso de cocina. El curso terminó a mediodía y monsieur Marronnier tuvo la amabilidad de enseñarme los jardines.

Tardé un rato en asimilar lo que había oído.

—Era una ocasión única —dijo Marronnier acudiendo en su ayuda—. Habría sido un delito no aprovecharla. Los jardines estaban cerrados por obras, pero yo tenía una llave y pude ofrecerle a mademoiselle Bredin una visita guiada privada. Tuvimos los jardines de Monet para nosotros toda la tarde. Fue verdaderamente idílico. —Sonrió a Aurélie, que estaba sentada a su lado, muy cortada, jugueteando con su servilleta.

Miré fijamente a Marronnier y noté cómo me iba acalorando. ¡Mientras yo estaba gravemente herido en casa mi futura mujer paseaba con ese insoportable cocinero por los jardines de Monet! No podía ver su sonrisa fingida ni un segundo más.

—¡*Mon Dieu*, sí que es usted afortunado! Y usted también, mademoiselle Bredin. Debe de haber sido un sueño —exclamó Monsignac con toda su inocencia. ¿Qué sabía él de las miserables maniobras de su nuevo fichaje?—. A mí también me gustaría poder hacer una visita privada alguna vez. ¿Cree usted que se podría organizar una durante el proyecto del libro?

Marronnier sonrió halagado y aseguró que vería lo que podía hacer. Quizá en verano, momento en el que florecían los nenúfares y sería ideal para hacer las fotos para el libro de cocina.

—Podríamos ir todos juntos a Giverny —propuso con descaro.

Me puse de pie tan bruscamente que la pequeña mesa de madera se tambaleó.

—No cuenten conmigo —dije—. Abandono el juego. No voy a quedar en ridículo. ¿Sabe una cosa, monsieur Marronnier? Haga usted su estúpido libro de cocina con quien quiera. Pero no conmigo. Ya estoy harto.

Cogí mi chaqueta, le lancé una mirada furiosa a Aurélie y me precipité fuera del restaurante.

Recorrí enfurecido la rue Jacob, de frente venía un hombre con un perro, me enredé en la correa y estuve a punto de caerme, lo único que me faltaba.

—¡A ver si mira por dónde va con su chucho! —grité. El perro empezó a ladrar, y cuando pasaba por delante de

Ladurée con grandes zancadas oí la voz de Aurélie. Corría tras de mí y yo aceleré el paso.

—André —gritó—. André..., ¡para de una vez, por favor! ¡Quiero explicártelo todo! —Su cara apareció a mi lado. Casi sin aliento, trataba de seguir mi paso—. ¡Fue un paseo, nada más!

Me agarró el brazo con fuerza, y yo me detuve.

—Si fue solo un paseo, ¿por qué no me lo contaste? —pregunté furioso.

—Porque... —Me miró con gesto suplicante—. Porque te habrías enfadado de todas formas.

—¿Esa es tu respuesta? —Me tambaleé levemente y noté cómo me invadía una oleada de rabia—. ¿Que yo me habría enfadado? Sí, estoy enfadado, y con razón. ¿Sabes una cosa? Vuelve con tu cocinero y déjame en paz. No tengo ganas de seguir contigo ni con tus mentiras. —Entonces se me ocurrió una cosa más—. Tú estabas al tanto de que Marronnier venía hoy a la editorial, ¿verdad? Por eso querías pasar a recogerme. —Retrocedí un paso y solté una risa amarga. La supuesta claridad que a veces proporcionan unas copas de vino me había permitido captar la situación—. ¡Exacto! Debo decir que estaba bien tramado, Aurélie. Esto se pone cada vez mejor.

Me miró dolida.

—Estás borracho, André —respondió—. No seas ridículo. Vuelve al restaurante, o déjalo ya.

—Ya lo he dejado, ¿es que todavía no lo has entendido?

Me deshice de su brazo con rabia y seguí andando por la calle. Y, cuando en la primera esquina me volví a mirar, Aurélie se había ido.

Al día siguiente me desperté con dolor de cabeza. Me había quedado dormido. Era mediodía y tenía una buena resaca. Entre gemidos, me dirigí a la cocina tambaleándome y me preparé una buena taza de caldo instantáneo. Aurélie no estaba. En el móvil vi un mensaje en el que me decía que esa noche prefería dormir en su casa. Que mi comportamiento le había parecido inadmisible. Que hablaríamos cuando estuviera sobrio.

Llamé a la editorial y dije que los dos próximos días iba a estar enfermo. Luego puse el móvil en modo avión, me tapé la cabeza con la manta y me pasé el día durmiendo. ¡Que me olvidaran todos!

Cuando dos días más tarde aparecí en la editorial todos me miraron raro. Era evidente que mi escenita del Au 35 había corrido como la pólvora. El director se había atrincherado en su despacho y no quería hablar con nadie, Gabrielle Mercier estaba reunida con alguien y tenía la puerta cerrada, y Michelle Auteuil se limitó a arquear las cejas en un gesto de desaprobación cuando me crucé con ella en el pasillo y me dijo de pasada:

—Bueno, André, cada uno hace el ridículo como puede, ¿verdad?

Fui a secretaría a recoger mi correo, pero madame Petit tampoco estaba muy habladora. Levantó brevemente la mirada cuando le di los buenos días y luego sacudió la cabeza suspirando antes de volver a sumergirse en el *Elle*.

—¿Hay café? —pregunté, pero ella no me ofreció una taza, solo me señaló la vieja máquina de café que borboteaba en un rincón. Así que, malhumorado, retiré la jarra de la placa calefactora y me serví yo mismo una taza—. ¿Y? ¿Ha llamado ya mi madre? —añadí para hacer una pequeña broma. Pero madame Petit no estaba para chistes. Examinó con cuidado el botón de su blusa, que se tensaba de forma alarmante sobre su pecho.

—No —contestó, y pasó una página—. No se preocupe, podrá usted trabajar sin que nadie le moleste. Es lo que siempre quiere, ¿no?

Ese día no me molestó nadie. Ni siquiera me llamó Aurélie. Era evidente que todos me habían declarado *persona non grata*.

Por la tarde alguien llamó tímidamente a mi puerta.

—¡¿Sí?! —dije.

Era Florence Mirabeau, mi única aliada en ese tugurio que se hacía llamar editorial.

—¿Y? ¿Todo bien? —le pregunté.

Ella dio unos tironcitos a su minifalda de flores y me dirigió una mirada compasiva.

—Es lo que quería preguntarle, monsieur Chabanais.

—Sí, todo bien..., excepto el silencio sepulcral que reina aquí. ¿Queda alguien vivo? —Sonreí, y ella me miró muy seria. Luego se sentó en la silla que había ante mi escritorio.

—Debe prestar atención, monsieur Chabanais. El director está muy enfadado. Ayer estuvo preguntando por qué no había venido usted a la editorial. Dijo que se había comportado de un modo inadmisible durante la cena con Marronnier y que su vergonzosa actuación iba a tener consecuencias. —Me miró preocupada—. ¿Qué le ocurrió?

—Nada. Solo dije lo que pensaba —repliqué de mala gana—. Uno puede dar su opinión, ¿no?

—Bueno —repuso Florence Mirabeau—. Pero el tono hace la música. Quizá debería hablar usted con el director. En todo caso, ya le ha encargado el proyecto del libro de cocina a Gabrielle Mercier. La reina lleva dos días reunida con ese gran cocinero en su despacho. Bueno, ya sabe cómo es. —Florence Mirabeau sonrió con gesto conspirativo. Al parecer encontraba el asunto en cierto modo divertido—. Esta noche va a ir con él al Procope y luego él se largará.

Pensar en Marronnier volvió a ponerme de mal humor.

—Me parece muy bien —gruñí—. Cuanto menos tenga yo que ver con ese cocinero, mejor. ¡Ojalá se les atragante a esos dos su cena gourmet!

—Hummm. —Florence Mirabeau me miró, y sus grandes ojos reposaron en mí pensativos—. No me gustaría ser indiscreta —continuó—. Pero ¿qué pasa entre usted y monsieur Marronnier?

Florence Mirabeau siempre había sentido una cierta debilidad por mí, yo lo sabía. Pero también era muy sensible y enseguida se ofendía si uno le hablaba mal porque tenía un mal día. Mi ayudante ya me había sufrido en mis peores momentos durante los dos últimos años, pero, como una vez le compré una tarta de frambuesa en Ladurée para disculparme, ahora me llevaba inmerecidamente en su corazón. Entretanto se había echado un novio, un joven y prometedor abogado que también le había regalado el Mini rojo. Ahora estaba más segura de sí misma. En todo caso, ese día no se dejó asustar por mi cara de mal humor.

—No querrá saberlo. —Hice un gesto de negación con la mano.

—Sí, claro que quiero —insistió ella—. Tiene que haber un motivo por el que ese tipo le cae tan mal.

Vi cómo su preciosa carita se teñía de pronto con un toque de rosa.

—¿No me lo va a contar? —volvió a preguntar.

La tentación era muy grande. Y así le vacié mi corazón a mi ayudante favorita. Resumí a grandes rasgos los acontecimientos de las últimas semanas y le hablé del cocinero con una estrella Michelin que había surgido de la nada y ahora se había interpuesto entre Aurélie y yo.

—Lo hace con tal habilidad que al final el que queda como un idiota siempre soy yo. Y todos se dejan engañar por él, incluso Aurélie. Y eso que al principio le parecía un tipo odioso. —Suspiré y sacudí la cabeza—. No sé lo que ha ocurrido. Ese tío la ha cambiado por completo. En algún momento se alejará de mí. Le parece atractivo, me lo dijo ella misma. Creo que ha estado en Giverny con él en secreto. Cada poco discutimos por culpa de ese tipo, y yo me pregunto qué está pasando a mis espaldas.

—Lo mismo pasa mucho menos de lo que usted piensa —opinó mademoiselle Mirabeau con dulzura—. Le entiendo, pero ¿no habrá exagerado usted todo el asunto? ¿O es que tiene alguna prueba?

—Ah, pruebas, qué son las pruebas. No, en realidad, no, pero de alguna manera me espero lo peor.

—Pues no debe ser así, monsieur Chabanais. Usted ama a Aurélie. Deje de agobiarla con sus reproches. La desconfianza es puro veneno para una relación. Tal vez su novia tampoco se sienta a gusto con toda esa situación.

Dirigí la vista a la ventana.

—Mire, monsieur Chabanais, incluso aunque Marronnier le hubiera echado el ojo a Aurélie, eso no significa nada. Un tango lo bailan siempre dos, así que deje de pisarle los pies a su novia porque con eso lo único que hace es arrojarla a los brazos de ese cocinero.

—Ya baila con él —rebatí—. Debería usted oírla cuando habla de Marronnier. Ese hombre es su nuevo gurú. —Furioso, jugueteé con un lápiz entre las manos—. Y va y se presenta en la editorial justo cuando ese cocinero estaba aquí. Curioso, ¿no? Me refiero a que yo no le dije nada de que Marronnier iba a venir a la editorial, así que tuvieron que ponerse de acuerdo antes. No fue casualidad. Nada. De. Eso. —Acompañé cada palabra con un golpe del lápiz tan fuerte sobre la mesa que lo rompí.

—¡Pare! —Mademoiselle Mirabeau se puso de pie y se acercó a mí—. No quiero saber nada más, monsieur Chabanais, déjelo ya. Lo que está usted diciendo es una completa locura, ¿es que no se da cuenta?

Yo sacudí la cabeza.

—Si su novia quería encontrarse con Marronnier..., ¿por qué iba a venir a la editorial si sabía que Monsignac y usted tenían una reunión con él? ¿Es que no ve lo absurdas que son sus acusaciones?

Claro que sí, al exponerlo de esa manera claro que lo veía.

Cruzó los brazos y se quedó un rato mirándome.

—Piense cuántas veces ha venido Aurélie a recogerle a la editorial. Cuántas veces le ha traído un sándwich o una ensalada para comer con usted en su pausa de mediodía. Aquí lo sabemos todos. Quería estar con usted en su día libre. ¿Cómo iba a saber que el director iba a organizar una cena con Marronnier? Si hasta salió corriendo detrás de usted cuando se marchó furioso del restaurante. Intentó que volviera usted al restaurante a pesar del penoso espectáculo que acababa de dar. No se cubrió usted de gloria precisamente. Y en agradecimiento usted le gritó en la calle y la ofendió.

—Pero Aurélie estuvo en Giverny...

—Sí, es posible, estuvo en Giverny, pero francamente, monsieur Chabanais..., en este momento tampoco resulta muy agradable comer cerezas con usted. Debe usted admitirlo. —Florence Mirabeau inclinó la cabeza y me dirigió una sonrisa de ánimo—. Este no es usted, monsieur Chabanais.

Tragué saliva.

—¿Sabe lo que haría ahora el monsieur Chabanais que yo conozco?

—No.

—No perdería más tiempo pensando en ese cocinero. Diría: ¿qué me importa a mí ese tipo? Y esta noche iría a casa de su novia y la esperaría allí con un gran ramo de flores y una disculpa aún mayor. Eso haría el auténtico André Chabanais.

Me tomé en serio sus palabras. Lo hice convencido. En lo más profundo de mi ser notaba que no iba muy descaminada en lo que decía. Las apasionadas palabras de la siempre tímida Florence Mirabeau me habían causado una profunda impresión. Así que compré unas rosas rojas y una botella de *crémant*. Fui a casa de Aurélie y me senté a esperarla. Me prohibí a mí mismo volver a pensar en Marronnier. Estaba demasiado nervioso para comer. Era extraño, me sentía como si fuera a tener una primera cita. Hacía tres días que no hablaba con Aurélie. La espera se me hizo larga. Finalmente descorché la botella de *crémant* y me serví una copa. Y luego otra. Noté que me iba relajando. Todo va a salir bien, me decía a mí mismo. Había vuelto a mi ser. Pero cuando poco antes de medianoche sonó el timbre, fue el otro André Chabanais el que resurgió de la cueva de los celos y la desconfianza pidiendo venganza.

Sonó el timbre de la puerta, y yo me sorprendí un poco. Entonces me acordé de que a veces Aurélie no encontraba la llave a la primera y entonces llamaba al timbre. Seguro que desde la calle había visto luz en la ventana y había pensado que yo la estaba esperando. Deseaba de todo corazón que se alegrara de volver a verme. Las rosas de un rojo intenso saltaban a la vista sobre la mesa..., un ramo de lujo que me había costado una pequeña fortuna.

Con el corazón palpitando, me dirigí a la puerta y la abrí con una intensa alegría.

—*Salut, chérie* —dije, y luego retrocedí de golpe. Pues no era Aurélie quien estaba allí.

Era la persona a la que en las últimas horas había expulsado con éxito de mis pensamientos.

Jean-Marie Marronnier se apoyó con desenfado en el marco de la puerta y me lanzó una mirada interrogante. En su dedo índice se bamboleaban las llaves de Aurélie con su llavero de perlas de colores. El tipo de Vétheuil parecía tan sorprendido como yo.

—Oh —dijo levantando las cejas—. El señor Editor Jefe. No esperaba encontrarle aquí, monsieur Chabanais. Después de su impactante salida del restaurante del otro día —añadió, y su boca se frunció en una sonrisa sarcástica—. Da igual. ¿No está Aurélie?

—No, no está. ¿Por qué? ¿Qué hace usted aquí?

—Solo quería devolverle sus llaves antes de marcharme otra vez a Vétheuil... —Marronnier sonrió con suficiencia... ¿O solo me pareció a mí?—. Le dije que me pasaría por aquí después de la cena en el Procope...

Le miré fijamente, me había quedado sin habla. Luego se me subió la sangre a la cara de golpe. Al parecer, Aurélie le había dado ya la llave de su casa a ese cocinero. Y eso solo podía significar una cosa: Marronnier había pasado la noche con ella. Noté cómo la adrenalina se me disparaba por todo el cuerpo. El corazón me latía como loco, y apreté los puños.

—¿Qué hace usted con la llave de la casa de mi novia? —grité totalmente fuera de mí.

—Eh, eh, eh, más despacio, señor Editor Jefe. —Alzó las manos en un gesto defensivo—. No necesita hacerse ahora el Rambo. Yo no he robado nada, ¿de acuerdo? Cuando estuvimos juntos en Giverny, la llave de Aurélie...

No pudo decir nada más. Tomé impulso y golpeé a mi odioso rival con el puño en la cara.

Marronnier me miró un instante sorprendido, luego cayó al suelo como una castaña madura y se quedó tendido sin moverse.

—¡A la mierda la llave, sinvergüenza! —dije frotándome la mano. Yo mismo estaba sorprendido de que un hombre del mundo de la cultura como yo hubiera logrado noquear a alguien de un solo golpe.

A continuación se oyeron unos pasos ligeros en la escalera. Aurélie apareció en el rellano y miró desconcertada al cocinero que estaba en la puerta de su casa tirado en el suelo como un muerto.

—¡André! ¿Qué has hecho? ¡¿Te has vuelto completamente loco?! —gritó indignada. Dejó caer su bolso y se arrodilló junto al cocinero, que ya no decía ni pío—. ¿Monsieur Marronnier? Monsieur Marronnier, ¿está usted bien? ¡Oh, Dios mío! —Le sacudió los hombros y luego puso la mejilla sobre su pecho—. ¡No respira! ¡Dios mío, le has matado, André! ¡Te has cargado a un chef con una estrella Michelin!

—¡Qué más da! El mundo no se pierde nada —repuse impasible. Por fin reinaba la paz. Había dejado KO al cocinero. Había ganado el último asalto. Saqué mi paquete de Gauloises y me encendí un cigarrillo con toda tranquilidad, mientras Aurélie, consternada, seguía de rodillas junto al cocinero.

—No te preocupes, solo está viendo algunas estrellas. Seguro que se pondrá muy contento... El cocinero de las estrellas. —Me apoyé en la puerta y solté el humo. Por fin le había cerrado el pico a ese fanfarrón. Debo reconocer que me sentía bien.

De pronto Marronnier soltó un callado gemido. Abrió los ojos y se llevó las manos a las sienes.

—¿Monsieur Marronnier? ¿Se encuentra usted mejor? ¡Gracias a Dios! —Aurélie me lanzó una mirada de reproche—. ¿Por qué has hecho algo así, André? No te entiendo. Ya no te puedo entender. ¿Qué eres? ¿Un matón? ¿No has hecho ya bastante daño?

—Me parece muy interesante cómo ves las cosas. ¿Yo he hecho daño? ¿Yo? Mejor dime qué hace este tipo con la llave de tu casa. —Noté que se ponía en marcha el siguiente subidón de adrenalina—. ¿Cuánto dura ya lo vuestro, eh? ¿Desde Giverny?

—¡¿Qué tonterías estás diciendo, André?! ¡Estás completamente loco! —Ahora ella gritaba también.

—Es posible.

Marronnier se incorporó, tenía la mirada vidriosa.

—Aurélie —murmuró aturdido—. Encontré la llave... Estaba en mi coche..., debajo del asiento del acompañante...

¿Qué tonterías estaba diciendo?

—Sí, lo sé —repuso Aurélie, y le tocó las sienes con cuidado—. Me lo dijo usted por teléfono. ¿No se acuerda? —Levantó la mirada preocupada—. ¡Oh, Dios mío, no se acuerda de nada...!

—La tenía... ¿Dónde está...? —Marronnier vivía su propia película. Palpó el suelo con la mano, hasta que encontró la llave.

—¡Aquí! —Suspiró con alivio y volvió a dejarse caer en los brazos de Aurélie. Parecía el inocente Jesús en los brazos de la Virgen.

—Monsieur Marronnier, míreme. ¿Sabe quién soy? —dijo Aurélie.

El cocinero abrió mucho los ojos.

—Aurélie —susurró, y volvió a dejarse caer.

Fruncí el ceño.

—¿Qué significa que encontró la llave? ¿Había desaparecido? —Ya no entendía nada, pero me empezaba a parecer que había cometido una tremenda estupidez.

Aurélie se incorporó y me miró furiosa.

—¡Eres un idiota, André! Perdí la llave cuando hice el curso. Desde entonces estoy usando la de repuesto. Por eso le pedí a monsieur Marronnier que la buscara en su restaurante, pero allí no estaba. No pensamos en el coche. Y esta tarde la ha encontrado por casualidad debajo del asiento del acompañante. Fuimos en su coche a Giverny, se me debió de caer del bolso. Monsieur Marronnier se ofreció a traérmela después de su cena en el Procope... ¿Cómo iba a imaginarme que le esperabas detrás de la puerta para pegarle?

—¿Eso significa que no ha pasado la noche contigo?

—¡No, claro que no! ¿Qué estás diciendo?

Suspiré de alivio.

—Entonces no pasa nada...

Le sonreí, pero ella me lanzó una mirada fulminante.

—Sí pasa, André.

—Pero pensé..., pensé..., es decir, se ha presentado aquí a medianoche con tu llave. Y me sonrió de una forma... Fue él quien me provocó, te lo juro.

—Ya basta, André. —Su voz sonaba glacial—. Será mejor que te vayas. Creo que necesitamos darnos un descanso. —Se volvió de nuevo hacia Marronnier y le ayudó a levantarse—. Está bien. Venga. Le pondré hielo en las sienes.

—Pero Aurélie... —dije confundido—. Yo no podía saber... Quiero decir... Ha sido todo un malentendido...

Aurélie ayudó al mareado cocinero a entrar en su casa y cerró la puerta tras de sí sin dignarse a mirarme.

—¡Eh, espera...! ¡Aurélie! —Desesperado, golpeé la puerta con la mano abierta—. ¡Déjame entrar, Aurélie! No necesito ningún descanso. No quiero hacer ninguna pausa, ¿me oyes? —Escuché un momento, pero dentro no se oía nada—. ¡Por favor, Aurélie! ¡Lo siento mucho, abre de una vez, maldita sea! —Volví a dar golpes en la puerta—. Quería reconciliarme contigo, te había traído unas flores... —grité al final.

De pronto se abrió la puerta. Las rosas rojas volaron por el aire como confeti y aterrizaron bruscamente en el suelo.

—Deja de montar un escándalo, André, o te juro que no volverás a verme nunca más.

—Pero... —Estaba en medio de las rosas mirándola con tristeza.

—¡No! —Aurélie me dio con la puerta en las narices.

Era poco antes de medianoche, y la velada había terminado ya para mí. Cómo le iría al cocinero era algo que no quería ni imaginar. Y lo peor de todo era que había sido por mi culpa. «El otro André», ese inmenso idiota, lo había vuelto a echar todo a perder.

Las dos semanas siguientes fueron terribles. Aurélie quería tomarse «un tiempo para pensar», según me comunicó en una breve llamada telefónica al día siguiente del desdichado incidente. Luego no volvió a dar señales de vida, y yo estaba desesperado. Al cabo de unos días ya no aguantaba más y le envié un SMS. «¿Hasta cuándo va a durar la pausa?», escribí. Y luego: «¿Sales ahora con el cocinero?». Ella contestó: «Sigues sin entender nada, André, ¿no? Ya te llamaré».

¿Qué quería decir? ¿Qué era lo que yo seguía sin entender? Me empezó a entrar miedo. ¿Continuaba Aurélie furiosa conmigo? De acuerdo, puede que fuera algo precipitado dejar KO a Marronnier, pero ¿solo por eso me iba a dejar de lado? ¿Estaba ya en Vétheuil paseando de la mano de ese maldito cocinero por el jardín de cerezos?

La Feria del Libro de Londres llegó y pasó, y Aurélie seguía sin dar señales de vida. Yo di vueltas como un sonámbulo por los pabellones de Earl's Court y todas las novelas interesantes que me ofrecían parecían tener un final infeliz. La *new unhappiness* estaba de moda, me aclaró un joven agente de Nueva York. Solo las historias de amor que no se hacían realidad eran inmortales. Eso había sido siempre así.

Asentí deprimido. ¿Qué estaba pasando con este mundo? ¿Era yo el único que buscaba un final feliz?

El último día de la feria me encontré a Adam en un abarrotado pub de Kensington.

—*Good Lord* —exclamó mi amigo, y arqueó las cejas—. ¡Dios mío, qué pinta tienes! ¿Estás enfermo o qué?

—Enfermo de amor terminal —respondí con gesto lúgubre.

Mientras nos comíamos una *cheeseburger* le puse al día de mi penosa vida.

Adam casi se atragantó con la hamburguesa cuando le conté lo del puñetazo delante de la puerta de Aurélie.

—¡Oh, Dios mío, André! Te dije que tenías que mantener la calma a toda costa —exclamó—. *Play it cool,* ¿recuerdas? ¿A esto le llamas calma? Le has allanado muy bien el camino a ese cocinero. Directo a la cama de Aurélie, mejor no podían haberle salido las cosas. Enhorabuena, André. ¿Quién eres? ¿Aguirre, la cólera de Dios?

Yo sacudí la cabeza sin decir nada. A mi alrededor la gente reía y gritaba, los vasos de cerveza chocaban sonoramente. Una mujer robusta con salvajes rizos rojos se apretujó contra mí al pasar y gritó:

—Lo siento, cariño.

«Lo siento, cariño», pensé. «Lo siento tanto tanto».

¿Por qué me había dejado llevar de ese modo?

16

Aquella noche memorable en que André noqueó al cocinero y se comportó como un loco, Jean-Marie Marronnier durmió en mi casa. En su estado no habría podido conducir hasta Vétheuil.

Bastante impresionada, ayudé al herido a entrar en mi casa y lo instalé en el sofá, mientras André aporreaba la puerta y montaba un escándalo en la escalera. Hasta que finalmente le eché junto con sus malditas flores. Para comportarse de ese modo se las podía haber ahorrado. Me sentía consternada, confusa, furiosa. ¿Con qué clase de hombre estaba saliendo realmente? Cuando fui a la cocina a coger algo de hielo de la nevera miré por la ventana y vi a André, que seguía en la rue de L'Ancienne Comédie mirando indeciso hacia mi ventana.

Esta vez sí que había ido demasiado lejos. Primero esa increíblemente penosa escena en el restaurante, luego los insultos salvajes en la calle, y ahora se había vuelto completamente loco y había dejado a un hombre semiinconsciente. Solo la idea de que le hubiera dado la llave a Marronnier para que pudiera entrar y salir de mi casa era totalmente absurda, pero acusarme de que tenía algo con él era algo inaudito.

Aunque eso era lo que iba a ocurrir si André seguía comportándose de ese modo. Vi cómo se pasaba la mano por el pelo y finalmente abandonaba el pasaje en dirección al boulevard Saint-Germain.

Me aparté de la ventana y entré en la cocina. Solo quería reconciliarse conmigo, había dicho al final. ¿Se comporta así alguien que busca la reconciliación? Yo confiaba en que se hubiera dado cuenta de que su conducta en el restaurante había sido sencillamente inaceptable. Nos había ofendido a todos. Y para disculparse iba y le daba un puñetazo al cocinero.

Me había llevado un buen susto al ver el cuerpo tendido e inmóvil delante de mi puerta. En un primer momento había pensado que Marronnier estaba muerto..., que por desgracia se había golpeado con el suelo del descansillo. No quería ni pensar lo que podría haber pasado. Los celos de André eran ya insoportables. Necesitaba que le dieran una lección. De momento no quería ni verle. Quizá tomarnos un tiempo le ayudara a ver las cosas claras. Hacer una pausa nos sentaría bien a los dos.

Metí los cubitos de hielo en una bolsa y la envolví con un paño de cocina limpio. Luego fui a buscar la mercromina al cuarto de baño.

Cuando volví al cuarto de estar Marronnier giró la cabeza hacia mí.

—Gracias por haberme salvado —dijo—. Su novio tiene una buena derecha. Cuesta creer que sea un editor. —Trató de sonreír y torció el gesto por el dolor.

—Ni me lo mencione. —Me arrodillé delante del sofá—. ¿Cómo se encuentra?

—Un poco mareado todavía, pero con usted estoy en buenas manos.

—Puede pasar la noche aquí. Sería una irresponsabilidad ponerse ahora al volante.

—No quiero causarle ninguna molestia. —Se llevó la mano a la cabeza y soltó un gemido—. Tal vez pueda marcharme ahora.

—De ninguna manera —repliqué—. No querría que luego pase algo peor.

—Es usted muy amable.

—Es lo menos que puedo hacer.

Sonrió agradecido cuando le curé la herida con cuidado y le puse la bolsa con hielo en la sien.

—Aquí..., apriete un poco —le indiqué—. Así no se le hinchará tanto.

Él agarró la bolsa de hielo y nuestras manos se rozaron levemente.

—Esto sienta bien —dijo Marronnier. Cambió de postura suspirando y me miró—. Aunque en realidad lo mejor sería un trozo de carne cruda.

Sonreí.

—Lo lamento, pero esta noche no puedo ofrecérselo.

—Tal vez la próxima vez. —Parecía que se iba encontrando mejor.

—Espero que no haya una próxima vez —señalé—. Tengo que pedirle disculpas por lo que ha hecho mi novio. No sé qué le ha pasado. —Sacudí la cabeza—. Tiene muchos celos de usted. Sin ningún motivo.

—¿Seguro que no?

Sonreí de nuevo.

—Desde luego. Creí que ya lo habíamos dejado claro. Amo a mi novio.

—¿Está usted convencida?

Guardé silencio y me aparté un mechón de la cara.

—¿Cómo puede estar tan convencida, Aurélie? —me preguntó, y sus ojos azules se convirtieron en un mar en el que yo estaba a punto de caer—. ¿Aún le ama? Las cosas cambian. Todo fluye, todo es imparable... Y yo estoy ahora en su sofá y me pregunto si...

No terminó la frase. Me atrajo hacia él de un modo suave e imparable, percibí su *aftershave,* que olía a sándalo y pachuli, la bolsa de hielo se escurrió del sofá, y por un momento quedé cautivada por ese hombre que perseguía su objetivo con calma y tenacidad mientras mi novio se perdía por las calles como el enano saltarín.

Nuestros labios se rozaron, el beso era inevitable, esta vez no había ninguna maniobra de distracción, no había ningún André armando escándalo tras la ventana. Jean-Marie Marronnier me besó, y cuando su lengua exploró mi boca con rápidos movimientos supe que aquello no tenía ningún sentido. La chispa no saltó, empecé a ver la escena desde fuera, yo no era yo, ahí había dos bocas que se apretaban una contra otra, dos lenguas que se enredaban, pero en mi interior yo no me sentía afectada. No había ese calor que me recorría todo el cuerpo y despertaba mi deseo, no había esa extraña intimidad que surgía enseguida cuando el beso era perfecto. Y, mientras Marronnier me besaba, yo pensaba en André, en nuestro primer beso, en lo sorprendida y feliz que me sentí al notar que todo era perfecto.

Marronnier se apartó dudando y me miró.

—¿Qué ocurre? —preguntó. Sus ojos eran increíblemente azules.

Me senté y sacudí la cabeza.

—No funciona —dije, y sonreí en un gesto de disculpa—. Lo siento. Sencillamente no funciona. Pero ahora al menos lo sé.

—Oh... ¿Tan poco convincente ha sido mi beso?

—No, no, no es eso —aseguré—. Es más bien la... química. Tiene que haber conexión, si no la cosa no funciona. Usted es cocinero, seguro que lo entiende.

Hizo un gesto de lástima y luego sonrió él también.

—Bueno, los ingredientes secretos del amor no son tan fáciles de conseguir como los de una tarta *Vert-Vert*.

—Es usted un filósofo —comenté.

—Por necesidad —replicó él—. Ya ve para lo que me sirve.

—Siempre nos quedará el *chevreuil aux griottes* —dije guiñándole un ojo—. Eso sí que fue muy convincente.

—Algo es algo.

Un tipo como Marronnier sabía cuándo debía darse por vencido.

Cuando a la mañana siguiente nos despedimos estaba segura de que no iba a volver a saber nada del cocinero de Vétheuil en mucho tiempo. Pero dos semanas después me llamó otra vez... con novedades que eran realmente sensacionales.

—No se va a creer lo que ha pasado... —dijo. Parecía bastante nervioso.

—¿Qué ha pasado? —pregunté—. ¿Acaso ha estado el presidente en Le Temps des Cerises?

—No, mucho mejor.

—Hummm..., déjeme adivinar: ¿su mujer ha cambiado de opinión y ahora quiere mudarse a Vétheuil?

—De hecho, eso podría ocurrir. —Se rio—. Después de que ese víbora de Corday le contara que yo le había echado el ojo a una nueva cocinera con la que había que tener mucho cuidado (y se refería a usted), Mathilde ha empezado a ver las cosas de otro modo. Casi debo estarle agradecido a Corday por eso. Porque cuando llegué a casa dolorido y le conté que me había metido en una pelea se quedó muy preocupada y dijo que no se me puede dejar solo.

—Eso no suena mal —repuse—. ¿Es esa la gran novedad?

—No. —Sabía cómo darle emoción al asunto—. Le queda un último intento. Una pequeña pista: tiene que ver con Monet.

Pensé un momento.

—No —dije luego.

—Sí —contestó él—. El cuadro es auténtico. Está usted hablando con el orgulloso propietario de una obra de juventud de Claude Monet.

—¡Guau! —exclamé—. ¡Es increíble!

—Pero es verdad. —Se le oía muy feliz—. Puede decirle a su celoso novio que al menos en una cosa tenía razón: uno se siente muy bien cuando sabe que tiene un Monet auténtico colgado encima del sofá. Pero que muy bien.

Mi celoso novio había estado entretanto en la Feria del Libro de Londres. Llevábamos dos semanas sin saber nada el uno del otro. Yo era la responsable. En primer lugar, porque me enfadé mucho con André, y, en segundo lugar, porque esperaba poder darle así una lección. Tras su último mensaje no volví a dar señales de vida y él también desistió.

Una vez nos vimos por casualidad. Yo estaba sentada al sol con Bernadette en un café junto a la iglesia de Saint-Sulpice y él pasó por delante de nuestra mesa con la jefa de prensa de Éditions Opale. Fue Bernadette la que exclamó:

—¡Mira quién viene por ahí!

André se detuvo, y nos saludamos cortados. Yo no sabía si Michelle Auteuil estaba al tanto de nuestros problemas, por eso apenas dije nada. Bernadette tomó la palabra y le preguntó a André cómo le iba.

—Oh, bien, bien —se apresuró a responder él—. ¿Y a ti?

—También bien, bien —contestó Bernadette—. ¿Cuándo vais a venir a cenar con nosotros?

—Eso no depende de mí —repuso André, y me miró brevemente—. Es la jefa la que se encarga de las citas.

Bernadette se rio y yo guardé silencio e hice como que no tenía nada más importante que hacer que dar sorbitos a mi zumo de naranja.

—Bueno, ahora viene la Feria del Libro de Londres —dijo André dirigiéndose a Bernadette.

—Oh, Londres, qué bien —comentó ella—. ¿Cuándo empieza?

—Pasado mañana.

Michelle Auteuil se limitaba a sonreír con educación, aunque seguro que le sorprendía que la extraña conversación tuviera lugar solo entre Bernadette y André.

—Bueno, entonces que lo pases bien en el *swinging London* —dijo Bernadette.

—Gracias. —André se pasó la mano por el pelo y evitó mirarme—. Bueno, tenemos que irnos... Que lo paséis bien vosotras también. —Levantó la mano para despedirse y nuestras miradas se cruzaron.

—Hasta la vista —añadió.

Bernadette me dijo luego que no debía haber sido tan dura con él.

—No seas tan intransigente, Aurélie. Él solo está esperando una señal. ¿No has visto lo arrepentido que está?

—Sí, al final siempre está arrepentido —repliqué—. Y luego hace cosas aún peores. Debe entender de una vez que no puede comportarse así. Todas esas insinuaciones y acusaciones. Siempre dudando de mí. Y luego la escenita de la escalera... Eso ya fue el colmo. Tumbó de un golpe a alguien, Bernadette. ¿Qué será lo próximo?

—¡Ay, Aurélie! —exclamó Bernadette, y se rio—. No hagas un drama de todo esto. Es un hombre. También es un hombre estúpido que no quiere que nadie le robe lo que es suyo. Pensaba que ese cocinero tenía la llave de tu casa. Además, ese tal Marronnier tampoco parece ser precisamente un santo. —Se puso las gafas de sol negras sobre el pelo y me miró fijamente—. Quién sabe si no le provocó él también. André te quiere. Perdónale de una vez. ¿Tú nunca has estado celosa? ¿No me hablaste hace poco de una librera?

—Pero yo no la dejé KO —rebatí—. De todas formas, sí, cuando André regrese de Londres le llamaré.

En realidad nadie tenía que convencerme de nada. Ya se me había pasado el enfado. Para ser sincera, echaba de menos a mi celoso editor, pero quería tenerle en ascuas un poco más.

Tal vez me creyera demasiado segura en esos últimos días de abril. Quizá tensé demasiado la cuerda y esperé demasiado a presentar mi oferta de paz. Más tarde me preguntaría por qué no escuché a mi corazón y fui generosa en vez de perder el tiempo pensando que André necesitaba que le dieran una lección. Al fin y al cabo, todos cometemos errores, y para que una relación funcione es más importante saber perdonar que empeñarse en tener razón. Creía que me bastaba con darle una señal para que André se presentara arrepentido y feliz ante mi puerta. Creía llevar las riendas, pero hacía tiempo que se me habían escurrido de las manos.

Pero todo esto no lo sabía yo el último día de abril cuando fui con Bernadette al pequeño cine de la rue Guillaume Apollinaire y luego dimos una vuelta por el boulevard Saint-Germain.

Habíamos vuelto a ver *Medianoche en París,* una de mis comedias favoritas, y me sentía muy romántica, como siempre que veía esa película. El aire era tibio cuando paseamos por el bulevar, en el que todavía había mucha gente. La iglesia de Saint-Germain se alzaba dorada sobre la masa oscura de hojas de los jardines de la abadía, los cafés seguían abiertos todavía, los escaparates de las pequeñas tiendas estaban iluminados, y todas las luces convertían a la ciudad en algo extraordinariamente vivo y radiante de lo que uno quería formar parte. En noches como esa tenía claro por qué jamás habría podido vivir en ninguna otra ciudad. París no se podía comparar con nada, y a veces, cuando me paraba con André en uno de los puentes del Sena y veía brillar la Torre Eiffel a lo lejos, me imaginaba que París era una estrella que iluminaba la noche.

Bernadette se colgó de mi brazo.

—Una película preciosa —dijo—. Es tan romántica. —Me miró de reojo—. ¿Y? ¿Has llamado ya a André?

Sonreí.

—No te preocupes, mañana le llamo. Pensaba invitarle a comer. —De hecho, había pensado prepararle el *Menu d'amour* y celebrar una gran fiesta de reconciliación—. Si te soy sincera, estoy un poco nerviosa.

Bernadette me apretó el brazo.

—No tienes por qué estarlo. Apuesto lo que sea a que enseguida os abrazáis aliviados y ni siquiera cenáis. —Me miró fijamente—. Prométeme que no sacarás las viejas historias. Nada de reproches, Aurélie. El pobre ya ha tenido bastante.

—No, no —le aseguré—. Eso es el pasado. Además, no soy rencorosa.

—Eres más rencorosa que un elefante, querida.

—¿Tú crees?

Seguimos paseando entre risas. Una parejita estaba abrazada delante de un poste publicitario y se besaba, la brisa primaveral revolvía el cabello de la chica, que se acurrucaba entre los brazos de su novio, y yo pensé con nostalgia en André, en el mes de mayo, al día siguiente, cuando íbamos a celebrar nuestra reconciliación, y en todos los años que teníamos por delante.

Sonriendo, me quedé observándolos. El amor era siempre maravilloso. Y entonces los enamorados se separaron y se me congeló la sonrisa.

Allí, a pocos pasos de mí, estaban Artémise Belfond y André mirándose a los ojos con amor.

17

Yo no conocía al dios Amor personalmente, pero él parecía tener algo contra mí. Sea como sea, no me miraba con buenos ojos cuando después de la lectura en público recorrí el boulevard Saint-Germain con Artémise Belfond. ¿Cómo si no habría guiado los pasos de Aurélie y Bernadette hacia nosotros justo esa noche?

Cuando Aurélie vio a una mujer maravillosa de rizos rubios besando apasionadamente a su novio pensó lo que pensaría cualquiera ante una situación así.

Pero aquello no era lo que parecía.

Regresé de la Feria del Libro de Londres y Aurélie todavía no me había llamado. Yo, con todo el dolor de mi corazón, había conseguido contenerme y había dejado de bombardearla con mensajes. Quería darle el tiempo que ella necesitaba. Y también había reflexionado y ya tampoco podía entender por qué me había enfurecido de aquel modo. La situación se había ido calentando de un modo fatal, seguro que en parte por mi culpa. Habría estado dispuesto a empezar otra vez de cero. Pero tras nuestro penoso encuentro en el café de la iglesia de Saint-Sulpice, cuando fue Bernadette la que me hablaba mientras Aurélie ni siquiera me miraba, había perdido la esperanza de que volviera a llamarme algún día. Lo mismo me había borrado ya de su vida y no se atrevía a decírmelo. No sabía si todavía seguíamos teniendo una relación. Sufrí como un perro todas esas semanas, y a veces llamaba a Adam a altas horas de la noche para que me consolara.

—Dale tiempo, volverá —me decía él siempre.

Con todo aquel dolor casi se me había olvidado la segunda lectura en público en la librería Au Clair de la Lune, pero unos días antes me llamó Artémise Belfond, cumplidora y amable, como siempre. Me envió un e-mail con propuestas para las *chansons* que la cantante iba a interpretar entre los distintos pasajes del libro.

Y, así, aquella tarde me dirigí hacia la pequeña librería del Barrio Latino.

Artémise Belfond fue encantadora, como siempre, lo había preparado todo perfectamente, con vino y canapés, y las canciones que interpretó la cantante armonizaban muy bien con los textos que leí. Y yo también di lo mejor de mí, aunque en comparación con la lectura del día de San Valentín mi presentación de aquel día me pareció una mala copia. El triste hecho de que en el plazo de apenas tres meses hubiera cambiado todo tanto me había puesto melancólico. La librería estaba llena, no quedaba un solo sitio libre, y casi todas las personas que estaban allí sentadas y me miraban expectantes eran mujeres. Pero ¿de qué me servía la atención de todas ellas si no tenía la de la única mujer que de verdad me importaba? En mis más atrevidas fantasías había llegado a imaginar que Aurélie tal vez me sorprendería y aparecería de pronto en la librería con una sonrisa burlona y un guiño conciliador. Pero, naturalmente, no vino. Seguro que ni siquiera se acordaba de que mi lectura en público se celebraba aquella noche. Cuando después del último pasaje la cantante negra cantó *For me, formidable,* de Charles Aznavour, casi se me saltaron las lágrimas. Y cuando al final firmé los libros con la pluma Waterman, por un momento pensé que posiblemente esa pluma fuera el último regalo de Aurélie.

Artémise Belfond era una persona cariñosa y sensible. Enseguida notó que algo no iba bien, pero no hizo preguntas tontas. Tras el evento me convenció para ir a tomar una copa de vino al Café de Flore e hizo todo lo posible para animarme un poco. Nos sentamos delante del café en una pequeña mesa redonda, yo me tomé el vino blanco frío que el camarero nos iba sirviendo de la botella que reposaba en un cubo de plata junto a nosotros, y la risa clara de Artémise llenó mis oídos y me sacó un poco de mi triste apatía. De vez en cuando inclinaba la cabeza y sus grandes ojos me examinaban. Era realmente toda una visión, con ese cuerpo tan femenino, sus delicados rasgos y esa boca tan sensual. Los camareros rondaban a nuestro alrededor, y cuando ella se levantó para ir a los baños del primer piso y cruzó el café no solo se volvieron a mirarla los hombres, sino también algunas mujeres.

Di un trago de vino. En casa no me esperaba nadie, estar con la bella librera en el Café de Flore era mejor que estar solo en la cama comiéndome la cabeza.

Cuando volvió a la mesa y me preguntó por mi próximo proyecto en la editorial le expliqué con gesto serio que no iba a haber ninguna novela más.

—¿Por qué está tan amargado, monsieur Chabanais? —dijo, mirándome sin comprender—. ¿Por qué quiere abandonar la escritura? Sería una auténtica pena. ¿Hay algún motivo para ello? ¿Querría contármelo? —Hizo una seña al camarero, que nos sirvió más vino.

En realidad yo no quería hablar de eso, pero con sus atentas y delicadas maneras la librera finalmente me sonsacó durante la hora siguiente no solo la historia que se escondía tras la novela *La sonrisa de las mujeres,* sino también todo lo que le siguió.

—¿Sabe una cosa, monsieur Chabanais? Siempre he sospechado que ese libro es una novela en clave —dijo cuando poco después pagamos y recorrimos juntos un tramo del bulevar nocturno—. Los personajes son muy reales a pesar de que la historia suene tan fantástica que apenas permita pensar que tiene un trasfondo real.

Sacudió la cabeza mientras avanzaba a mi lado. El bulevar estaba todavía muy animado, las suaves temperaturas habían invitado a la gente a salir.

—Bueno —repuse—. Pues es todo real. Lo único que ya no existe es la protagonista de la novela. —Encogí los hombros—. He metido la pata y ahora ella me ignora. Y ya no tengo ganas de escribir.

—Lo siento mucho. Me gustaría poder ayudarle. Pero a veces una crisis así puede proporcionar un empujón creativo —trató de consolarme.

—Qué va —contesté—. Me parece que ese capítulo ha llegado a su fin.

—Pues en tal caso debería empezar usted un nuevo capítulo —opinó Artémise, y se colgó de mi brazo mientras seguíamos avanzando—. ¡Mire hacia delante, monsieur Chabanais! Nadie puede cambiar el pasado. Vamos, le acompaño hasta la próxima esquina, luego tengo que cruzar.

Pasamos ante un poste publicitario, un viento primaveral sopló de pronto y Artémise, riendo, se sujetó el pelo y se detuvo.

—¡Uy! —gritó feliz—. ¡Vamos a salir volando!

—Puede que no fuera una mala idea —dije yo, y también me reí.

Ella estaba delante de mí y me miraba sonriendo. Su boca estaba de pronto tan cerca... Demasiado cerca para un hombre necesitado de consuelo.

—¿No quiere besarme? —me preguntó.

—Yo... no sé...

Estábamos ante un poste publicitario con anuncios de colores y todo el bulevar pareció desaparecer de golpe.

—¿No sabe? —repitió ella en voz baja. Me pasó los brazos por el cuello y frunció los labios de un modo seductor.

Y entonces la besé.

Fue un momento que seguro que jamás olvidaré. Pues cuando me hundí en los suaves brazos de Artémise Belfond y al cabo de un rato aparté mis labios de los suyos, una voz desgarró la agradable nube de algodón que me envolvía. Oí mi nombre y fue como si alguien me echara un cubo de agua helada por encima.

—¡¡¡André!!!

Primero me estremecí, luego me quedé de piedra. Como caída del cielo, Aurélie estaba de pronto a nuestro lado y me miraba con incredulidad. Tras ella apareció Bernadette, que parecía estar al menos igual de asombrada.

Aurélie respiró hondo una vez y luego empezó a gritar.

—¡No me lo puedo creer! ¿Te pasas días atormentándome con tus estúpidos celos y ahora estás en plena calle besando a la librera? ¡Qué falso eres! ¡Es increíble! ¡De verdad que eres lo peor, André Chabanais!

—¡Aurélie! ¡No! ¡No! —Levanté las manos—. ¡Todo esto es un terrible malentendido!

—¿Un malentendido? —Me escupió la palabra a la cara, y yo me estremecí—. ¿Me tomas por imbécil?

—Estaba tan solo. Te he echado mucho de menos —aseguré.

—Sí, ya lo veo. Por suerte lo has superado enseguida. Estamos dos semanas sin vernos y ya me has sustituido por otra. Pensaba llamarte mañana temprano, pero tú no podías esperar tanto, claro.

—No sabía que me ibas a llamar —repliqué—. ¿Cómo iba ni a imaginármelo?

—Exacto. Deberías haberlo pensado, querido. Y cómo iba yo a imaginar que tú, en vez de reflexionar, ibas a salir corriendo a divertirte con tu librera. ¡Es sencillamente inaudito!

Lanzó a Artémise Belfond una mirada desconfiada. La librera había enmudecido y miraba a Aurélie con los ojos muy abiertos.

—Monsieur Chabanais tenía hoy una lectura en público y...

—Sí, sí. Entiendo. Aquí usted es solo la librera. No me irá a decir ahora que todo esto —hizo un gesto envolvente— forma parte del programa del evento de esta noche, ¿no?

—Por favor, *chérie* —dije yo en tono suplicante—. No empeores aún más las cosas. En realidad esto no es lo que parece.

—¿No? ¿No lo es? ¿En tu opinión qué es lo que parece? ¿Qué versión piensas darme ahora? —Soltó una risa furiosa—. ¡Oh, entiendo, el escritor de best sellers está buscando ideas para su próxima novela! —Se acercó un paso más y me miró con desprecio—. Jamás has tenido una sola idea propia, André, te falta imaginación. —Luego se volvió hacia Artémise Belfond—. Tenga cuidado, utiliza a todo el mundo para sus fines, y antes de que se dé cuenta aparecerá usted en uno de sus libros... ¡Venga, Bernadette, vámonos! Ya he visto suficiente.

—¡No..., espera, Aurélie! Por lo menos vamos a hablarlo.

Se giró de nuevo hacía mí, sus ojos echaban chispas.

—No tenemos nada más que hablar, André. Mañana puedes venir temprano a recoger tus cosas.

Se alejó tirando de Bernadette y yo me quedé allí plantado sin poderme mover. Y mientras observaba cómo Aurélie desaparecía, oí que Artémise Belfond me preguntaba atónita:

—¿Y esa es la encantadora mujer de su libro?

Cuando a la mañana siguiente llamé al timbre de Aurélie, no contestó nadie. Abrí el portal con mi llave y subí las escaleras con el corazón palpitando. Llevaba un ramo de flores, otra vez, y esperaba que Aurélie quisiera hablar conmigo. En realidad ella iba a llamarme esa mañana, y lo habría hecho si no hubiéramos coincidido la noche anterior en el mismo instante en el mismo sitio. Ya era mala suerte. A pesar de todo, el hecho de que ella pensara poner fin a nuestra pausa me parecía que era una buena señal. Como es evidente, entendía que Aurélie se hubiera puesto furiosa al sorprendernos a Artémise y a mí besándonos en el boulevard Saint-Germain. Seguro que había sido un shock para ella, para mí también lo fue, por cierto. Pero seguro que cuando le hubiera explicado todo me perdonaría. Solo había sido un beso, un único beso.

Artémise y yo nos quedamos sin saber qué hacer después de que Aurélie se marchara a toda prisa con Bernadette. Luego la librera me dio la mano y me dijo que esperaba que todo acabara bien. De una manera u otra.

—Pase lo que pase, todo está escrito en el gran libro de la vida, puede estar tranquilo.

Sonriendo, me lanzó un beso con la mano y luego cruzó el bulevar corriendo y desapareció por una pequeña calle lateral.

Y, así, por la mañana me puse en marcha con cierto optimismo, pero cuando llegué al rellano del tercer piso mi ánimo decayó por completo. La situación era mucho más seria de lo que yo había pensado. Alguien había dejado mi bolsa de viaje llena delante de la puerta y ese alguien solo podía haber sido Aurélie.

Estaba claro que no quería volver a verme.

Me acerqué y descubrí un papel doblado encima de la bolsa. Me apresuré a abrirlo. Eran solo unas pocas líneas en las que Aurélie me comunicaba brevemente que, por favor, dejara la llave en el buzón. Me deseaba todo lo mejor, Aurélie.

P. D.: Las llaves de tu casa están en el bolsillo lateral. Por favor, no vuelvas a llamarme nunca más, gracias.

Conmovido, leí la nota, que sonaba muy tajante. La leí varias veces, y luego me la guardé en el bolsillo del abrigo.

¿Estaría Aurélie en casa? Lo mismo esperaba detrás de la puerta conteniendo la respiración.

Llamé al timbre, luego di unos golpes suaves en la puerta. Finalmente no pude vencer la tentación y abrí. Entré en la casa indeciso.

—¿Aurélie? ¿Estás ahí? —pregunté, pero no recibí ninguna respuesta. Miré en todas las habitaciones, tampoco eran tantas, pero ella no estaba. Se había marchado para no tener que verme.

Me sentí desolado. Confuso, di una vuelta por el cuarto de estar y vi sobre la cómoda la foto en la que aparecíamos Aurélie y yo en la costa atlántica. Estábamos sonrientes, felices, cogidos del brazo, y a nuestra espalda solo se veían el mar y un cielo inmenso que hacía posibles todos los deseos. Era del último verano. Nuestro primer verano juntos. Pasé un dedo por la foto y me invadió un sentimiento de nostalgia. Fui al dormitorio, donde la colcha azul claro estaba estirada sobre la cama, como siempre, y tuve que pensar en los alegres desayunos que habíamos compartido allí con cariño. Me senté en la cama y miré alrededor con tristeza.

En la «pared de los pensamientos» colgaban las pequeñas notas con las curiosas ocurrencias y observaciones de Aurélie. El sol entraba a través de las cortinas blancas. El viejo castaño seguía en el patio. En el balcón Aurélie había plantado las primeras flores. Todo estaba como siempre. Pero todo había cambiado. Abrí la puerta del balcón y salí al exterior. El aire era fresco y claro, y me llegó el olor de las flores del castaño. Cerré los ojos y respiré profundamente. Habíamos sido tan felices. Iba a ser para siempre. Y ahora nuestra historia había acabado. Me seguía pareciendo imposible ese final. Era como un mal sueño del que uno despierta en el último momento porque sabe que algo así no puede ocurrir en la realidad.

Encendí un cigarrillo y pensé con una melancólica sonrisa que aquel era el último que me fumaba en el balcón de Aurélie. En la pequeña mesa redonda de mosaico estaba todavía el cenicero azul que ella me había regalado. Se le había olvidado meterlo en la bolsa de viaje. Apagué en él el cigarrillo y decidí dejarlo allí.

Cuando volví a entrar en el dormitorio y cerré la puerta del balcón las hojas de la pared revolotearon como si quisieran despedirse de mí, y casi me dio un vuelco el corazón.

Cogí un jarrón de la cocina, lo llené de agua y puse en él las flores. Luego busqué una hoja de papel. Quería escribirle yo también algo a Aurélie, pero no que le deseaba lo mejor y que por favor no volviera a llamarme nunca más. Quería pedirle que me perdonara, por última vez y para siempre. Quería escribirle que había sido la primera y única vez que Artémise Belfond y yo nos habíamos besado. Que me había alegrado mucho al saber que pensaba llamarme. Que me habría gustado mucho ir a su casa. Que me habría gustado mucho recorrer con ella el camino de la vida.

Me senté en la mesa redonda y busqué mi pluma nueva. Pero no la encontré, y al cabo de un rato tuve claro que me la había dejado en la librería la noche anterior después de firmar los libros. Lo había perdido todo, incluso la pluma de Aurélie.

Me eché a llorar. No sé cuándo había sido la última vez que había llorado, quizá en el entierro de papá. Pero ahora estaba allí sentado, llorando, y las lágrimas cayeron sobre la mesa.

En algún momento me recuperé. Encontré un lápiz y escribí la carta, la doblé y la apoyé en el florero. Luego cogí la bolsa de viaje, bajé por última vez la vieja escalera y dejé la llave en el buzón de Aurélie.

Desapareció con un pequeño golpe que me partió el corazón.

Cuando algo más tarde llegué a la editorial Florence Mirabeau miró mi bolsa sorprendida. Luego me miró a mí y sus ojos se abrieron con incredulidad.

—Vaya, monsieur Chabanais, ¿tan mal está la cosa?

—Sí, tan mal está —dije yo—. Se acabó. Ya solo me vale un milagro. Pero ¿quién cree en los milagros?

En ese momento la pequeña Florence Mirabeau creció por encima de sí misma.

—Nosotros, monsieur Chabanais, nosotros creemos en los milagros. ¿Quién va a creer en ellos si no lo hacemos nosotros, que vivimos de las historias? Nosotros vendemos sueños, me lo dijo usted una vez, ¿no se acuerda? Nunca dejaremos de vender sueños, y nunca dejaremos de creer en los milagros.

18

Todo había salido de forma distinta a como yo había imaginado.

Cuando vi a André con aquella mujer sentí cómo una mano helada me agarraba el corazón y lo estrujaba. Luego la mano se apartó y mi corazón herido empezó a palpitar y a hincharse hasta que explotó.

Aquel beso en el boulevard Saint-Germain era la gota que colmaba el vaso. Estaba fuera de mí, me sentía ofendida, desplazada, traicionada.

Mientras paseaba entre risas con Bernadette por el bulevar todavía era la joven inocente que pensaba estar en la cómoda posición de poder perdonarle generosamente a un hombre arrepentido los actos que había cometido llevado por los celos. Un instante después la rueda había girado y vi estupefacta que ese hombre no se merecía mi absolución. Cuando ya me había convencido de que André se moría por mí, ese canalla había encontrado la felicidad en los brazos de otra. De una mujer que era dulce y bella como un merengue y que me miraba sorprendida mientras yo gritaba como una loca en medio de la calle.

Los celos me hicieron hervir de rabia, la furia me proporcionó superpoderes, creo que no hay nadie que haya hecho tan deprisa la maleta de su novio. Esa misma noche junté todas las cosas de André que pude encontrar, busqué en toda la casa, abrí cajones y armarios, lancé sus libros y su máquina de afeitar en su bolsa de viaje grande y repetí una y otra vez:

—¡Que te den, André Chabanais, se acabó del todo!

Eran más o menos las dos de la madrugada cuando dejé sus cosas fuera. Así de fácil era sacar a alguien de tu vida cuando cada uno tenía su propia casa. «¡Por suerte!», pensé, «¡por suerte!».

Cerré la puerta con dos vueltas de la llave y bajé a la calle. El pasaje estaba desierto. Mis pasos resonaron solitarios en el adoquinado. Recorrí el boulevard Saint-Germain, cogí un taxi y fui a casa de Bernadette, que me había preparado una cama en el cuarto de invitados. Me trajo un té, se sentó a mi lado y me pasó un brazo por los hombros.

Y entonces me eché a llorar. Lloré a lágrima viva. Me invadieron los sentimientos más opuestos. Primero fueron lágrimas de rabia que enseguida brotaron con más fuerza cuando pensé en algo que convertía a André en un completo miserable.

—¡Y encima precisamente con Artémise Belfond! —exclamé entre sollozos—. Siempre me ha parecido sospechosa. A su lado soy como la Cenicienta.

Bernadette me acarició los hombros para tranquilizarme y me aseguró que no había nadie que se pareciera menos a la Cenicienta que yo.

Pero eso no me sirvió de consuelo. Seguí llorando y maldiciendo, y dije que André era una rata miserable que siempre me había engañado con respecto a esa librera.

—¿Y cómo encaja eso con que estuviera tan celoso de Marronnier? —objetó Bernadette.

—No lo sé —respondí furiosa—. Yo ya no entiendo absolutamente nada.

—¿Y si vuelves a hablar con él?

—¡No! —grité—. De ningún modo. No quiero tener nada más que ver con ese tipo. ¡Si soy tan fácil de sustituir, adelante! ¡Que sea muy feliz con su librera! ¡En su Au Clair de la Lune! Así podrá pasarse el día entero recibiendo aplausos. —Escondí la cabeza entre los brazos.

—¿Quieres que hable yo con André?

—¡Atrévete a hacerlo! —murmuré.

—¡Ay, Aurélie! —susurró Bernadette acariciándome el pelo—. Lo siento tanto. ¡Eh..., tú! —Me sacudió suavemente los hombros.

Levanté la mirada y vi el pañuelo blanco que me ofrecía.

—Toma —dijo, y yo tuve que pensar de nuevo en André, que siempre tenía un pañuelo limpio para mí cuando lo necesitaba.

—Gracias. —Cogí el pañuelo y dejé los recuerdos sentimentales a un lado—. Sabes, Bernadette, lo que pasa es que no encajamos —declaré con decisión. Me limpié las lágrimas y estrujé el pañuelo en la mano—. Ahora lo tengo claro. Gracias a Dios me he dado cuenta antes de irme a vivir con él. Imagínate que nos hubiéramos casado o... o... que yo tuviera un hijo suyo... —La idea me hizo volver a sollozar—.

Aparte de que él no tenía nada de eso previsto. No lo tenía previsto —repetí ahogándome con las lágrimas.

—¡Qué tontería! —dijo Bernadette pasándome la mano por el pelo—. Eso no puedes saberlo. Yo siempre he pensado que hacíais muy buena pareja.

Utilizó el pasado, y eso me puso tan triste que volví a echarme a llorar.

—Soy tan desgraciada, Bernadette —sollocé—. ¿Qué voy a hacer ahora? —Me dejé caer sobre la cama.

—Ahora te vas a dormir. Y mañana ya veremos. Eso es todo.

Bernadette me tapó. Luego me dio un beso en la frente y apagó la luz.

Cuando salió de la habitación me quedé mirando al techo. De pronto mi futuro se abrió ante mí como un inmenso desierto. No había nada más que un gran vacío. Y yo estaba sola. Una persona diminuta en un desierto. Me invadió un sentimiento de autocompasión. Las personas que habían sido importantes para mí o estaban muertas o me habían traicionado. Probablemente tuviera que hacerme pronto con un gato para no sentirme tan sola.

Esa noche estuve mucho tiempo despierta. Estaba agotada, pero también demasiado nerviosa para dormirme. La imagen de André y Artémise besándose delante del poste publicitario no se me iba de la cabeza, se había grabado a fuego en mi retina, y cada vez que la veía notaba una punzada en el corazón. Aunque lo peor fueron todos los recuerdos que afloraron de pronto. Curiosamente no pensé en las discusiones o en los malos momentos. Recordé las cosas bonitas, las palabras cariñosas que André me había susurrado al oído, su risa pícara, escenas de nuestra vida que me hicieron sonreír con tristeza, nuestros pequeños rituales que yo sabía ahora que iba a echar de menos. Los meses con André pasaron ante mis ojos como una película. Pasaron, pasaron... porque ya no había un Aurélie y André.

Cuando me desperté era ya mediodía y la casa estaba vacía. Bernadette y su marido se habían ido con la pequeña Marie a celebrar el 1 de mayo con sus suegros. Yo estaba tan dormida que ni siquiera los había oído marcharse. En la cocina encontré un pequeño desayuno que mi amiga me había preparado. Junto a la cestita con *croissants* había una nota.

«Todo saldrá bien, Aurélie. Llámame si necesitas algo o si quieres hablar. Un beso, Bernadette».

Encima había pintado un corazoncito. Suspiré emocionada. Era genial tener una amiga como Bernadette.

Estuve un rato sentada en la luminosa cocina, me bebí el café y les puse mantequilla y mermelada a los *croissants*.

Me sentía extrañamente irreal, como en tierra de nadie. Quería estar completamente segura de que al volver a casa André no iba a estar allí. Aunque quizá lo único que buscaba era retrasar el momento de entrar en casa y ver con claridad que mi vida había cambiado por completo.

A veces ocurren milagros cuando uno menos se lo espera. No hablo de apariciones marianas o sucesos sobrenaturales.

Me refiero a ese pequeño milagro que sucede cuando dos personas se encuentran por casualidad en un puente y se miran a los ojos y en ese instante empieza algo nuevo. O cuando se piensa en alguien y justo en ese momento llama por teléfono. O cuando, como yo, se mira a un sitio cualquiera y se descubre allí algo que lo cambia todo. Naturalmente, se podría discutir ahora si existen las casualidades. Yo creo que no. Tal vez solo quiera pensar que todos los acontecimientos de mi vida se enmarcan en un contexto concreto porque no puedo creer que todo carezca de sentido. Las cosas no suceden porque sí.

Cuando aquella tarde volví a casa no esperaba que se fuera a producir uno de esos pequeños milagros. Para ser sincera, ya no esperaba nada. Al subir las escaleras me sentí cansada y confusa y triste.

La bolsa de viaje de André había desaparecido, pero cuando abrí la puerta noté que alguien había estado allí, porque yo había dado dos vueltas a la llave. Entré conteniendo la respiración... ¿Estaría André sentado en el sofá? No, la casa estaba vacía y en silencio. Colgué el abrigo y entré en el cuarto de estar.

Lo primero que me llamó la atención fueron las flores que había sobre la mesa redonda. Resplandecían en todos los colores, amarillo, azul, rosa. Había una nota apoyada en el florero. Típico de André, pensaba que con un ramo de flores y unas líneas en un papel se podía arreglar todo. Decidí leer la nota más tarde y miré alrededor. Mi mirada recayó en la cómoda, y enseguida noté que faltaba algo. Entre las fotos enmarcadas de mis padres y yo de pequeña había un hueco. La foto en la que salíamos André y yo ya no estaba.

Tragué saliva. ¿Cómo podía habérsela llevado? Aunque todo hubiera terminado, a mí también me gustaba esa foto. Nuestro primer verano junto al mar. Noté que de pronto se me hacía un nudo en la garganta. De algún modo, el hueco en la cómoda me causaba dolor, y la sensación de haber perdido algo fue incontenible. Me sentí obligada a revisar toda la casa por si faltaba algo más. Pero todo parecía estar sin tocar. Faltaba André. Naturalmente. Tardaría un tiempo en acostumbrarme a no verle repantingado en el sofá o saliendo de la cocina con una copa de vino en la mano. Pero mejor así, me dije a mí misma. Para poder seguir con mi vida seguro que era mejor así, mejor un final con sobresalto que un sobresalto sin final. Yo misma lo había decidido así, pero de pronto me parecía raro. Los recuerdos inundaban mi corazón y para el futuro no tenía imágenes. Era fácil de explicar.

En el dormitorio las cortinas estaban abiertas. ¿Había estado André en el balcón? Abrí la puerta y salí. Por la tarde daba la sombra en el patio interior. Ensimismada, quité algunas flores secas de las jardineras. Entonces descubrí el cigarrillo apagado en el cenicero azul. El último cigarrillo que se ha fumado aquí, se me pasó por la cabeza. En realidad tenía que estar contenta de que se hubieran acabado las discusiones porque no se podía fumar dentro. A pesar de todo él lo hacía a veces, cuando yo no estaba. Abría las ventanas para que yo no lo notara. Pero me daba cuenta. Pensé con nostalgia en sus inocentes ojos marrones cuando me aseguraba que me estaba imaginando el olor a tabaco. Me descubrí a mí misma sonriéndole con tristeza al cigarrillo apagado. ¡Dios mío, no podía ablandarme ahora!

Un pájaro pio entre las ramas del castaño. Como la mañana en que me desperté por primera vez junto a André y miré por la ventana. Entonces era invierno. Ahora estaba todo en flor.

Volví a entrar en casa y noté la huella en la colcha de la cama. Así que se había sentado allí esta mañana. ¿Por qué? Me senté en la cama y vi lo que él había visto: la cómoda con el pequeño óleo de Venecia que André me había comprado por mi cumpleaños en una pequeña galería cerca de la piazza San Marco, el jarrón chino antiguo de papá, el espejo grande, mi «pared de los pensamientos» a la izquierda de la puerta y el armario de madera de cerezo a la derecha. Giré un poco más la cabeza y volví a ver el balcón. Luego miré otra vez el armario y observé las vetas de la madera. Entonces mi mirada cayó en algo que había en un pequeño hueco entre el armario y la pared, casi escondido, en el lado derecho del mueble. El gancho de una percha de madera asomaba en la parte alta del armario; la chaqueta azul de André que hacía tiempo que quería llevar a limpiar seguía allí colgada. Parecía haberse escondido de mí la noche anterior cuando recorrí furiosa todos los rincones de la casa recogiendo las cosas de André para meterlas en su bolsa de viaje.

Me conmovió ver la chaqueta azul allí colgada, tan sola. Emocionada, me levanté y la cogí. Me senté en la cama y apoyé la mejilla en la suave tela que todavía olía ligeramente al perfume de André. Esa chaqueta era la que él llevaba puesta el día de San Valentín cuando, después de la lectura en la librería, apareció en el restaurante con unas rosas y yo recibí la noticia de la estrella Michelin. Acaricié la tela y noté que se me saltaban las lágrimas.

Aquel día todo estaba bien todavía, no existía ningún cocinero gourmet ni ninguna librera, o mejor dicho, sí existían pero no tenían ninguna importancia para nosotros. Vi la mancha de vino y pensé con una sonrisa en lo inocente que había sido la pequeña discusión que tuvimos... comparada con todo lo que vino después. Aquella noche de San Valentín éramos todavía una pareja feliz envidiable. Tal vez seguiríamos siéndolo si yo hubiera cedido antes.

En un ataque de emotividad, apreté la chaqueta contra mi mejilla y rompí a llorar. ¿Qué había pasado con nosotros, con Aurélie y André, los grandes enamorados?

Llorando, acaricié la tela y de pronto palpé un pequeño objeto que había en el bolsillo interior. Desabroché la chaqueta y lo cogí. Era una cajita joyero. La observé sorprendida, y luego apreté el pequeño botón dorado y la cajita se abrió. En su interior había, sobre terciopelo azul, un anillo de oro. Era un anillo de compromiso antiguo, una pieza delicada con tres estrellas de diamantes. ¿Qué significaba aquello?

Contemplé el anillo con el corazón palpitante y, confusa, lo saqué de la caja. En el interior había una inscripción grabada.

«Para A., la mujer de mi vida».

Estuve un buen rato sentada en la cama, y se me pasaron miles de ideas por la cabeza. Repasé una y otra vez el día 14 de febrero. La misteriosa insinuación de André de que tenía una sorpresa para mí cuando se marchó de casa por la mañana. Su nerviosismo cuando llegó por la noche al restaurante. La mirada tímida. Su extraña reacción contenida cuando la concesión de la estrella Michelin por error centró toda la atención. Como si de algún modo se sintiera decepcionado. Decepcionado... ¿por qué?

De pronto vi la velada del día de San Valentín de otra manera. ¿André quería haberme entregado el anillo de compromiso aquella noche? Debía de ser eso, por qué si no iba a llevar el anillo en el bolsillo interior de la chaqueta. ¿Me iba a pedir matrimonio aquella noche y no lo pudo hacer por distintos motivos? De pronto recordé algunos comentarios suyos que me habían chocado y que ahora adquirían un sentido diferente. «Bueno, para que yo te dé tres estrellas no tienes que hacer ningún viaje», dijo después de que yo hablara con Marronnier por primera vez. Y: «Prepárame el *Menu d'amour* y lo verás».

Pero, en cambio, yo había preparado el *Menu d'amour* para Marronnier. Me mordí los labios. No me extrañaba que se hubiera enfadado tanto. Y luego, cuando volví a casa después de pasar la noche en Vétheuil de forma involuntaria y él supuestamente tenía algo urgente que decirme, al final solo preguntó si la chaqueta azul seguía allí y dijo que prefería llevarla él mismo a limpiar. ¿Por qué?

Moví las piezas del puzle de un lado a otro hasta que todo encajó. Durante aquella media hora que estuve sentada en mi dormitorio pensando perpleja en todo lo sucedido estuve bastante cerca de la verdad, creo. Saber que André quería haberme pedido matrimonio me emocionó tanto que volví a echarme a llorar. Y al mismo tiempo me sentí muy triste porque la ocasión se había pasado y ahora solo existía Artémise Belfond. Y no..., aquel beso no había sido un malentendido, como aseguró André. Yo tenía ojos en la cara. Y por desgracia habían pasado muchas cosas desde el día de San Valentín. Nuestros caminos se habían ido separando cada vez más.

Volví a guardar el anillo en la cajita con cuidado y me puse de pie.

Dudando entre las ganas de hablar con André y la voz interior que me advertía que era mejor que lo dejara y me mantuviera firme en mi anterior decisión, empecé a dar vueltas por la casa. Estaba muy confusa. ¿Qué debía hacer?

Entonces me fijé en la carta. Desdoblé la hoja de papel con manos temblorosas y leí lo que André me había escrito.

Querida Aurélie:

Probablemente sea la persona de quien menos quieres saber nada en este momento, pero espero que a pesar de todo leas mi carta hasta el final y no la rompas sin más. Después de lo que pasó anoche tienes todo el derecho a borrarme de tu vida. Pero me gustaría pedirte que no lo hagas.

Si me hubieras llamado solo un día antes yo no habría besado a Artémise Belfond, debes saberlo. Y también debes saber que esa fue la primera y la única vez que nos hemos besado.

Y quiero ser sincero: Artémise es una mujer muy guapa y seductora, pero jamás podrá robar el lugar que tú ocupas en mi corazón. Sencillamente estaba allí... en un momento en que yo lo creía todo perdido y no sabía si tú querrías volver a verme. Si ibas a volver a llamarme. Eso es todo. No hubo nada más en ese beso.

Y si te digo que durante la lectura en la librería no perdí de vista la puerta ni un momento esperando que tú entraras por ella, no te miento.

Cuando anoche apareciste de pronto en el bulevar, tan furiosa y —perdona que lo diga— tan celosa, volví a sentir lo mucho que te quiero. Aunque estés furiosa conmigo, te quiero. Claro que también te quiero cuando no estás enfadada conmigo.

He estado pensando mucho durante estas últimas semanas. Ahora sé que me he comportado como un idiota más de una vez, y he entendido —creo— lo que querías decirme cuando me escribiste que no había entendido nada.

Debí haber confiado más en ti. Cuando se ama, hay que confiar. Pero yo te hice daño con mis acusaciones. Lo siento mucho. Espero que puedas perdonarme por haber sido un idiota. Aunque honradamente debo decir que sigo sin fiarme de ese cocinero. Pero sí debí confiar en ti, mi amor.

No sé qué pasará ahora. O si va a pasar algo.

Solo sé que me habría alegrado mucho si me hubieras llamado. Habría ido enseguida a tu casa. Te habría envuelto entre mis brazos. Habría sido feliz recorriendo contigo el camino de la vida. Aurélie y André deben estar juntos.

Una vez escribí un libro para demostrarte mi amor. Me temo que esta vez no voy a poder. Pero espero que a pesar de todo me creas cuando te digo que te quiero por encima de todo, Aurélie.

TE QUIERO.

Dos palabras que no son muy originales, lo sé. Pero son las únicas que se me ocurren cuando pienso en ti. Te quiero y te querré siempre, mi ángel. De eso puedes estar segura.

Enseguida voy a dejar tu llave en el buzón, como me has dicho. Va a ser un instante muy muy triste.

Y ahora te dejo, mi amor. No te molestaré más, te lo prometo. A no ser que tú me lo pidas.

Bromeo, aunque tengo ganas de llorar. No hay nada que me guste ver más que tu preciosa sonrisa, que me cautivó desde el primer momento, pero después de leer tu nota tengo ya pocas esperanzas de que cambies de opinión y quieras volver a verme. Lo mismo hasta tienes ya nuevos planes en los que yo no aparezco. Lo mismo dudas de mis palabras y dices: Ya basta. No pienso aceptar esto.

Pero si existe la más mínima esperanza, ¡vuelve!

Aquí estoy. Esperándote.

Dejo mi corazón en tus manos.

Con amor,

André

Solo leí la carta una vez. Estaba escrita en un papel cuadriculado que André había arrancado de mi bloc, se veía en el borde roto, y el bolígrafo tampoco le había funcionado, estaba claro. Pero no importaba. Doblé el papel y lo guardé en el bolso. Me puse el vestido rojo, me recogí el pelo, me pinté los labios y me maquillé un poco de más los ojos llorosos. Luego cogí la chaqueta azul y la cajita con el anillo y me marché.

De pronto supe perfectamente lo que iba a hacer. Ni siquiera llamé a Bernadette para pedirle consejo. No pensé nada. Solo le pregunté a mi corazón, que había corrido más que mi cerebro. Aunque a lo mejor en el amor se trata de eso..., de no pensar.

Avancé a toda prisa por el boulevard Saint-Germain, pasé por delante de un poste publicitario que ya conocía al que no presté ninguna atención, y por delante de la iglesia, torcí a la derecha en la rue Bonaparte y unos pasos más allá a la izquierda en la rue Jacob. Había mucha gente en la calle aquella última tarde de abril, que normalmente se conoce como la noche de Walpurgis, esa noche mágica en que las brujas bailan alrededor del fuego y ahuyentan al invierno definitivamente.

Me abrí camino entre la gente que se divertía. Cuando llegué a la editorial el sol ya se estaba poniendo, pero yo sabía que André solía trabajar hasta tarde y esperaba encontrarle allí.

Pero André no estaba. Su despacho estaba vacío, toda la editorial parecía como muerta. La bolsa de viaje estaba en un rincón detrás del escritorio. Era evidente que todos se habían ido a celebrar la noche de las brujas. Ya me disponía a marcharme, cuando vi a Florence Mirabeau avanzando hacia mí.

—*Bonsoir* —le dije—. ¿Puede decirme si monsieur Chabanais se ha marchado ya?

Ella asintió con gesto preocupado y respondió que monsieur Chabanais había abandonado la editorial hacía horas. Los demás estaban en la Brasserie Lipp de celebración.

—¿Sabe usted a dónde ha ido?

Sacudió la cabeza.

—Pensaba que iba a volver... a por la bolsa de viaje —dijo—. Por eso me he esperado. —Bajó la voz—. No está bien.

—Hummm... ¿Cree usted que se ha marchado a casa?

—No creo. En ese caso se habría llevado la bolsa.

—¿Dónde podría estar?

Florence Mirabeau se encogió de hombros.

—No sé, pero dijo que tenía que salir y que quería estar tranquilo.

Abandonamos juntas el edificio de la editorial y cruzamos el patio interior. Cuando llegamos a la calle dijo mademoiselle Mirabeau:

—Se fue en esa dirección. —Señaló en dirección a la place de Furstenberg.

—Gracias, mademoiselle Mirabeau. —Hice un gesto de aprobación con la cabeza. Sabía que a André le gustaba ir a esa pequeña plaza cuando quería estar tranquilo. A veces íbamos allí durante la pausa de mediodía y nos sentábamos en los escalones de la pequeña glorieta a tomarnos nuestra *baguette*. Estaba solo a unos pasos. Era posible que André estuviera allí.

—¡Mucha suerte! —dijo Florence cuando hice ademán de marcharme—. Espero que le encuentre. —Levantó ambas manos cruzando los dedos—. Y..., mademoiselle Bredin..., no piense mal de él. André la quiere mucho. Créame..., nunca he visto a un hombre sentirse tan infeliz como él ahora.

Volví a toda prisa a la rue de l'Université, la chaqueta azul en el brazo. Luego a la rue Jacob. De pronto sentí que no podía ir suficientemente deprisa. No sé por qué, pero estaba segura de que iba a encontrar a André en la place de Furstenberg. ¿Acaso no era mágica la noche del último día de abril?

Pocos minutos después llegué a la pequeña plaza, sobre la que ya iba cayendo la penumbra. Mis zapatos de pulsera rojos sonaban en el adoquinado y finalmente se detuvieron ante una figura pensativa que estaba sentada bajo la vieja farola y tenía la cabeza entre las manos.

—Creo que ha olvidado usted algo, monsieur Chabanais —dije casi sin aliento.

Él levantó la mirada sorprendido.

19

Levanté la mirada y vi delante de mí a Aurélie con las mejillas enrojecidas. Estaba jadeando, era evidente que había venido corriendo. Llevaba mi chaqueta en el brazo, y en un primer momento pensé que había ido hasta allí solo para devolvérmela. Pero en un segundo momento pensé que ese no podía ser el motivo por el que ella había ido corriendo hasta allí.

Estaba muy excitada, pero no furiosa. Se veía que había llorado, pero al mismo tiempo parecía sentirse alegre.

Sus ojos verdes se volvieron más oscuros cuando me miró.

—He encontrado el anillo... en tu chaqueta azul —dijo—. Seguía colgada en el armario. Desde... el día de San Valentín. ¿Era para mí?

Me mostró la cajita y me dirigió una extraña mirada.

Me puse de pie y la abracé.

—¡Ay, Aurélie! ¿Qué pregunta es esa? Claro que era para ti. —Hundí la cara en su pelo y suspiré. Luego la aparté un poco y la miré—. Hace tanto tiempo que quería dártelo y preguntarte si... —Sacudí la cabeza porque hasta a mí me parecía absurdo... tantos intentos fallidos—. O sea, iba a preguntarte... Lo intenté varias veces. En la góndola, cuando estuvimos en Venecia, ¿te acuerdas? Luego en Navidades, cuando *maman* se me adelantó. En Nochevieja en el puente, cuando a las doce en punto apareció de pronto tu amiga Bernadette con su marido y su hija. Aquella desafortunada noche de San Valentín cuando de golpe todo parecía ser más importante que eso... Siempre surgía algo, o yo me mostré poco ágil. Y luego hemos estado casi todo el tiempo discutiendo... Pero ahora eso se acabó.

—Lo sé —dijo ella—. He leído tu carta, André. Una carta muy bonita. —Y luego añadió con una sonrisa pícara—: Casi me ha gustado más que el libro. —Me sonrió, y mi corazón latió de alegría cien veces más deprisa de lo normal. Me habría gustado abrazarla y cubrirla de besos. Pero antes debía hacer lo que un hombre tiene que hacer.

Le quité la cajita de las manos con suavidad y la abrí.

Los dos miramos con respeto el anillo de oro con las tres pequeñas estrellas que brillaban a la luz de la farola.

—¿Te gusta?

Aurélie asintió en silencio, luego me cogió la mano y se la llevó al corazón.

—¿Lo oyes? —preguntó en voz baja—. Mi corazón late tan fuerte que creo que se oye en todo París.

—Y yo que pensaba que era el mío —dije.

Saqué el anillo de la caja con cuidado. Se lo puse en el dedo y le besé las manos.

—Tres estrellas para mi preciosa cocinera. Para la mujer a la que amo.

—Gracias. —Alargó el brazo y observó el anillo, que le quedaba que ni hecho a medida—. Es precioso.

Luego me miró.

—Pero... ¿qué querías preguntarme, André?

—¿No lo adivinas?

Ella sacudió la cabeza, y una leve sonrisa rodeó sus labios.

—Bueno..., está bien... —Carraspeé—. Quizá suena un poco anticuado, pero...

—¿Pero?

Cortado, me pasé la mano por el pelo. Era la primera vez que le pedía matrimonio a alguien.

—¿Quieres ser mi mujer, Aurélie? ¿Quieres estar conmigo para siempre? —le pregunté.

—Vaya... Sí que suena anticuado... —Aurélie sonrió—. Pero ¿sabes lo que decía siempre papá?

—No, ¿qué decía siempre tu padre?

—Que hay cosas que nunca pasan de moda.

—¿Eso es un... sí?

Ella esperó un instante. Luego se lanzó a mi cuello y me miró con amor.

—Sí, tonto. ¡Sí! ¡Con todo mi corazón, sí! —dijo, y cuando se puso de puntillas y nos besamos bajo la vieja farola de la pequeña place de Furstenberg pensé que era primavera en París. Por fin era primavera.

Todos estaban enamorados y eran felices.

Pero nadie era tan feliz como nosotros.

EPÍLOGO

El comienzo de todas las historias de amor siempre es perfecto. Por eso a todas las parejas les gusta tanto recordar el inicio de su relación: aquella sonrisa, ese gesto, esa mirada elocuente que lo llena todo de magia. Ese momento mágico en el que el otro se convierte de pronto en la persona más importante del universo y el mundo pasa a un segundo plano y se inclina ante tanto amor. Nadie puede haber sido tan feliz como dos personas en ese momento. Pero ¿qué pasa después? De eso trata esta novela.

Aurélie y André, los encantadores protagonistas de *La sonrisa de las mujeres,* han llegado a la fase en que comparten su vida diaria... con todas sus cosas buenas y sus cosas malas, con sus celos y sus deseos ocultos, con sus pequeñas fantasías y su gran encanto.

Todas las mañanas, cuando me sentaba a mi escritorio, me alegraba de poder acompañar a estos personajes, a los que les he cogido tanto cariño, en sus aventuras amorosas por París, Vétheuil y Giverny. A veces me he reído, he sonreído, pero a veces también me ha afectado tanto una escena que, emocionado, he tenido que hacer una pequeña pausa. Durante horas y días he estado completamente inmerso en ese mundo paralelo alegre, romántico, poético, que sencillamente estaba ahí, al margen de lo que ocurría en la vida real. Y aunque al escribir este libro también me dio miedo el comienzo —a diferencia de lo que ocurre en el amor, el momento en que uno se sienta ante un folio en blanco nunca es perfecto o prometedor—, tras las primeras frases sentí un agradable suspense y me deslicé por las páginas como por una preciosa película que seguí hasta el final casi sin respirar.

Me gustan los finales felices, y yo también he estado sentado en la pequeña place de Furstenberg cuando por la noche se encienden las farolas. Es un lugar maravilloso para los espíritus románticos, sean felices o no. Es inútil que busquen Le Temps des Cerises en la rue Princesse —lo mismo que la magnífica casa solariega en el jardín de cerezos de Vétheuil—, son lugares soñados que solo existen en mi imaginación y ahora también en la suya. Pueden regresar a ellos siempre que quieran, nunca van a cambiar. El argumento de la novela es producto de la fantasía —aunque hace unos años se produjo de hecho en Francia una confusión entre dos restaurantes con el mismo nombre—, y Aurélie y André también existen solo en mi cabeza, a pesar de que a veces pienso que deben de existir en la realidad, tan reales y llenos de vida me parecen. Pues, aunque casi todo es inventado, sus ideas y sus sentimientos son auténticos y verdaderos. Creo que no me sorprendería verlos entrar un día por la puerta preguntándome qué es lo próximo que tengo previsto para ellos. En ese caso quizá les dijera: «Veamos qué se me ocurre».

Hasta entonces espero que al leer *El tiempo de las cerezas* sientan la misma felicidad que yo he sentido al escribirlo. En ese caso lo habría hecho todo bien.

«Para viajar lejos no hay mejor nave que un libro.»
EMILY DICKINSON

Gracias por tu lectura de este libro.

En **penguinlibros.club** encontrarás las mejores
recomendaciones de lectura.

Únete a nuestra comunidad y viaja con nosotros.

penguinlibros.club

Penguin
Random House
Grupo Editorial

 penguinlibros